KB077625

스쿨피아

⫸ 소리 나는 화살 ⫷

스쿨피아

소리 나는 화살

김영리 장편소설

팩토리나인

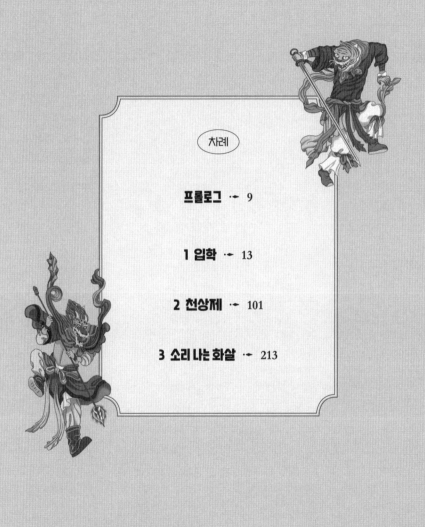

차례

◇ 십이지 학교 입학 초대장 ◇

친애하는 정호언 씨에게

귀하는 상하 전쟁 참전자의 후손으로서 십이지(十二支) 학교에 입학 자격이 있음을 기쁜 마음으로 알려 드립니다. 정호언 씨는 돼지의 해, 호랑이 달, 호랑이 시간에 태어난 것으로 십이지 탑에 등록되었으므로 호랑이의 학교에 입학 신청이 가능합니다. 아래에 동봉된 지원서 양식에 맞춰 작성 후 지정된 장소로 약속된 시간까지 보내 주시기 바랍니다.

십이지 학교 교장 일동 드림

추신.
우리 선조들이 피로 지켜 낸 상하 전쟁의 역사를 기술한 저서 중 일부를 발췌해서 동봉합니다. 입학 면접 시, 십이지 학교의 유래에 대해 구술시험이 있을 예정입니다.

프롤로그

천 년 전, 천상계와 지하계 사이에 전쟁이 있었다. 지하계의 군주 염라가 인간계를 지배하려고 전쟁을 일으키자, 천상계의 상제가 십이지신을 내려보내 인간계를 보호했다. 그래서 상계와 하계가 피비린내 나는 전쟁을 벌였고, 그것을 훗날 상하 전쟁이라고 불렀다.

10년 동안 이어진 끔찍한 상하 전쟁은 십이지신의 활약으로 상계가 승리했다. 패배한 염라는 지하 세계로 물러났고, 그 후 명계의 문은 죽은 자 스스로는 결코 열 수 없도록 바뀌었다. 하지만 승자는 없는 것이나 마찬가지였

다. 상제, 선관, 선녀들은 참혹한 전쟁 중에 모두 수명이
다했다.

십이지신은 자신들마저 사라진 후 또다시 명계에 전쟁
이 일어날 것을 대비해, 인간들이 스스로를 지킬 수 있게
끔 학교를 만드는 게 어떠냐고 인간들의 왕에게 제안했
다. 그 당시의 왕은 능력도 없으면서 높은 자리에 올라서
걱정만 많은 자였다. 훗날 십이지 학교의 학생들이 십이
지신의 조치로 전쟁에 참여한 자들의 후손들만 얻게 된 특
별한 능력을 앞세워, 반란을 일으키고 자신에게서 통치권
을 빼앗을까 봐 학교를 설립하는 것은 절대 안 된다고 마
지막의 마지막까지 극렬히 반대했다.

하지만 십이지신은 포기하지 않았다. 남몰래 상하 전쟁
에 참전한 인간들만 사는 마을을 만들고, 외부에 드러나지
않도록 결계를 치고, 마을 사람들을 그 안에서만 생활하도
록 했다. 그리고 띠별로 열두 개의 학교를 각기 다른 장소
에 만들고, 상하 전쟁에 참전한 이들의 후손들이 자신들의
띠에 해당하는 해가 되었을 때부터 해당 학교로 입학할 수
있도록 했다. 단, 이후 천상제에서 십이지신을 해친 극악
무도한 반란군의 후예들은 십이지 학교에 입학할 기회조

차 얻지 못하도록 철저히 조치했다.

(하략)

— 고요《십이지 학교 — 그 자랑스러운 시초에 대하여》, 24P

1

입학

1. 어차피 넌 안 돼

기숙사 불시 점검이 시작됐다. 점검은 보통 한 달에 한 번 정기적으로 진행하는데, 오늘은 불시에 이루어졌다.

'아, 잘 숨긴다고 숨겼는데, 혹시 들키지는 않겠지?'

호언은 기숙사 방을 헤집는 방패 357을 뒤에서 불안한 눈빛으로 지켜보았다. 방패 357은 옷장에서 옷을 모두 꺼내 주머니를 일일이 뒤집어 확인하고, 책은 거꾸로 탈탈 털었다. 마른침이 꿀꺽 넘어갔다.

방패 357이 회심의 미소를 지으며 입학 지원서를 한 손에 들고 낮은 목소리로 짓씹어 뱉었다. 베갯잇 속에 숨겨둔 걸 기어코 찾아낸 것이다.

"반란군의 후예는 절대 학교에 갈 수 없다고 했을 텐데?"

차렷 자세로 선 호언은 입을 꾹 다문 채 방패 357을 쏘아보았다. 방패 357은 검은 정장 차림에 어깨까지 오는 검은 머리카락을 뒤로 단정하게 묶고 있었다. 옷차림에서부터 송곳 하나 뚫고 들어갈 틈이 없이 각이 잡혀 있었고, 재킷 가슴에 박힌 명찰에 "방패 357"이라고 적혀 있었다. 자신이 하는 모든 일은 사적인 감정을 배제한 사무적인 것이라는 점을 외양에서부터 분명하게 보여 주는 것 같았다. 방패 357의 모습을 보면, 믿기지는 않지만 방패는 예로부터 십이지신을 수호하는 집단이었다.

방패 357은 보란 듯이 입학 지원서를 반으로 죽 찢었다.

"반란군 핏줄 주제에 학교에 다니고 싶다니, 욕심도 정도껏 부려야지. 주제도 모르고."

호언은 반란군의 후예를 보는 싸늘한 시선들에 익숙했다. 고아 관리소 13에서 아이들을 돌보는 관리자조차 그들이 언젠가는 십이지 사회를 무너뜨릴 문제아들인 것처럼 대했으니까. 고아 관리소 13에서는 그들을 작은 일로도 크게 혼내고, 사사건건 핏줄과 태생을 들먹이고, 남몰래 음모를 꾸미는 게 아니냐며 생각까지 검열하려 들었다. 지독한 차별 속에서 자란 고아 관리소 13의 아이들은 자존감이 하나같이 바닥이었다. 하지도 않은 일들이 무거운 족쇄처럼 그들을 억압했다.

이런 오랜 핍박 속에서도 호언이 올곧게 자랄 수 있었던 것은 가슴에 품은 꿈 때문이었다. 학교에 가서 이 모든 것을 바로잡겠다는 꿈을 동아줄처럼 꽉 쥐고 있었기에 오늘까지 버틸 수 있었다. 반란군의 후예로 낙인찍힌 호언에게 학교 입학은 슬픈 족쇄를 끊어 낼 유일한 방법이었다.

그런데 몇 달 전, 고아 관리소 13의 임시 소장으로 방패 357이 오면서 모든 것이 흔들리기 시작했다. 그녀는 한 명도 빠짐없이 방패에 입단하라고 채근했다. 다른 아이들은 압박을 견디지 못하고 하나둘 방패에 입단했고, 함께 방을 쓰며 자매처럼 지내 온 초리마저 끝내 방패를 선택했다. 이제 남은 건 호언뿐이었다. 그래서 방패 357이 꼬투리를 잡으려고 예고 없이 들이닥쳐 이 잡듯이 샅샅이 방을 뒤진 것이다.

호언은 방패 357에게 당차게 맞섰다.

"전 방패가 되고 싶지 않아요. 꼭 학교에 갈 거예요! 학교에 가는 건 제 자유예요."

"모든 학생은 학교에 가야 한다고 주장하고 싶은가 본

데, 그럼 비밀 서약을 하고 보이는 세상의 평범한 학교에 갔어야지 왜 십이지 학교에 가겠다고 중뿔나게 구는 거지?"

"저는 특성이 발현된 호랑이띠예요. 호랑이의 학교에 입학할 자격이 충분해요."

호언은 굽히지 않고 꼿꼿하게 말했다. 호언이 가고 싶어 하는 학교는 일반적인 학교와 달리 특별했다. 세상은 보이는 세상과 보이지 않는 세상으로 나뉘었다. 호언이 가려는 곳은 평범한 인간들에게는 보이지 않는 세상의 학교였다.

십이지 학교에 배정되는 방법 역시 특별했다. 상하 전쟁에 참전한 이들의 후손들이 각각 부여받게 되는 띠는 태어난 해, 달, 시를 통하여 결정되었다. 호언의 경우 돼지의 해에 태어났지만, 호랑이 달인 1월, 호랑이 시간인 새벽 3시 38분에 태어나서 호랑이 기운이 우세했다. 겉으로 드러나는 특성 역시 호랑이 쪽으로 나타났다. 그래서 호랑이띠로 판정받아 호랑이의 학교 입학 초대장을 받은 것이다.

하지만 호언은 호랑이의 학교에 대해 아는 것이 거의 없었다. 부모님이 돌아가신 후 어린 시절부터 지내 온 고아 관리소 13은 보이는 세상의 도시에서 멀리 떨어진 외진 곳에 있었다. 반란군의 후예들은 십이지 마을 어디에서도 받아들이려고 하지 않아서, 반란군의 후예를 수용하는 고아 관리소는 불가피하게 보이지 않는 세상의 밖에 존재하고 있었다.

이제 고아 관리소 13에 남은 반란군의 후예는 오직 호언뿐이었다. 호언은 전국을 통틀어 고아 관리소에 남은 유일한 반란군의 후예였고, 방패 357은 반란군의 후예가 십이지 사회를 위해 방패로 일하지 않는 것을 수치로 여겼다.

고아 관리소 13을 떠날 방법은 두 가지였다. 방패에 입단하거나 십이지 학교에 입학하거나.

열두 살 때부터 입학 지원서를 넣었으니, 올해로 5년째였다. 몸이 아프거나 사정이 있어서 입학을 미룬 학생들을 위해 열리는 수시에 지원한 것까지 합쳐 무려 아홉 번이나 떨어졌다.

서류 탈락 이유는 따로 공개되지 않았으나, 짐작되는 이유가 있었다. 반란군의 후예라는 걸 자기소개서에 밝히지 않았지만, 따로 명단이라도 있는 건지 그들은 호언에게 면접을 볼 기회조차 주지 않았다.

학교 지원에 나이 제한은 없지만, 문제는 지원 횟수였

다. 업무가 과중하다는 이유로 십이지 탑에서는 지원 횟수를 학생당 열 번으로 제한했다. 그래서 호언은 열 번째인 이번이 원서를 넣을 마지막 기회였다.

"어디 마음대로 해 보렴. 어차피 또 떨어질 테니."

방패 357은 비아냥거린 뒤 방을 나갔다. 곧이어 차 엔진 소리가 멀어지는 게 들렸다. 방패 357은 전국의 고아 관리소들을 관리하느라 출장이 잦았다.

호언은 철거 중인 건물에 덩그러니 혼자 남았다. 지금도 빨리 좀 나가라고 호언을 재촉하듯 부지 전체에 예정에도 없던 공사가 진행 중이었다. 미성년인데도 호언은 사회에서 그 누구에게도 보호받지 못했다. 고아 관리소 13은 인권의 사각지대에 있었다.

"학교에 가면 달라질 거야. 친구도 생기고…… 친구도 생길 거야."

호언은 흐르는 눈물을 주먹으로 닦았다. 유일한 친구인 초리가 보고 싶었다. 호언은 몹시 외로웠다. 그는 쓴약을 삼키듯 외로움을 삼키고 어질러진 방을 치우기 시작했다.

얼마 후, 뒤에서 똑똑 소리가 났다. 돌아보니 초리가 서 있었다. 호언은 놀란 눈으로 초리를 보았다. 초리는 하루 사이에 완전히 달라져 있었다.

"초리야! 다시 돌아온 거야? 근데 너 모습이 왜……. 꼬리가 없어졌어?"

"돌아온 거 아니야. 꼬리는 오늘 아침에 방패 서약을 하니까 사라졌어."

방패 입단식 때 피의 서약을 하면 그 전까지 발현된 특성을 비롯해 출신과 관련된 모든 것이 지워진다고 했다. 그것에 대해 듣긴 했지만 직접 눈으로 확인하고서야 초리가 방패가 되었다는 게 실감 났다.

사춘기가 남들보다 일찍 온 초리는 5년 전부터 호랑이 꼬리가 발현되어, 고아 관리소 13 밖으로 한 발짝도 나가지 못했다. 십이지 사회 내부에서는 호랑이 특성이 발현되어 꼬리가 나타나는 것이 흔한 일이지만 바깥세상에서는 일반 사람들과 다르다는 이유로 괴물 취급을 받을 수도 있었다.

보이는 세상 사람들은 오래전 상하 전쟁이 벌어졌다는 것도, 십이지 특성이 드러난 이들이 그들만의 세상을 이루고 있는 것도 전혀 알지 못했다. 십이지 탑에서 보이는 세상 사람들이 그들의 존재를 알지 못하도록 철저하게 관리를 했기 때문이다.

입학

초리처럼 특성이 발현된 반란군의 후예는 보이는 세상으로 나갈 수도, 그렇다고 십이지 사회에서 살아갈 수도 없는 신분이기에 어두운 그늘만 골라 그림자처럼 살아가게 되었다.

호랑이 특성을 인정받을 수 있는 곳은 오직 호랑이의 학교뿐이었다. 그곳에서는 특성이 발현된 것이 자랑이고 또 영광이니까. 그러니 우리 빨리 학교에 같이 가자고 몇 년 전부터 호언과 의기투합했었던 초리는 어제 아침 갑자기 방패에 들어가겠다며 고아 관리소 13을 떠났었다.

놀란 호언이 초리를 붙잡고 말했다.

"왜 그런 거야? 나랑 같이 학교에 가자고 약속했었잖아."

꼬리로 특성이 발현된 초리와 달리 호언은 눈동자로 호랑이띠 특성이 발현되었다. 호언은 눈동자가 해바라기처럼 노랬다. 한때 초리는 호언을 부러워했다. 호언은 검은 렌즈만 끼면 호랑이 특성을 감쪽같이 가릴 수 있어서 보이는 세상에서 자유롭게 돌아다닐 수 있으니까.

초리는 호언의 샛노란 눈동자를 정면으로 보며 말했다.

"다시 여기 온 건, 너 때문이야. 또 학교 입학 원서를 썼다며? 호언아, 이제 그만해. 어차피 이번에도 안 될 거야.

지금이라도 같이 가서 피의 서약을 하고 방패가 되자."

"방패 357이 시켰어? 그래서 다시 온 거야?"

"내가 널 설득하겠다고 자원했어."

"왜 갑자기 변한 거야? 네 꿈은? 호랑이의 학교에 수석으로 입학하겠다며."

"넌 아직도 그런 허황한 꿈을 붙잡고 있는 거야? 학교는 가서 뭐 해. 뭐가 달라지는데?"

"반란군의 핏줄로 낙인찍혀서 살아온 시간이 억울하지도 않아? 우리가 학교에 가서 역사를 바로잡고 밝혀야지. 그들은 반란군이 아니었다고! 우리를 반란군 후예 취급하지 말라고!"

초리는 호언을 보며 한쪽 입꼬리를 올리고 씁쓸하게 말했다.

"어떻게 밝힐 건데? 학교에 들어갈 수조차 없는데."

"어떻게든 가야지. 초리야, 우리는 절대 방패가 되어선 안 돼. 방패는 우리 적이잖아!"

"방패가 왜 적이야. 오래전 방패들이 반란군을 진압해서 죽였지만, 그건 반란군이 십이지신을 죽이려고 해서 그런 거잖아."

"설마 그 말을 믿는 거야?"

"믿지 않으면? 모두가 그렇게 말하는데."

고아 관리소에 들어와서 이곳의 규칙보다도 먼저 배운 것은 반란군과 관련된 역사였다. 상하 전쟁에서의 승리를 기리기 위해 1년에 한 번 십이지 학교가 모두 모이는 축제인 천상제에서 과거에 일부가 반란군이 되어 십이지신을 죽이려고 시도했었다는 것이다.

관리자는 은혜도 모르는 배은망덕한 것들이라고 반란군을 욕하면서 침을 튀기며 흥분했다. 하지만 호언은 그 말을 믿지 않았다. 부모님이 돌아가실 때 호언에게 마지막으로 해 주신 말과 달랐기 때문이다.

지금으로부터 10년 전, 호언의 부모님은 빗길에 교통사고로 돌아가셨다. 병원에서 숨을 거두기 직전, 그들은 호언에게 그가 반란군의 후손이라는 걸 알려 주었다. 오래전 십이지 학교에 불만을 품은 반란군이 십이지신을 암살하려고 했다고들 하지만, 반란군의 자손들은 그 이야기를 믿지 않았다. 반란군 중 하나가 목숨이 끊어지기 직전 시신을 수습하러 온 자식에게 자신들이 그런 것이 아니라며 남긴 말이 대를 거쳐 은밀히 내려왔기 때문이다. 반란군의 후예들은 그 말을 부적처럼 가슴에 지니고 오랜 세월

설움을 버텨 왔다.

갑작스러운 부모의 죽음을 슬퍼할 새도 없이 십이지 탑에서 관리자가 나와서 호언을 고아 관리소 13으로 데려왔다. 호언이 일곱 살 때였다. 그때부터 호언은 꼭 학교에 가서 천상제 날의 진실을 명명백백히 밝히겠다고 다짐했다. 모든 역사는 학교로부터 시작되고, 학교에서부터 그 역사가 대대손손 퍼져 나가니까.

"호언아, 네가 이렇게 버틸수록 방패에서 적응하기 더 어려워질 거야."

초리는 부끄러운 반란군의 후예 딱지를 떼어 버릴 방법은 방패가 되는 것이라고 덧붙였지만 호언의 생각은 달랐다. 호언은 초리를 보며 바위처럼 단단한 목소리로 말했다.

"난 호랑이의 학교에 들어갈 거야. 그래서 꼭 모든 걸 바로잡을 거야."

초리는 한숨을 내쉰 후 조만간 방패 입단식에서 보자는 말을 남기고 떠났다. 그 누구도 호언이 학교에 입학하는 것을 원하지 않았다. 하지만 호언은 원했다. 모두가 안 될 거라고 했지만, 포기하지 않았다. 찢어진 학교 지원서를 이어 붙인 후 종이를 펴고 펜을 잡았다. 반란군의 후예로 살아오면서 품은 원망과 절망 속에서도 끝내 놓지 않은 소망을 솔직하게 써 내려갔다. 자신의 오랜 꿈을 지켜 줄 사람은 오직 자신뿐이니까.

2. 토끼처럼 붉은 눈

'저는 학교에 가서 세상을 바꿀 겁니다.'

마지막 줄에 포부를 밝힌 후 원서를 봉투에 넣었다. 호언은 검은 렌즈를 끼고 점퍼를 입고 밖으로 나왔다. 고아관리소 13은 휑했다. 식당 건물을 철거하고 있어 더 을씨년스러웠다. 쌀쌀한 날씨 때문인지 어깨가 더 움츠러들었다. 호언은 오솔길을 통과해 버스 정류장으로 갔다. 그런데 아무리 기다려도 버스가 오지 않았다. 너무 추워서 몸이 얼어붙는 것 같았다.

한참 후, 그 앞을 지나는 행인에게 물어보니, 오늘 아침부터 버스 운행이 임시로 중단된다고 마을에 공지가 됐는데 못 들었냐며 오히려 의아해했다. 시내에서 한참 떨어진 외진 곳에서 자신을 옴짝달싹하지 못하게 하려는 방패 357의 계획일지도 모른다는 생각이 들자, 호언은 온몸이 뜨겁게 달아올랐다.

"버스가 없으면 뭐? 다른 정거장까지 걸어서 가면 되지."

호언은 운동화 끈을 야무지게 고쳐 매고 뛰기 시작했다. 그렇게 추위 속에서 쉬지 않고 뛰어 좀 더 번화한 곳에 있는 정류장에 도착했다. 그런데 버스에 타서 단말기에 교통 카드를 가져다 대도 도통 인식이 되지 않았다. 자세히 보니, 교통 카드 IC칩 부분에 예리한 날붙이 등으로 긁힌 듯한 자국이 있었다. 방패 357이 어젯밤 요란하게 방을 뒤지면서 교통 카드에까지 손을 댄 것 같았다.

결제를 할 수 없었기에 호언은 일단 버스에서 내렸다. 정류장 벤치에 앉아 찬찬히 살펴보니 다른 카드 역시 모두 마찬가지로 손상되어 있었다. 현금을 뽑을 수도 없게 된 것이다.

'이런다고 내가 포기할 줄 알고!'

분통이 터졌으나 방법이 아예 없는 건 아니었다. 휴대폰으로 인터넷에 검색해서 지도를 살펴보니, 현재 위치에서 강남역까지는 걸어서 열 시간 거리였다. 그렇다면, 뛰면 된다! 호언은 그때부터 뛰다가 걷기를 반복하며 멈추지 않았다.

경기 남부에서부터 서울 도심까지는 거리가 상당히 멀어서 오전에 출발했는데도 해가 질 때쯤이 되어서야 강남에 도착했다. 지난번 원서 접수 이후 오랜만의 외출이었지만 바깥 풍경을 찬찬히 돌아볼 여유는 없었다. 버스를 탔으면 중간에 갈아타고 기다리는 시간을 다 합쳐도 한 시간 반이면 넉넉히 올 거리를 두 발로 죽어라 뛰어서 일곱 시간 만에 당도한 것이다. 호언은 다리가 후들거리고 온몸이 땀으로 흠뻑 젖었다.

십이지 탑은 강남 한복판에 있었다. 탑을 가만히 보면 1층은 인형 뽑기 가게와 편의점, 2층은 음식점, 3층은 노래방, 4층은 커피숍으로 이루어진 허름한 건물로 보이지만, 그건 평범한 인간들의 눈을 속이기 위해 위장용으로 꾸민 모습이었다. 특정한 방법으로 해당 건물에 들어가야지만 겉으로 보이는 건물이 아닌 진짜 십이지 탑으로 들어갈 수 있었다.

숨겨진 십이지 탑으로 가는 방법은 두 가지였다. 첫 번째 방법은 1층 인형 뽑기 기계에서 특정 인형을 뽑는 것이다. 쥐, 소, 호랑이, 토끼, 용, 뱀, 말, 양, 원숭이, 닭, 개, 돼지 인형이 들어 있는 기계에서 자신에게 특성이 발현된 동물의 인형을 뽑는다. 인형에 숨겨진 열쇠를 꺼낸 후 1층과 2층을 잇는 계단 중간의 상가 화장실로 가서 열쇠를 꽂으면 비밀의 문이 열린다.

하지만 인형 뽑기는 공짜가 아니었다. 한 번 도전하려면 천 원이 필요한데 호언은 한 번에 인형을 뽑은 적이 없었다. 몇 달 전에는 인형 뽑기 기계에 1년 동안 저축한 용돈 전부를 날리기도 했다.

"인형 뽑기는 초리가 잘하는데……."

두 번째 방법은 1층 편의점에서 특별한 조합으로 물건을 계산대에 놓는 것이다. 호언은 편의점으로 들어가 물건들을 샅샅이 뒤졌다. 월요일이니 소시지 하나, 오후 다섯 시니까 초콜릿 다섯 개, 청원자가 호랑이띠니까 콜라와 사이다 각 두 캔씩이 필요했다. 그런데 소시지가 보이지 않았다. 호언은 허리를 펴고 계산대를 돌아보았다. 계산대에서는 근육이 울퉁불퉁한 아저씨가 휴대폰으로 짧은 영상을 보며 키득거리고 있었다.

"저기요, 소시지 떨어졌는데요."

"소시지는 내일 입고됩니다."

내일 들어오는 것은 소용없었다. 화요일에는 소시지가 필요하지 않으니까. 무엇보다 원서 접수는 오늘이 마감이었다.

호언은 초콜릿, 콜라, 사이다를 계산대 위에 놓으며 쭈뼛쭈뼛 말을 꺼냈다.

"제가 학교 원서 접수를 꼭 해야 하는데 이번만 넘어가주시면 안 될까요."

학교 원서를 정식으로 접수하려면 원래는 십이지 탑 7층 안내 센터에서 등록해야 했으나, 접수 마지막 날은 사람들이 너무 붐벼서 마감 한 시간 전인 오후 네 시부터는 1층 편의점에서도 원서 접수가 가능했다.

한 번만 봐달라는 간청에 아저씨의 얼굴에서 표정이 순식간에 사라졌다.

"원서 지원은 마감 시간이 지났습니다."

바늘 하나 들어갈 틈도 없을 만큼 어조가 딱딱했다.

그의 말이 맞았다. 원서 지원 마감 시간은 오후 다섯 시였고, 지금은 다섯 시가 훌쩍 넘은 시간이었다. 호언은 상황을 부드럽게 만들기 위해 '말머리에 관리자님이라고 깍듯하게 호칭을 붙였더라면 더 좋았을 텐데.' 하고 뒤늦게 후회가 되었다.

관리자는 십이지 탑에 소속되어 일하는 사람들을 일컫는 호칭이었다. 하지만 그의 표정은 절대 깨지지 않을 금강석처럼 견고해 보여서 앞에 잘 포장한 수식어를 덧붙인다 해도 아무 소용도 없을 것 같았다.

고민 끝에 호언은 편의점의 벽시계를 가리키며 말을 꺼냈다.

"아직 여섯 시 전이잖아요. 원서를 십이지 탑 최고층으로 안 보내신 거 알아요."

"네가 그걸 어떻게 알지?"

호언은 몇 달 전에도 방패 357의 방해로 겨우 몰래 원서를 작성하느라 아슬아슬한 시간에 편의점으로 뛰어왔었는데 이미 마감 시간인 오후 다섯 시를 1분 38초 넘긴 후였다. 좌절한 호언이 망연자실하게 한참을 서 있자, 그 모습이 안쓰러워 보였는지 그때 일하고 있던 아르바이트생이 호언에게 살짝 비밀을 알려 주었다. 원서 접수 시간을 적는 것은 접수원의 재량에 따르는 것이기 때문에 접수원이 다섯 시 안에 원서가 접수되었다고 적어 주면 된다는 것이었다.

호언은 차마 그 이야기를 할 순 없었다. 자신에게 비밀을 알려 준 것이 밝혀진다면 그때 아르바이트생이었던 접수원 언니가 십이지 탑으로부터 불이익을 받을지도 모르기 때문이었다. 그리고 마감 시간이 지나서 접수했었다는 것이 걸리면 크게 문제가 될 것이었다. 그렇다고 포기할 수도 없었다. 그래서 자신이 말할 수 있는 사실을 말했다. 언제나 진실은 힘이 있으니까.

"전 고아 관리소에 살아요. 모두 그곳을 떠나고 어제 하나뿐인 제 친구마저 방패가 되겠다고 갔어요. 이제 저 혼자예요. 무슨 일이 있어도 학교에 가야 해요. 제발, 원서를 받아 주세요."

무거운 침묵이 어깨를 찍어 누르는 것 같았다. 거기서 말을 멈추고 돌아서야 했지만 간절함에 다시 입이 열렸다. 호언은 절대 하지 말아야 할 말을 기어코 하고야 말았다.

"저는 반란군의 후예예요. 학교가 마지막 희망이에요. 서류를 접수할 수 있게 도와주세요."

아저씨는 무서운 표정으로 노려보다가 호언의 뒷덜미를 죽 잡아 들었다. 그리고 호언을 편의점 밖으로 내치며 낮은 목소리로 충고했다.

"다신 어디 가서 반란군이니 방패니 하는 소리 꺼내지 마라. 사방이 눈이고 귀야. 함부로 그런 얘기를 늘어놓다 간 방패들에게 쥐도 새도 모르게 잡혀갈 거다."

아저씨는 안에서 문을 잠근 뒤 "잠깐 화장실 갑니다."라고 적힌 안내판을 걸었다. 호언은 문을 좀 열어 달라고 유리문을 두드리다가 문득 깨달았다. 손에 쥐고 있던 입학 지원 서류가 사라지고 없었다. 시계를 보니 어느덧 여섯 시였다. 안쪽에서 아저씨는 커다란 가죽 가방을 메고 편의점 창고로 향했다. 가방 위에 호언의 지원서가 비죽이 꽂혀 있었다.

호언은 편의점 유리문에 입김을 호 불어서 손가락으로 글씨를 적었다. 잠시 후 "고맙습니다."라는 글씨가 스르르 사라져 갔다.

늦은 밤이 되어서야 제 방에 도착한 호언은 녹초가 되어 씻자마자 바로 잠에 빠졌다. 그리고 이른 아침, 호언은 건물을 철거하는 소리에 깼다. 공사 소음이 알람을 대신했다. 몇 시인지 확인하려고 호언이 눈을 비비고 휴대폰을 보았다. 그런데 십이지 탑으로부터 문자가 도착해 있었다.

"벌써 결과가 나왔다고?"

호언은 벌떡 일어나 정자세로 앉아 떨리는 마음으로 문자를 보았다.

[십이지 탑에서 알려 드립니다. 정호언 씨는 용의 학교 서류 전형 1차에 합격하셨습니다. 2차 면접 일정은 한 시간 이내로 공지할 예정이오니, 안내 문자를 기다려 주시기 바랍니다.]

"맙소사, 이야! 됐다!"

1차 서류 전형 통과라니! 처음이었다. 9회 말 투 아웃에서 만루 홈런을 날린 기분이 이런 걸까. 우주의 모든 기운이 자신을 응원해 주는 것만 같았다. 호언은 철거 소음이 묻혀 버릴 만큼 힘껏 포효했다.

잠시 뒤 호언은 흥분을 가라앉힌 후 합격 문자를 다시 보았다. 캡처해서 초리에게 보내려는데, 자세히 읽어 보니 내용이 좀 이상했다.

"아니, 이거 왜……. 용의 학교?"

전산 오류가 아니라면 말이 되지 않았다. 십이지 탑에서 실수할 리가 없었다. 원서에도 버젓이 호랑이의 학교로 적었는데……. 어쨌거나 1단계 통과라니! 걱정보단 기쁨이 컸다. 호언은 용의 학교 1차 합격 문자를 캡처한 뒤, 사진과 함께 메시지를 보냈다.

[혹시 네가 힘써 준 거야?]

초리에게 메시지를 전송한 후 한참을 기다렸지만 읽었다는 표시가 뜨지 않았다. 휴대폰을 바꾼 걸까 아니면 혹시 자신의 번호를 차단한 걸까.

곧이어 면접 일정이 도착했다. 1차 합격자들은 자신의 띠가 상징하는 시간에 면접을 보게 된다. 호언의 면접 시간은 호랑이의 시간인 새벽 세 시에서 다섯 시가 아니라 용의 시간인 오전 일곱 시에서 아홉 시였다. 지금부터 24시간도 채 남지 않았다.

"호랑이나 용이나 학교만 들어가면 되지. 일단 면접까지 붙고 생각하자. 합격하고 나서 호랑이의 학교로 편입할 방법을 찾으면 돼."

그때부터 구술시험에 나온다고 예고된 십이지 학교의 역사를 입으로 달달 외웠다. 너무 흥분해서인지 진즉 다 외웠지만, 머릿속이 뒤죽박죽이었다. 내용을 백지에 적고 지우기를 반복하다 보니 어느덧 늦은 밤이 되었다.

"이크! 일단 옷부터! 아니지, 자기소개도 준비해야지!"

마음은 바쁜데 정신이 하나도 없었다. 호언은 옷을 단정하게 갈아입고 벽에 붙은 거울 앞에 서서 자기소개를 연습했다.

"안녕하십니까! 십이지신! 호랑이띠……. 아, 용띠, 용띠!"

연습해도 계속 실수가 이어졌다. 갑자기 용띠인 척하려니 말이 입에 영 붙지 않았다.

"다시. 안녕하십니까! 십이지신……. 어? 어!"

새벽까지 연습을 이어 가던 호언은 거울 앞으로 바짝 다가갔다. 연습이 문제가 아니었다. 어제 씻으면서 외출용 검은 렌즈를 빼 버렸더니, 해바라기처럼 샛노란 호랑이 특유의 눈동자 색이 도드라졌다.

호언은 부랴부랴 욕실이고 방이고 모든 곳을 뒤졌다. 그러나 아무리 찾아도 검은 렌즈 하나가 보이지 않았다.

"용띠는 토끼처럼 눈이 붉다던데. 큰일 났다! 면접까지 세 시간밖에 안 남았는데!"

눈에 지진이 난 것처럼 동공이 흔들렸다.

보이는 세상에서는 십이지신이 별자리나 탄생석, 점성술과 같이 미신의 영역처럼 다뤄졌지만, 보이지 않는 세상의 이들은 각각의 특성이 명확히 발현되고 능력으로 나타났다. 그래서 보이는 세상에 알려진 정보와 보이지 않는 세상의 실제는 종종 차이가 있었다.

하지만 텅 빈 고아 관리소에는 지금 호언뿐이었다. 호언이 기댈 곳은 보이는 세상의 인터넷밖에 없었다. 호언은 부랴부랴 인터넷에 용에 대한 것을 검색해 보았다. 용은 여러 동물의 특징이 외모에 드러나는데, 낙타의 머리, 사슴의 뿔, 토끼의 눈, 소의 귀, 뱀의 목, 잉어의 비늘, 이무기의 배, 매의 발톱, 호랑이의 발이 그것이라고 적혀 있었다.

"아! 난 왜 호랑이 발이 아닌 거야."

호언은 길고 가느다란 손가락으로 머리카락을 쥐어뜯었다. 사슴의 뿔은 어설프게 나뭇가지로 흉내 냈다간 작은 충격에도 부러질 것 같았고, 소의 귀와 뱀의 목 등 나머지는 직접 본 적이 없어서 어떻게 흉내 내야 할지 감조차 오지 않았다. 가장 안전하고 확실하게 속일 방법은 토끼의 눈을 흉내 내는 것이었다.

호언은 인터넷에 안경원을 검색했다. 그러나 호언이 갈 수 있는 지역 어디에도 24시간 안경원은 없었다. 호언은 혹시나 하는 마음에 개개인이 직거래를 하는 사이트인 오이 마켓으로 들어가 붉은 렌즈를 검색해 보았다. 판매자가 딱 하나 떴는데, 아이디는 '최강여신편순이'였다.

용맹소녀: 혹시 붉은 렌즈 남았나요? 당장 구매 가능해요?

최강여신편순이: 미팅 장소 강남

용맹소녀: 얼마예요?

최강여신편순이: 금액 만나서 협의

금액은 만나서 협의한다니 조금 꺼림칙했지만, 다른 방법이 없었던 호언은 곧장 집을 나섰다. 호언은 이번에는 미리 준비한 현금으로 버스를 타고 강남으로 향했다. 광역 버스로 이동하는 사이 호언은 자다 깨기를 반복하며 쪽잠을 잤다.

강남 사거리 24시간 패스트푸드점에 들어서자마자 한눈에 그녀를 찾을 수 있었다. '최강여신편순이'는 미리 전달받은 인상착의 그대로였다. 가죽 치마에 가죽 재킷을 입고 목에는 오렌지색 초커를 하고 있었다. 호언은 깜짝 놀라 뛰어가서 말을 걸었다.

"언니가 '최강여신편순이'예요?"

"'용맹소녀'가 너였어?"

몇 달 전, 십이지 탑의 1층 편의점에서 호언의 학교 입학 지원서를 받아 준 아르바이트생 언니를 이렇게 다시 보게 되니 당황스러웠지만, 이런 기회가 또 없었다. 호언은 이것도 인연인데 잘하면 금액을 조정할 수 있지 않을까 하는 생각이 들었다.

그때 뒤에서 낮은 목소리가 들렸다.

"저 혹시, '최강여신편순이' 님?"

"'용용죽겠지' 님?"

뒤를 돌아보니, 키가 큰 소년이 서 있었다. 호언과 소년은 서로를 보자마자 경쟁자임을 직감했다. '최강여신편순이'가 왜 금액은 만나서 협의하겠다고 했는지 알 것 같았다.

"서로 인사해. 여기는 호언, 저기는 재곤."

갑작스럽게 두 사람의 신상 정보를 밝힌 '최강여신편순이'는 뭘 그렇게 놀라냐며 편하게 말을 놓았다.

"용의 학교에 입학하려고 붉은 렌즈를 사러 온 거잖아? 어차피 면접 가면 서로 볼 텐데, 미리 알아 두면 좋지. 둘 다 용의 특성이 발현되지 않아서 온 처지인데, 빡빡하게 굴 거 없잖아?"

'최강여신편순이'는 쪽쪽 빨대로 빨아 마시던 콜라를 옆으로 치우고 붉은 상자를 열며 말을 이었다.

"자, 그래서 누가 더 돈을 많이 줄 거야?"

붉은 렌즈는 한 쌍뿐이었다. 재곤은 0의 자리가 엄청나게 긴 금액을 불렀다. 친분으로 금액을 조정해 보려던 호언의 계획은 시도해 보지도 못하고 바로 꺾였다. 붉은 렌즈를 손에 넣은 재곤은 그 자리에서 렌즈를 꼈다. 컬러 렌즈 특유의 가장자리 이음 선조차 보이지 않았다. 최상품이었다. '최강여신편순이'가 입금을 확인하자마자 재곤은 예의 바르게 인사하고 일어섰다. 시간은 어느새 여섯 시 사십팔 분이었다.

호언은 발을 동동 구르다가 '최강여신편순이'에게 최대한 간곡한 목소리와 눈빛으로 부탁했다.

"언니, 저 좀 도와주세요. 저 진짜 면접 가야 해요. 이번에 놓치면 끝이에요."

"나한테 붉은 렌즈가 하나 있긴 한데, 도수 높은 난시용이야. 음, 마침 한쪽을 잃어버려서 팔 수도 없으니까 특별히 공짜로 줄게."

앞서 돈으로 흥정한 것과 다르게, 호언이 전에 십이지탑에서 느꼈던 것처럼 '최강여신편순이'는 인정이 많은 듯했다. 원래부터 나머지 한 명에게는 팔기 뭐한 남은 렌즈를 주려고 두 명을 모두 부른 것 같았다.

호언은 사양하지 않고 넙죽 렌즈를 받았다. 왼쪽 눈은

편의점에서 급히 산 안대로 가리고 오른쪽 눈에 붉은 렌즈
를 꼈다. 머리가 어질어질한 게 차라리 눈을 감는 게 나을
정도로 세상이 핑핑 도는 것 같았다.

면접 시간까지는 한 시간도 남지 않았다. 호언은 감사의
인사를 몇 차례나 하고는 서둘러 면접이 있는 십이지 탑으
로 향했다. 다행히 호언이 들렀던 패스트푸드점은 십이지
탑과 그리 멀리 떨어지지 않은 곳에 있었다. 호언은 벽을
더듬어 가며 조심히 움직여 십이지 탑에 겨우 도착했다.

1층 편의점을 통해 십이지 탑 방문권을 얻은 뒤, 비밀
의 문을 열고 들어가 계단으로 걸어 올라간 후, 십이지 탑
7층 안내 센터로 향했다. 접수처 관리자에게 면접 문자를
보여 주자, 접수 관리자가 의심스러운 눈으로 호언을 보며
물었다.

"왼쪽에 왜 안대를 꼈죠?"

"저기 그게, 눈병이 좀 나서요."

"전염성은 아니죠?"

"절대! 아니에요."

호언은 손을 내저으며 극구 부인했다.

미심쩍은 표정의 관리자에게 받은 면접 번호는 순서상

제일 마지막이었다. 또 다른 관리자에게 안내받아 용의
학교 면접 대기실로 향했다. 호언은 안대를 조정하는 척
하며 슬쩍 검은 렌즈를 낀 왼쪽 눈으로 안을 보았다. 대기
실 문이 열리자마자 입이 떡 벌어졌다. 그곳에 모인 아이
들 모두 눈이 붉었다. 특히 재곤의 눈은 그 자리에 온 누구
보다 선명하게 붉었다.

3. 꼭 바꿀 거야

대기실에서 기다리는 아이들은 대부분이 열두 살이었다. 대화를 들어 보니, 재곤은 호언과 같은 돼지의 해 출생이라 열일곱 살 동갑내기였다. 물론 재곤은 호언과 다르게 태어난 달과 시간이 용을 가리켰다.

호언은 자신만 특성이 다르다는 것을 들킬까 봐 안대의 위치를 다시금 조정했다. 긴장해서 입이 바짝 말랐다.

조금 떨어진 곳에서 대기 중인 아이들이 삼삼오오 모여 앉아 재잘재잘 떠들고 있었다.

"우리 동네엔 이렇게 높은 탑이 왜 없는 걸까?"

"높을수록 결계를 치는 데에 공력이 많이 들어간다잖

아."

"면접 끝나면 바로 돌아갈 거야?"

"강남 온 김에 구경 좀 더 하고 싶은데."

"야야, 조심해. 방패들 허락 없이 밖으로 돌아다니다가 걸리면 입학이고 뭐고 다 취소된대."

그들은 식겁하며 바로 집으로 돌아가야겠다고 고개를 주억거렸다. 헛소문이 아닌지 의심해 보지도 않는 그들을 보며 호언은 고개를 옆으로 갸웃했다. 열두 살이라 어려서 그렇다고 하기엔 뭐랄까, 너무 세상 물정을 모르는 것 같았다. 순수했고, 걱정스럽도록 순진했다.

폐쇄된 세상에서 보호를 받으며 자라 온 아이들과 차별과 핍박을 눈칫밥처럼 먹으며 자라 온 호언은 서로 달랐다. 호언은 자신이 학교에 잘 적응할 수 있을지 조금 걱정이 되었다. 어쩌면, 망망대해에 외따로 떨어진 섬처럼 외톨이가 될 수도 있겠다는 생각이 들었다.

'그래, 친구 사귀러 학교 가는 거 아니잖아. 잘못된 걸 고치러 가는 거잖아. 다른 건 신경 쓰지 말자.'

호언은 속으로 되뇌며 흔들리는 마음을 붙잡았다. 하지만 종알대는 아이들을 보자, 자신도 함께 끼어 이야기를 나누고 싶다는 마음이 점차 커졌다. 호언은 부러운 눈으로 그쪽을 보며 그들의 대화에 귀 기울였다.

한 아이가 재곤 쪽을 보며 소곤거렸다.

"근데 저기 창가에 앉은 애는 누굴까? 마을에서 한 번도 본 적이 없는데."

"외국 살다 왔나? 가끔 그런 애들 있잖아."

"애가 아니라 오빠야. 아까 물어보니까 열일곱 살이래! 그리고 한국에 온 게 처음이라던데, 좀 이상하지 않아? 혹시 태어날 때부터……."

비밀스럽게 속닥거려서 호언은 그다음 말은 듣지 못했다. 엉덩이를 슬쩍 움직여 그쪽으로 몸을 기울이는데, 갑자기 대기실 문이 벌컥 열렸다. 모두의 시선이 문으로 향했다.

관리자가 태블릿 PC를 보며 딱딱하게 말했다.

"187번, 188번, 189번 면접장으로 이동하겠습니다."

관리자가 호명하자, 눈이 큰 아이가 머리가 짧은 아이의 팔을 잡고 벌떡 일어섰다. 그 후로 여러 팀이 면접 순서에 따라 대기실을 떠났다.

꽤 시간이 흐르고 대기실에는 재곤과 호언만 남게 되었다. 호언은 혼자 멀리 앉아 있는 재곤이 자꾸 신경 쓰였다.

꼭 육지와 떨어진 외딴 섬처럼 보였다. 마치 자신처럼.

호언은 재곤에 대한 정보를 되짚어 보았다. 재곤은 오이 마켓을 통해 붉은 렌즈를 사려고 했으니 용의 특성인 붉은 눈이 발현되지 않은 것이다. 용의 아이들 말에 따르면 재곤은 그들처럼 용의 마을 출신도 아니고 이번에 한국에 들어온 게 처음이다. 줄곧 외국에서만 살았다는 건데, 혹시 저 녀석도 반란군의 후예일까? 십이지 사회와 완벽하게 연을 끊고 잠적해 버린 반란군의 후예들은 방패들의 감시에서 벗어나 있다는 얘기를 초리에게서 들은 적이 있었다.

호언은 용기 내서 척척 걸어가 그의 옆에 앉았다. 재곤이 앞만 보며 차갑게 말했다.

"저리 떨어져."

"왜, 너나 나나 비슷한 것 같은데? 너도 눈이 붉잖아."

의미심장하게 말을 건네자, 재곤이 착 소리 나게 고개를 돌려 호언을 쏘아보았다.

"그걸로 약점 잡았다고 생각한다면, 나도 가만있지 않을 거야."

"워워, 그걸 밝히면 나도 불리한데 설마 내가 그러겠어. 궁금한 게 있는데, 너도 용의 마을 출신이 아니라며? 혹시

너⋯⋯."

"그래, 나 혼족이야. 그래서 불만 있어?"

깜짝이야. 호언은 생각지도 못한 용어가 튀어나오자 당황해서 아무 말도 하지 못했다. 그 반응을 혼족에 대한 경멸로 인한 것으로 오해한 재곤이 싸늘하게 말했다.

"너도 날 놀리고 싶으면 실컷 해. 꽝철이니 뭐니 놀릴게 무서웠다면 애초에 여기 오지도 않았을 거니까."

해 볼 테면 해 보라고 하면서도 재곤은 긴장한 듯 주먹을 꽉 쥐고 있었다.

그제야 호언은 오래전 초리가 말해 준 용띠의 특징이 떠올랐다. 혼족은 오직 용띠에만 존재했다. 다른 띠들과는 다르게 십이지의 여러 특성이 발현되는 용띠는 그 적통성을 유난히 중요하게 여겼다. 그래서 부모의 띠와 아이의 띠가 모두 일치하는 것에 특히나 집착했다. 그래서 그들은 혼족을 이무기로 취급했다.

뱀이 500년을 살면 비늘이 생겨 이무기가 되고, 이무기가 또 500년을 살면 뿔이 돋아 용이 된다. 옛사람들은 용이 채 못 된 이무기를 강철이, 꽝철이 등으로 불렀는데, 꽝철이가 날면 하늘에 불이 가득해져 비가 오지 않아 날이 가물게 된다고들 했다. 세상을 살릴 비를 내려 주는 용과 달리 꽝철이는 모두에게 미움을 샀다. 미움을 받는다는 점에서는 혼족도 반란군의 후예와 크게 다르지 않다고, 초리가 어릴 때 이야기했었다.

상하 전쟁 이후 십이지신에게 선택받은 자들은 학교 주변에 띠족 마을을 이루며 결계 안에서 살았다. 가족과 헤어지지 않으려고 같은 띠끼리 결혼하고, 아이도 계획해서 자신들의 띠로 상징되는 해, 달, 시에 낳았다. 거대한 띠족 사회를 이루며 살아온 게 십이지신 후예들의 역사였다.

그 전통을 깨고 다른 띠족과 결혼하게 되면, 각 학교와 마을에서 추방당한다. 혼족의 아이도 학교에 입학할 권리가 있지만 실제로 권리를 내세워 학교에 가는 아이는 거의 없었다. 학교에 입학하면 각 띠의 학교가 있는 마을로 가야 해서 그날로 부모와 평생 이별해야 하기 때문이다.

호언은 재곤이 어떤 마음으로 이곳에 왔을까 헤아려 보자 가슴 한쪽이 찌르르 아렸다. 상황은 다르지만 자신도 아는 고통이었다.

"부모님께 인사는 잘하고 왔어? 부모님 많이 보고 싶겠다."

"……."

"얘기 꺼내서 기분 상했으면 미안. 실은 나도 부모님이 보고 싶어서⋯⋯."

어떤 공격이든 다 받아치려고 마음에 빗장을 단단히 걸고 있던 재곤은 말이 나오지 않았다. 부모님 걱정을 해 주는 아이가 있을 거라곤 상상조차 하지 못했기 때문이었다.

"네 부모님은 왜? 너도 혼족이야?"

"난 혼족은 아니야. 우리 부모님은 내가 어릴 때 사고로 돌아가셨거든."

호언의 담담한 고백에 재곤은 잠시 말이 없었다. 짧은 말에서 아픔과 그리움이 느껴졌다. 재곤은 그간 여러 나라를 돌아다니면서도 언제나 가족과 함께였기 때문에, 부모와의 정이 유독 각별했다. 문득 부모님이 돌아가신다면 어떨지 상상해 보니, 호언이 따로 설명하지 않아도 그 아픔이 묵직하게 다가왔다.

재곤은 고개를 숙이고 낮은 목소리로 말했다.

"우리 부모님은 내가 입학 원서를 내고 면접장에 온 것도 몰라서."

"아까 렌즈값 부모님 카드로 낸 거 아니었어?"

"부모님은 어젯밤 늦게까지 학교에 가면 안 된다며 날 설득하시느라 지치셔서 호텔에서 주무시고 계셔. 세계 여행 중에 잠깐 한국에 들어온 거거든. 아까 그 돈은 내 비행

기표 팔아서 마련한 거야."

재곤의 부모는 두 띠족 사회 모두에서 추방당한 이후 보이는 세상에서 재곤을 키웠다. 한반도에 위치한 십이지 학교들로부터 최대한 멀리 떨어져서 자신들의 띠 따위는 모두 잊고 살고 싶어 한 것이다. 재곤의 부모는 눈동자에 띠의 특성이 드러났기 때문에 렌즈로 눈 색을 가리면 보이는 세상에서도 충분히 적응할 수 있었다.

그러나 몸이 멀어지면 마음 역시 멀어질 거란 기대와 다르게, 세계 여러 도시 어디를 가도 고향에 대한 그리움은 커져만 갔다. 그의 가족은 얼마 전 재곤의 설득으로 십수 년 만에 한국에 들어왔는데, 오랜만에 돌아온 고국의 땅을 더 느끼고 싶은 마음에 2박 3일만 한국에 머물려던 것과 달리, 지금은 머문 기간이 어느덧 한 달을 훌쩍 넘어가고 있었다.

재곤은 단단한 목소리로 말했다.

"다른 띠족과 결혼했다고 평생 살아온 마을에서 추방당하는 건 말도 안 돼. 학교에 가서 시스템을 다 바꿀 거야."

"나도 너랑 같아. 학교에 가서 꼭 하고 싶은 일이 있어."

"하고 싶은 일이 뭔데?"

"……."

"참, 근데 넌 혼족도 아닌데 왜 특성이 발휘되지 않은 거야?"

"마지막으로 268번, 269번 면접장으로 이동하겠습니다."

관리자가 대기실에 들어와 호명했다. 재곤과 호언은 자리에서 일어났다. 도수가 높은 붉은 렌즈 때문에 눈이 흐린 호언이 엉뚱한 쪽으로 가려고 하자, 재곤이 슬쩍 팔을 잡아끌었다.

방금의 짧은 대화로 재곤은 날카롭게 세우고 있던 경계심을 허문 듯했다. 재곤은 여행을 좋아하는 부모님과 함께 해외 여러 곳을 돌아다니느라 그간 따로 학교에 다니지 않고 홈스쿨링을 해서 친구가 없고 늘 외로웠다면서, 십이지 학교에서의 생활이 무척 기대된다고 말했다.

"그래서 네가 내 첫 번째 친구야."

"……."

호언은 움찔 놀라 재곤 쪽을 바라보았다. 흐릿해서 잘 보이지 않았지만, 왠지 재곤이 미소 짓고 있는 것 같았다. 자신도 네가 첫 번째 친구라며 어깨라도 두드려 주며 화답해야 할 것 같은 분위기였지만, 호언의 첫 번째 친구는 초리였다. 생애 첫 친구가 얼마나 소중한지는 호언 역시 누구보다 잘 알고 있었다.

"첫 번째 친구라니, 영광인데? 잘 부탁해."

호언은 빙그레 미소 지은 후 재곤에게 의지해 부지런히 걸었다. 관리자와 멀찍이 떨어져서 뒤따르며 재곤이 조그맣게 물었다.

"근데 눈이 잘 안 보여? 설마 그 누나가 이상한 걸 준 거야?"

"그 언니 건데 난시용인 데다가 한쪽밖에 없었어. 도수가 엄청 높아서, 세상이 다 흐리멍덩하게 보여."

얼마 지나지 않아 그들은 면접장에 도착했다. 호언은 흐린 눈으로도 발걸음 소리가 울리는 걸 통해서 면접장이 엄청나게 크다는 걸 알 수 있었다. 재곤이 면접장 곳곳에 관찰 카메라 수백 개가 설치되어 있다고 알려 주었다. 재곤이 카메라 위치를 호언에게 속삭이며 걷다가 "흡." 하고 소리를 삼켰다.

호언이 왜 그러냐고 묻자, 재곤이 떨리는 목소리로 대답했다.

"바닥 곳곳에 초록색 액체 웅덩이가 있고, 그걸 청소부들이 대걸레로 닦고 있어."

"초록색 액체가 뭔데?"

"나도 몰라. 근데 악취가 심해. 이제 청소부들 나간다. 심사 위원은 위쪽 유리 벽 뒤에 있어. 세 명이야. 한 명은 인형 뽑기 사장님이고, 또 다른 한 명은 편의점에서 아르바이트하던 근육질 아저씨인데, 다른 한 명은 처음 보는 단발머리 여자……."

재곤이 더 알려 주려는데, 2층에서 마이크를 잡은 편의점 아저씨가 그들을 보며 입을 뗐다.

"용의 학교 마지막 면접생이군요. 268번 재곤 학생과 269번 호언 학생은 지금부터 10분 안에 괴물을 처치하면 됩니다. 각자 특성을 자유롭게 발휘해서 공격하세요. 10분 내내 도망 다니거나 숨기만 하면 감점입니다."

호언은 눈이 커졌다. 재곤도 마찬가지였다. 설마 아까 그 초록색 액체가 괴물의 피였을까? 드드드 소리와 함께 면접장 삼면의 벽이 각각 좌우로 벌어지면서 거대한 문들이 열렸다. 문 안쪽은 심해처럼 어두웠다.

어둠의 끝에서부터 육중한 발소리가 그들에게로 점차 가까워졌다. 엇박자로 퍼지는 거친 숨결에서 역한 냄새가 풍겼다. 괴물들이 점점 그들 쪽으로 다가왔다. 한 놈이 아니었다.

4. 괴물 괴물 괴물

열린 문은 세 개, 괴물 역시 셋이었다.

"발소리가 다른 것 같은데, 혹시 괴물이 셋이야?"

호언이 귀를 바짝 세우고 물었다. 재곤은 렌즈 때문에
시야가 흐릿한 호언을 보호하듯 옆으로 딱 붙었다.

"아홉 시 방향 괴물은 하마를 닮았고, 세 시 방향 괴물은
악어를 닮았어. 악어는 앨리게이터보다는 크로커다일 쪽
이고, 몸이 7미터쯤 되어 보여. 근데 문제는 악어나 하마
가 아니라 열두 시 방향 쪽인데……."

"열두 시 방향엔 뭐가 있는데? 왜 말을 하다 말아?"

"그게…… 코끼리만 해."

어렸을 때 본 만화 속 '아기 코끼리 점보' 느낌이길 바랐지만, 그런 귀여운 생명체라면 '괴물'이라고 부를 리가 없었다. 호언은 침을 꿀꺽 삼키고 떨리는 목소리로 물었다.

"'반지의 제왕' 영화에 나온 코끼리급이야?"

"매머드급이야."

코끼리는 엄니가 나선형으로 길게 휘어져 그 크기가 4미터에 육박했다. 재곤의 설명 덕분에 호언은 흐린 눈으로도 아홉 시, 열두 시, 세 시 방향에서 각기 다른 괴물이 걸어 나오는 모습이 구분되었다. 코끼리 앞의 개미처럼 몸이 떨렸다. 매머드와 크로커다일 이야기를 듣고 보니 상대적으로 아홉 시 방향 쪽 하마가 평범하게 느껴질 정도였다.

'면접이라고 불러 놓고는 이렇게 갑작스럽게 시험을 봐? 심사 위원들은 대체 우리를 뭐라고 생각하는 거야? 열 번 만에 겨우 서류 통과했는데, 이게 뭐야! 난 심지어 용도 아닌데!'

면접장에 괴물들이 등장하는 순간 호언은 깨달았다. 왜 학교 입학 조건이 '열두 살 이상이면서 특성이 하나 이상 발현된 이'라는 것인지.

십이지 학교 입학 면접은 아주아주 특별했다. 생각해 보면 애초에 십이지 학교를 만들게 된 이유도, 언제 있을지 모를 지하계와의 전쟁을 대비하기 위해서였다.

호언은 열일곱 살이었지만, 렌즈 때문에 눈도 잘 보이지 않는 데다, 내로라할 특성도 없었다. 게다가 옆에 있는 재곤은 꽝철이라 불리는 이무기 쪽이고 특성이 하나도 발현되지 않아 도움이 될 리가 없고. 이런 둘이 팀을 이뤄 괴물 셋에 맞서 싸우라니.

"어떻게 세 놈이나 나와. 너랑 나랑 하나씩 맡아도 한쪽이 비는데."

"한쪽이 빈다……. 그거야! 잠시만요!"

재곤이 손을 들고 위쪽을 향해 크게 외쳤다. 심사 위원들이 괴물 앞에 투명 결계를 쳤다. 열린 철창에서 걸어 나오던 괴물 셋이 결계에 가로막혀 일제히 발을 멈췄다. 편의점 아저씨가 인상을 찌푸렸다. 그는 마이크를 삐딱하게 잡은 채 으름장을 놓았다.

"중도에 포기하면 바로 탈락입니다. 시작도 전에 포기하는 겁니까?"

재곤은 아주 조금의 망설임도 없이 대답했다.

"포기하지 않습니다. 질문이 있습니다. 왜 괴물이 셋이죠?"

"지금까지 괴물은 계속 셋이었습니다. 뭘 말하고 싶은 겁니까?"

"저희는 면접 맨 마지막 순서라 둘이 한 조가 되었습니다. 앞의 학생들처럼 셋이 아니니 당연히 상대하는 괴물도 둘이 되어야 합니다."

재곤이 논리적인 이유를 들어 이의를 제기하자 인형 뽑기 사장이 마이크를 잡고 코웃음 쳤다.

"면접 순서는 십이지 탑에 도착한 순서대로 정한 겁니다. 늦게 온 대가라고 생각하고 최선을 다해 임하세요. 더는 불평 말고."

"불평이 아닙니다. 이건 형평성의 문제입니다. 괴물을 셋으로 정한 건 참가자 하나당 괴물을 하나씩 맡아서 능력을 증명하기 위한 것일 텐데, 이렇게 되면 저희는 능력을 충분히 발휘할 수가 없습니다. 다른 참가자들처럼 공평하게 경기에 임할 수 있도록 선처 부탁드립니다."

재곤은 '형평성'이란 말로 심기를 건드렸다가 마지막에는 '선처'라는 말로 끝냈다. 심사 위원들을 들었다 놨다 했다. '요놈 요물이로구나.' 하는 눈빛으로 심사 위원들이 재곤을 보았다. 호언도 가만히 있을 수 없었다. 배꼽에 힘을 주고 심사 위원들을 향해 목소리를 높였다.

"저희는 면접 참가자 중에서는 마지막이지만 약속 시각 내에 도착했으니 불이익을 받을 이유가 없습니다. 그러니 괴물 하나를 빼 주시길 건의드립니다."

"어떤 학생에게도 특혜는 없습니다."

"괴물 하나를 빼는 게 특혜라고 느껴지신다면, 3 대 3으로 경기를 치르도록 이쪽도 한 사람을 채워 주셨으면 좋겠습니다."

"면접을 본 학생 중에 한 명을 다시 불러와서 한 번 더 경기를 치르라고 하라는 겁니까?"

"그럴 수야 없죠. 그건 그 학생에 대한 차별일 테니까요. 그러니, 꼭 괴물 셋을 고집하시겠다면 심사 위원 중 한 분이 내려와 함께 싸워 주시기를 바랍니다."

기세 좋은 호언의 말에 2층 유리 벽 뒤에서 심사 위원들이 술렁거렸다. 재곤은 웃음이 비어져 나오려는 걸 꾹 참고 아래쪽으로 호언을 향해 손바닥을 내밀었다. 호언이 착 소리가 나게 재곤의 손바닥에 자신의 손바닥을 맞댔다. 둘은 장단이 잘 맞았다.

한편 경기가 지연되자 괴물들은 난리가 났다. 하마는 입을 크게 벌려 포효했고, 크로커다일은 꼬리로 곌계 주변을 때렸으며, 매머드는 4미터에 달하는 엄니로 투명 결계를 찌르고 또 찔렀다. 대기 시간이 길어질수록 짜증이 하늘을 찌를 듯이 차오르는 게 선연히 보였다. 괴물들의 공격으로 투명 결계가 흔들릴 때마다 호언과 재곤은 제 몸이 공격받은 것처럼 움찔했다.

한참 후 심사 위원들이 회의를 마쳤다. 편의점 아저씨가 마이크를 잡았다.

"심사 위원이 경기장에 내려가 괴물을 제압하는 것은 여러분에게 특혜이므로 그 제안은 기각합니다. 대신 괴물 하나를 빼도록 하겠습니다. 크로커다일, 뒤쪽으로 물러나 주시죠."

편의점 아저씨가 정중하게 부탁했지만, 크로커다일은 자신이 왜 빠져야 하는지 승복할 수 없다는 듯 꼬리로 투명 결계를 세게 쳤다. 그 위용에 2층 유리 벽이 흔들렸다.

"잠시 후 아홉 시부터 뱀띠 학생들 경기가 또 이어질 테니, 노여움 푸시죠. 부탁드립니다."

크로커다일은 거친 숨을 내쉬며 재곤과 호언을 노려보다가 문 안쪽으로 들어갔다. 그때였다. 하마의 몸집이 두 배로 커졌다. 체중이 4톤은 족히 넘어 보일 만큼 덩치가 커진 데다 눈의 위치가 바뀌었다.

편의점 아저씨가 말을 이었다.

"'형평성'을 위해, 멸종된 것으로 알려진 히포포타무스 고르곱스로 하마의 신체를 조정하겠습니다. 눈의 위치가 두개골 위에 돌출된 형태여서 기존의 하마보다 훨씬 더 주변을 쉽게 살필 수 있습니다. 행운을 빕니다."

투명 결계가 사라지면서 아홉 시와 열두 시 방향의 괴물이 동시에 앞쪽으로 발을 뗐다. 혹 떼려다가 하나 더 붙인 꼴이었다.

재곤이 눈이 불편한 호언 앞으로 나서며 말했다.

"내 뒤로 딱 붙어."

"어쩌려고? 너도 능력이 없긴 마찬가지잖아."

"그래도 난 눈이 보이니까, 어떻게든……. 윽!"

재곤은 말을 미처 끝맺지도 못하고 엉덩방아를 찧었다. 매머드가 화가 나서 체육관 바닥을 앞발로 쾅 구르자 그 여파에 균형을 잃고 넘어진 것이다. 운동 신경이 좋은 호언은 겨우 균형을 잡았지만, 초점이 맞지 않아 괴물의 위치가 정확히 가늠되지 않았다.

갑자기 멀리서 괴물이 뛰어오는 소리가 들렸다. 호언이 두리번거리자, 재빨리 일어난 재곤이 호언을 옆으로 잡아

챘다. 화가 난 히포포타무스 고르곱스가 그들을 쭉 지나쳐 달려간 뒤 뒤돌아 씩씩거렸다.

그 순간 호언은 이대로는 재곤에게 짐만 될 것이 뻔하다는 것을 깨달았다. 합격인지 탈락인지가 문제가 아니었다. 치열한 경기장에서 둘 다 살아서 나가려면 도망쳐서는 답이 없었다. 괴물의 약점을 찾아야 했다. 하마에 대해 생각하자 두 가지가 떠올랐다. 첫 번째는 커다랗게 입을 벌린 모습, 두 번째는 물속에서 눈과 코만 내놓고 숨죽인 모습.

'근데 하마는 왜 물속에 있는 거지?'

의문이 들어 생각을 거듭하던 호언은 거침없이 안대를 오른쪽으로 옮겼다. 호랑이띠의 경우 특성이 발현될 때 아주 드물지만 눈과 손, 발처럼 한 쌍을 이루는 신체의 경우, 양쪽에 동시에 특성이 발현되지 않고 한쪽에만 먼저 발현되는 경우가 있었다.

그게 용띠에게도 적용되는 것인지는 알 수 없었지만, 이대로 떨어질 수는 없기에 일단 저지르고 본 행동이었다. 붉은 렌즈를 낀 오른쪽 눈을 안대로 가리고 검은 렌즈를 낀 왼쪽 눈으로 시야를 확보했다.

곧이어 호언이 달리며 소리쳤다.

"저 고르곱스를 맡아. 내가 매머드 쪽으로 갈게."

"어쩌려고?"

"네가 제일 잘하는 걸 해!"

"그게 무슨 소리야?"

구구절절 설명할 시간이 없었다. 호언은 매머드를 가장자리로 유인하며 소리쳤다.

"아프리카에서 하마가 왜 계속 물에 있겠어? 근데 넌 꽝철이잖아!"

매머드가 빠른 속도로 호언을 뒤쫓았다. 호언은 요리조리 빠르게 뛰며 매머드를 정신없게 만들었다.

한편 히포포타무스 고르곱스는 재곤을 뒤쫓았다. 재곤은 달리면서 생각했다.

'꽝철이의 특성이 뭐지? 꽝철이는 이무기일 뿐인데!'

용의 특성이 발현되지 않은 것은 혼족의 약점인데, 꽝철이가 제일 잘하는 걸 하라는 말이 무슨 뜻인지 이해되지 않았다. 그리고 하마가 물에 있는 건 왜…….

'아! 그거였구나!'

재곤은 한 번도 해 보지 않았지만 할 수 있을 거라는 자신감이 차올랐다. 오늘 처음 본 호언조차 자신을 믿어 주었으니까! 꽝철이는 꽝철이만의 능력이 있으니까! 꽝철이가 사람들에게 미움받는 이유는 하늘에서 비가 내리게 하는 용과 다르게, 꽝철이가 날면 하늘에 불이 가득해져 비가 오지 않아 세상이 가물게 되기 때문이었다. 날지는 못하지만 재곤은 크게 하늘 위로 뛰어올랐다. 그러자 몸이 뜨겁게 달아올랐고 곧 불의 속성이 발현되었다.

재곤은 히포포타무스 고르곱스를 향해 하늘다람쥐처럼 팔다리를 펼치고 나아갔다. 붉게 변해 뜨겁게 달아오른 재곤의 몸이 닿자 히포포타무스 고르곱스는 괴로워했다. 약점으로 또 다른 약점을 이기는 순간이었다.

흥분한 인형 뽑기 사장이 마이크를 잡고 별안간 중계를 시작했다.

"자외선에 약한 하마의 약점을 이용해서 공격하다니, 난생처음 본 전술입니다. 대단한데요!"

그사이 호언은 면접장의 구석으로 달려갔다. 더는 도망칠 수 있는 곳이 없었다. 매머드가 그대로 돌진했다. 그 즉시 호언이 모퉁이 옆쪽으로 몸을 틀었다. 그와 동시에 매머드의 기다란 엄니 끝이 체육관 벽에 꽂혀 버렸다. 호언이 씩 웃었다. 무턱대고 앞만 보고 달리면 강점도 약점이 되는 법이다.

'넌 이제 끝났어!'

호언이 엄니를 타고 올라가 매머드의 눈을 주먹으로 쾅쾅 쳤다. 그때였다. 너무 의기가 넘쳤던 걸까. 호언의 주먹이 갑자기 호랑이 발로 변했다. 하필 그 순간에 호랑이 띠 특성이 하나 더 발현된 것이다. 조금 전까지 승리를 자신했는데, 이번엔 무조건 합격해서 학교에 갈 줄 알았는데…… 그간 학교에 들어오기 위해 했던 모든 노력의 순간이 주마등처럼 스쳤다.

'아, 망했다.'

5. 거침없이 호랑이 발

"맙소사! 용의 특성이 발현되었습니다!"

인형 뽑기 사장이 흥분해서 목소리가 높아졌다. 호언은 귀를 의심했다. 호랑이 발인데 용의 특성이라고? 호언은 그제야 인터넷에서 본 아홉 동물의 특성이 드러나는 용띠의 특징이 다시금 떠올랐다.

인형 뽑기 사장이 유리 벽에 몸을 밀착시키고 고래고래 소리를 질렀다.

"경기장에서 특성이 새롭게 발현되는 것은 백 년 만입니다! 그것도 호랑이 발이라니!"

호언은 마지막 일격으로 매머드의 머리통을 호랑이 발

로 가격했다. 호랑이 발의 위력은 대단했다. 하지만 시험 종료를 알리는 버저가 울리기 전까지 시험은 끝난 게 아니었다. 매머드는 기다란 코를 팔처럼 사용해 호언의 허리를 감아쥔 후 멀리 던져 버렸다. 호언이 반원을 그리며 날아가는 사이 매머드가 벽에 박힌 엄니를 빼려고 했다. 몸을 흔들며 빼려고 할 때마다 벽에 금이 쩍쩍 갔다.

'버저야, 울려라! 제발 제발.'

힘이 빠진 호언은 시계를 보며 기원했지만, 아직 1분이 남은 상태였다. 편의점 아저씨와 단발머리 여자는 팔짱을 낀 채 관망했고, 인형 뽑기 사장은 마이크를 쥔 채 탄식했다.

"아, 여기서 돼지 코까지 나와 줘야 할 텐데요! 그래요! 돼지 코까지 하나 더 특성을 발현해서 역사에 남을 신기록을 세워 봅시다!"

저 아저씨가 뭐라는 거야. 호언은 눈을 위로 치켜뜨고 2층을 보았다.

'근데 돼지 코는 또 뭐야? 용의 특징으로 알려진 아홉 가지 동물의 모양새에서 돼지 코는 없었는데? 설마 내가 인터넷으로 검색한 정보랑 실제랑 다른가?'

순간 의심이 들었지만, 찬찬히 생각해 볼 여유가 없었

다. 경기는 진행 중이었고, 시간은 20초가 넘게 남아 있었다. 호언은 애가 탔다. 재곤 역시 히포포타무스 고르곱스와 분투하고 있었다.

히포포타무스 고르곱스는 히포수도르산이라는 붉은 액체인 천연 자외선 차단제를 뿜어서 화상 입은 상처를 회복했다. 만만치 않은 괴물이었다. 히포포타무스 고르곱스는 회복하자마자 한입에 베어 없애겠다는 듯 입을 크게 벌리고 재곤에게 달려들었다. 재곤은 두 팔을 교차해서 히포포타무스 고르곱스의 입이 다물어지지 않도록 안간힘을 썼다. 엄청난 힘에 대항하느라 양팔 위로 힘줄이 툭툭 불거졌다.

그때 매머드가 벽을 무너뜨리면서 엄니를 빼냈다. 곧바로 단발머리 여자가 손을 뻗어 원격으로 건너편 벽이 붕괴되는 걸 막았다. 처음에 괴물을 막는 결계를 쳤던 것도 그녀의 솜씨였다. 호언은 혹시나 하고 바랐지만, 단발머리 여자는 결계를 쳐서 매머드를 잡아 주지는 않았다.

그렇다면 남은 방법은 하나뿐이었다. 호언은 몸을 돌려 달렸다. 달리는 길 중간에서 재곤을 몰아붙이고 있는 히포포타무스 고르곱스를 다리를 벌려 크게 뛰어넘었다.

매머드는 호언에게 얻어맞아 눈이 보이지 않는 상태이

기에 도망가는 호언의 발소리만 따라서 곧장 달렸다. 그리고 그 과정에서 히포포타무스 고르곱스의 옆구리를 엄니로 쳐 버렸다.

재곤은 히포포타무스 고르곱스와 팽팽하게 힘겨루기를 하던 중 매머드가 끼어드는 바람에, 그 힘의 여파로 뒤로 날아가 벽에 세게 등을 부딪히면서 바닥에 떨어졌다. 옆으로 내동댕이쳐진 히포포타무스 고르곱스가 먼저 몸을 일으켰다.

"재곤아! 일어나! 고르곱스가 그쪽으로……."

호언이 큰 소리로 경고했지만, 재곤은 일어나지 않았다. 벽에 부딪힌 충격으로 기절해 버린 것이다. 히포포타무스 고르곱스가 쓰러진 재곤을 향해 돌진했다. 공격에서 살기가 느껴졌다. 호언은 자신에게 달려오는 매머드의 엄니를 호랑이 발로 잡고 위로 뛰어올랐다.

"재곤아, 피해! 위험해!"

재곤이 얼굴을 찌푸리며 겨우 정신을 차렸다. 그사이 히포포타무스 고르곱스는 재곤에게 바짝 다가가 있었다. 호언은 허공을 날아서 히포포타무스 고르곱스의 등을 호랑이 발이 된 주먹으로 내리꽂은 뒤 바닥에 착지했다. 우드득 소리와 동시에 히포포타무스 고르곱스가 신음을 내

질렀다.

달려온 매머드가 제 앞을 방해하는 히포포타무스 고르곱스를 들이 받으며 날렸다. 뒤이어 호언을 엄니 옆으로 쳐서 허공으로 날린 순간이었다.

뿌우우—!

버저가 울렸다. 시험 시간 10분이 끝난 것이다. 천장에 하이 파이브를 할 수 있을 정도로 높이 날아간 호언은 눈앞이 아찔했다. 이대로 바닥에 떨어지면 온몸의 뼈가 아스러질 것 같았다.

잠시 후, 호언은 낙하산을 펼친 것처럼 천천히 그리고 부드럽게 바닥으로 내려왔다. 단발머리 여자가 경기가 끝나자 손을 움직여 두 괴물 위로 결계를 씌우고 호언을 안전하게 바닥으로 내려 준 것이다. 호언은 털썩 주저앉은 채 가쁜 숨을 내쉬었다. 아드레날린이 폭주했다. 평생에 이렇게 신난 적은 처음이었다. 재곤은 등이 아파서 얼굴이 시뻘게졌지만, 얼굴을 찡그린 채로 웃었다.

반면, 2층의 심사 위원들은 조용했다. 펜을 움직여 태블릿 PC에 뭔가를 적고 있었다. 점수를 매기는 걸까. 호언은 지금까지 생사를 걸고 싸웠던 모든 행위가 학교에 들어가기 위한 면접 중 하나일 뿐이라는 사실을 새삼 떠올렸다.

두 괴물이 씩씩거리며 면접장의 벽 안쪽으로 들어간 후, 관리자가 출입문을 열어 주며 말했다.

"1차 면접이 끝났습니다. 268번, 269번 다음 장소로 이동하시죠."

"방금 한 게 1차였다고요? 이런 게 또 있어요?"

"이동하겠습니다."

관리자는 대답없이 앞서서 걸었다. 호언과 재곤은 후들거리는 다리로 그 뒤를 따랐다.

호언이 위를 올려다보니, 심사 위원석에서 인형 뽑기 사장이 그들을 향해 엄지 두 개를 치켜들고 있었다. 편의점 아저씨는 굳은 얼굴로 호언을 보고 있었고, 단발머리 여자는 통화를 하며 그들을 흘긋 쳐다보았다.

"도망 다니거나 숨지 않았으니까, 통과했겠지?"

"매해 면접에서 떨어지는 학생이 엄청 많다고 들었어. 그래서 자신의 해에 학교에 바로 붙는 경우가 없어서 재수, 삼수해서 들어오는 경우가 많대."

"그럼, 내년에 또다시……. 아, 안 되겠네."

이번이 열 번째 도전이라 여기서 떨어지면 끝이었다. 호언은 어깨가 축 처졌다. 재곤도 상황이 나쁘기는 마찬가지였다. 만약 떨어지면, 그의 부모가 재곤이 다시는 십이지 학교에 입학 신청을 하지 못하게 하려고, 한국에서 제일 멀리 떨어진 나라로 재곤을 데리고 가 버릴 게 뻔했다. 재곤과 호언 모두 이번이 마지막 기회였다. 그렇기에 그들은 간절했다.

다음 장소에 도착한 그들은 문이 열리자마자 입이 벌어졌다. 그곳은 의자와 책상이 줄지어 놓여 있는 제법 큰 교실 같은 공간이었는데, 그곳에 대기실에서 보았던 아이들이 모여 있었다. 그들 모두 몸 상태가 말이 아니었다. 단정하게 머리를 땋고 있던 아이는 산발이 되어 있었고, 여기저기 긁히고 까진 상처가 있는 아이들이 많았으며, 크게 넘어졌는지 다리를 절룩이는 학생도 있었다. 면접에서 얼마나 고생했을지 모습만 보아도 알 수 있었다. 호언과 재곤도 다르지 않았다.

교탁 앞에 선 관리자가 딱딱하게 말했다.

"각자 번호가 적힌 책상 앞에 앉아 주십시오. 모두 도착했으니, 필기시험을 시작하겠습니다."

다들 이럴 줄 알았다는 듯 자신의 번호가 적힌 자리로 가서 앉았다. 호언이 동그래진 눈으로 재곤을 보며 너도 바로 필기시험을 본다는 걸 알았냐고 묻자, 재곤은 전혀 몰랐다며 고개를 가로저었다.

필기시험이 시작되자마자 아이들은 일제히 문제를 풀기 시작했다. 용에 관한 상식 테스트였다. 빠르게 답안을 적는 소리가 삭삭 들렸다. 호언은 배신감이 찬 눈빛으로 재곤을 보았다. 시험 보는 줄 몰랐다더니, 재곤은 누구보다 빠르게 시험지에 답을 적으며 넘기고 있었다.

호언은 한숨을 삼킨 후, 안대를 위로 살짝 들어서 검은 렌즈를 낀 눈으로 문제를 읽어 내려갔다. 그리고 첫 번째 문제부터 막혔다.

1. 용의 학교 교훈은?

'그걸 내가 어떻게 알아?'

호언은 펜 꼭지를 잘근잘근 깨물다가 다음 문제로 넘어갔다.

2. 용의 학교 교화는?

'학교를 상징하는 꽃도 있어? 다른 애들은 그걸 다 아는 거야? 재곤도 알고 있다고?'

호언은 답을 모르는 문제는 일단 별표를 쳐 놓고 다음 문제로 넘어갔다. 그런 식으로 쭉 문제를 마지막까지 확인하자, 별표를 치지 않은 문제가 없었다. 회색 종이에 은하수가 아름답게 펼쳐져 있었다. 모른다고 아무것도 적지 않은 채 제출할 수는 없어서 호언은 답을 적는 빈칸마다 자신이 얼마나 학교에 입학하고 싶은지 주저리주저리 적기 시작했다.

종이 울리자마자 관리자가 시험지를 뒤에서부터 직접 걷었다. 호언의 시험지를 걷을 때 관리자의 미간이 눈에 띄게 좁아졌다. 문제마다 별표 천지에, 단답형으로 적는 칸에도 네다섯 줄씩 길게 글을 적은 게 그의 눈에도 이상하게 보인 것이다. 호언은 부끄러워서 차마 눈을 마주치지 못했다.

"이로써 시험은 모두 끝났습니다."

맨 앞에 앉은 용의 아이가 손을 들고 물었다.

"3차는요? 말로 하는 개별 면접은 안 보나요?"

"어제 비리 신고가 들어와서 올해부터 구술시험은 폐지되었습니다. 합격 여부는 사흘 안에 개별 연락하겠습니다."

학생들은 관리자를 따라 십이지 탑 밖으로 나왔다. 처음에 대기실에서 어색해하고 서로를 경계했던 것과 달리, 지금 그들은 같은 시험을 치렀다는 사실에 동질감을 느끼고 있었다. 함께 맛있는 음식을 먹으며 이야기를 나누고 싶은 마음이 든 아이들도 있었지만 모두 고된 시험으로 인해 정신적으로 신체적으로 지친 상태였다. 그래서 시험을 치른 아이들은 번호만 교환한 채 다들 학교에서 꼭 보자고 인사한 뒤 헤어졌다.

"아, 맞다. 붉은 렌즈!"

호언은 광역 버스를 타러 가다가 발을 돌려 붉은 컬러 렌즈를 사려고 안경원에 들렀다. 그러나 그곳에서 붉은 렌즈를 사지 못해서 검색해서 다른 안경원으로 갔다. 그리고 거기에도 붉은 렌즈는 없었다. 그런 식으로 열 군데가 넘는 안경원을 찾아갔지만, 하나같이 붉은 렌즈가 품절이라고 했다. 그들이 하는 말은 모두 똑같았다. 바로 어제 붉은 렌즈가 전부 품절되었다는 것이었다.

'혹시 부정행위를 방지하려고 십이지 탑에서 안경원들을 돌아다니면서 컬러 렌즈를 전량 구매했나?'

혹시나 하는 마음에 노란 컬러 렌즈도 있는지 물어보았으나, 그건 여분이 충분했다. 왠지 찝찝했다. 붉은 렌즈가 들어오면 연락을 달라고 여러 곳에 부탁한 뒤 호언은 일단 집으로 향했다. 이후 호언은 고아 관리소 13의 제 방으로 돌아와 거의 이틀 내내 잠만 잤다.

호언은 잠에서 깨자마자 휴대폰부터 확인했다. 잠든 사이 문자가 엄청 많이 도착해 있었는데, 발신자는 거의 다 재곤이었다.

[우리 시험 결과 일찍 발표 났던데, 너도 연락 왔냐?]
[왜 휴대폰이 꺼져 있어? 혹시 무슨 일 있는 거야?]

그런데 재곤에게서 온 문자들 사이에 십이지 탑으로부터 온 문자가 하나 끼어 있었다. 호언은 손이 떨리고 심장이 두근거렸다. 제발, 제발, 제발.

[269번 정호언 응시자, 제997회 용의 학교 입학을 축하드립니다.]

6. 칼촉

"초리야, 나 합격했어!"

행복한 일이 생기니 가장 먼저 생각나는 이는 역시 초리였다. 초리와는 오래전부터 힘들 때나 기쁠 때나 하나부터 열까지 모든 것을 함께 나눈 둘도 없는 단짝이었다. 초리도 함께 지원했다면 얼마나 좋았을까. 함께 합격했다면 얼마나 좋았을까 하는 생각을 하며 호언이 전화를 걸었다.

하지만 연결음만 들릴 뿐 초리는 끝내 전화를 받지 않았다. 문자를 보내도 답이 없고, SNS 메시지 역시 읽었다는 표시가 뜨지 않았다. 어느 순간부터 전화는 전원이 꺼

져 있어 음성 사서함으로 연결된다는 안내 멘트만 반복
되었다.

결국, 호언은 음성 메시지를 남기기로 했다. 방을 뱅글
뱅글 돌며 미주알고주알 이야기하기 시작했다.

"……근데 호랑이의 학교가 아니라 용의 학교야. 얘기
가 좀 긴데, 만나서 이야기해야 하는데. 근데, 넌 어떻게
지내? 밥은 잘 먹고 다니냐? 연락 줘. 기다릴……. 어? 초
리야!"

언제 온 건지, 문득 고개를 들었다가 문 앞에 서 있는 초
리를 발견한 호언은 반가운 마음에 곧장 달려가 초리를 안
았다. 얼마나 반가웠는지 전쟁 속에 피난을 가다 떨어진
가족을 만난 것처럼 껴안았지만, 초리의 몸은 경직되어 있
었다.

이상한 점을 발견하지 못한 호언은 곧장 원망을 쏟아
냈다.

"대체 어떻게 된 거야? 휴대폰은 계속 꺼져 있던데. 얼
굴은 또 왜 이렇게 푸석해. 거기서 잠도 안 재우고 일 시
켜? 숙소는 따로 있어?"

"하나씩 물어. 정신없어."

"밥은 먹었어?"

초리는 울컥했다. 자신을 늘 언니처럼 살뜰히 챙겨 주던 호언이었다. 지난 며칠 방패들과 지내며 초리는 호언이 매우 보고 싶었다. 곧 호언도 자신과 같이 방패가 될 거란 생각으로 버텼는데, 호언이 십이지 학교에 붙었단다. 자신은 방패가 되고 이제 호언은 학생이 되었으니, 자매보다 친했던 두 사람 사이가 멀어질 것은 불 보듯 뻔했다.

초리의 눈에 눈물이 고였다. 초리는 눈물을 애써 감추며 물었다.

"그런데 눈이 왜 그래? 다쳤어?"

"용띠는 붉은 눈이 특징인데 렌즈가 한쪽밖에 없어서. 검은 렌즈를 낀 쪽은 안대로 가렸어. 근데, 방금 나 걱정해 준 거 맞지?"

호언은 예전처럼 밝게 웃으며 팔꿈치로 슬쩍 초리의 팔을 쳤다. 그리고 깜짝 놀랐다. 팔꿈치에 닿은 초리의 몸은 뼈밖에 느껴지지 않았다. 그러고 보니, 초리는 검은 정장이 헐렁해 보일 만큼 살이 많이 빠져 있었다.

초리가 씁쓸하게 그간의 이야기를 했다.

"반란군 후예한테 십이지신을 수호하는 방패를 제안했을 때, 내가 좋다고 데려가려는 게 아니란 건 눈치챘어야 했어. ……근데 상관없어. 그게 뭐든 다 이겨 내서 끝까지 위로 올라갈 거야."

초리는 결의를 다지듯 힘주어 말했지만, 호언의 눈에는 그 모든 것이 위태롭게 보였다.

"초리야, 지금이라도 거기서 나와. 내가 어떻게든 네가 지낼 곳을 마련해 볼 테니까. 학교에 다시 지원서 내자. 나도 통과했는데 네가 왜 안 되겠어. 내가 면접 방식이랑 예상 출제 문제 다 가르쳐 줄게. 다시 지원해 보자. 응?"

호언은 초리의 손을 잡고 설득했지만, 초리는 호언의 손을 잡은 채 단호하게 말했다.

"실은 그것 때문에 온 거야. 호언아, 학교 가지 마. 십이지 탑에 입학 포기 서류를 제출하면 바로 처리될 거야. 이미 등록돼서 안 된다고 하면 자퇴하는 방법도 있고."

"포기하라니 내가 왜……."

"생각해 봐. 이상하지 않아? 반란군의 후예라 서류 심사에서 매번 탈락하던 애가 갑자기 통과되더니, 용의 학교라니. 너 호랑이띠잖아. 학교 가면 안 돼. 위험해."

호언은 아무 말도 하지 않은 채 초리를 보았다. 그러고 보니 오늘 초리는 평소와는 조금 달라 보였다.

그때였다. 초리가 손을 오른쪽 귀에 대고 미간을 찌푸렸다. 누가 찌르기라도 하는 것처럼 매우 고통스러워 보였다.

"난 분명히 경고했다. 학교 가지 마."

초리는 제 할 말만 남긴 뒤 서둘러 쫓기듯 떠났다. 호언은 말하다 말고 어디를 가는 거냐고 외치며, 초리를 뒤쫓아 언덕길을 뛰어 내려갔다. 하지만 초리는 어느새 흔적조차 남기지 않고 사라졌다. 고개를 둘러 저 멀리까지 보아도 그림자도 보이지 않았다. 방패에 들어갈 때도 한마디 상의도 없더니, 이제는 갑자기 나타나 학교를 그만두라니. 당최 무슨 마음인지 종잡을 수가 없었다.

호언은 화가 나서 발을 쾅쾅 굴렀다.

"완전 제멋대로야. 내가 학교에 가든 말든 무슨 상관인데. 야! 나도 됐거든! 앞으로 너 혼자, 아니지 거지 같은 방패들이랑 잘 먹고 잘살아라!"

그때 뒤쪽에서 '콰앙!' 하는 폭발음이 들렸다. 고아 관리소 13 건물 쪽이었다.

'초리……?'

호언은 넋이 나간 눈으로 소리가 들린 방향을 보고 섰다. 뒤에서 자동차 경적이 들렸다. 봉고차 한 대가 빠르게 언덕길을 올라오고 있었다.

"호언아! 거기로 들어가면 안 돼!"

차 안에서 누군가가 소리쳤다. 재곤이었다.

빠르게 달리다 급하게 브레이크를 밟은 차가 스키드 마크를 그리며 멈춰 섰다. 운전석에는 단발머리 여자가 앉아 있었다.

'설마 그때 그 면접 심사 위원?'

어떻게 된 일인지 물을 새도 없이 재곤이 빨리 차에 타라며 뒷문을 열어 주었다. 호언은 얼결에 뒷좌석에 올라탔다.

"어떻게 된 거야?"

"칼촉들이 동시다발적으로 전국에서 신입생을 공격하겠다는 테러 예고장을 십이지 탑으로 보냈대. 다행이다, 네가 안 다쳐서."

"칼촉은 모두 사라진 거 아니었어?"

방패가 십이지 학교와 학생들을 보호하는 집단인데 반해, 칼촉은 폐쇄적인 십이지 사회와 학교를 해체해야 한다며 곳곳에서 문제를 일으키는 급진파로 알려져 있었다.

단발머리 여자가 핸들을 꺾으면서 재곤 대신 답했다.

"십이지 탑에서도 그런 줄로만 알았지. 2002년 월드컵 이후로는 조용했으니까. 하지만 점조직으로 더 은밀하게 숨어들었던 거야."

차는 곧장 강남으로 달렸다. 호언은 승합차 안에 빈 좌석을 보며 재곤에게 물었다.

"왜 우리뿐이야? 다른 애들은?"

"다른 신입생들은 용의 마을에 있어서 학교 선생님들이 안전을 확인하고 있대. 용띠 신입생 중에 우리만 마을 결계 밖에 있었나 봐."

단발머리 여자가 입학 지원서에 적힌 주소를 확인하여 강남에서 가까운 호텔에 머무르고 있던 재곤을 먼저 차에 태운 뒤, 곧바로 호언이 있는 경기 남부의 고아 관리소 13으로 온 것이었다.

십이지 탑 건물 지하에 주차한 후, 셋은 숨겨진 엘리베이터를 타고 올라갔다. 십이지 탑은 바깥에서 볼 때는 4층 건물이지만, 결계에 의해 숨겨진 실체는 사뭇 달랐다. 실제로는 엄청나게 높은 건물이었고, 그중 병원은 십이지 탑의 저층인 13층에 있었다.

응급실이 북적였다. 오가는 이야기를 들어 보니 다행히 테러는 모두 실패로 끝난 모양이었다. 하지만 안심할 순 없었다. 응급실에서는 한 명씩 개별적으로 상담을 하며 혹시라도 몸 어디가 아프지는 않은지, 뭘 잘못 먹은 건 없는지 등등을 꼼꼼히 살폈다.

단발머리 여자가 응급실 담당 의사에게 다가가 신입생들의 건강 상태를 확인했다.

"마을 쪽 아이들은 어떤가요?"

"열두 마을 모두 확인했는데, 전혀 테러가 없었다고 합니다. 칼촉이 외부인이라는 증거 아닐까요? 십이지 학교가 있는 마을은 외부인은 결코 알 수 없으니까요."

"방패들 전체가 추적 중이니 곧 잡히겠죠."

단발머리 여자가 다른 쪽으로 이동하며 휴대폰으로 통화하는 사이, 호언은 응급실 침대에 누워 있었고, 재곤이 그 옆을 지켰다. 다친 곳은 없었지만, 폭발 현장과 가까웠기 때문에 안정을 취해야 한다고 의사가 주장했기 때문이다.

호언은 그제야 정신이 없어 단발머리 여자에게 고맙다는 인사를 하기는커녕 통성명도 하지 못했다는 것을 깨달았다.

둘만 남게 되자, 호언이 재곤에게 물었다.

"칼촉이 왜 그런 걸까? 신입생만 골라서 테러하겠다고 한 거야? 왜?"

"어쩌면, 그 소문이 맞을지도 몰라."

소문을 언급하는 재곤의 눈빛이 흔들렸다. 그가 호언에게 바짝 다가와 조그맣게 말했다. 이런 이야기는 다른 사람들이 들어서는 안 된다는 것처럼.

"끝내 학교에 입학을 거부당한 자들이 앙심을 품고 칼촉을 만들었다는 말이 있잖아. 반란군의 후예가 테러를 했을 거란 소문이 쫙 퍼졌어."

호언은 주먹을 꽉 쥐었다. 무슨 일만 일어나면 덮어놓고 반란군의 후예가 했을 거라고 의심부터 하는 심이지 사회에 마음속 깊은 곳에서부터 분노가 일었다. 하지만 분노로는 아무것도 바꿀 수 없었다. 역사를 증거로 들이미는 그들에게 대항하려면, 제대로 된 역사를 밝히는 수밖에.

뜨겁게 끓어오르는 감정을 차갑게 식히며, 호언은 마음을 다잡았다. 호언이 절대 그럴 리 없다고 바로 받아치지 못한 이유는, 재곤의 목소리에 두려움과 확신이 묻어났기 때문이다. 차별받는 혼족에게도 반란군의 후예들은 벽장 속 괴물처럼 공포의 대상이었다.

재곤은 시험장에서 혼족의 특성을 이용해 괴물에게 맞서면서 혼족이라는 약점을 강점으로 바꾸었지만, 호언은 아직이었다. 안으로 깊이 눌러 감춰 둔 비밀의 모서리가 가슴을 콕콕 찔렀다. 자기소개서에는 반란군의 후예라고 당당하게 썼지만, 재곤 앞에서는 반란군의 '반' 자도 입에 담기가 어려웠다. 할 수만 있다면, 모든 일을 바로잡기 전까지 모두에게 감추고 싶었다.

7. 너도나도 붉은 눈

인형 뽑기 사장이 커다란 통을 안고 돌아다니며 놀란 신입생들에게 막대 사탕을 하나씩 나눠 주었다. 호언은 초점이 안 맞아서 명확히 보이지 않았지만, 호들갑스러운 말투나 몸짓으로 그러는 것을 알 수 있었다.

붉은 렌즈를 다시 낀 순간부터 집중해서 무언가를 보려고 들면 속이 울렁거렸다. 인형 뽑기 사장은 침대에 누워 있는 호언의 모습에 안타까움을 드러냈다.

"몸은 좀 괜찮니? 칼촉을 잡기만 하면 아주 그냥 그 자리에서 허리를 반으로 접어 버릴 텐데! 학교에서 안 받아 준다고 신입생들에게 해코지하겠다고 위협하다니!"

"그 칼촉이요, 사장님도 반란군의 후예가 그런 거라고 보세요?"

"사장님? 사장님이라니! 이런 낭패가······."

인형 뽑기 사장은 고개를 절레절레 흔들며 식겁했다. 심사 위원님이라고 불렀어야 했나? 호언이 호칭에 혼란스러워하자, 인형 뽑기 사장이 어깨를 쫙 펴고 말했다.

"보이는 세상의 인간들에게는 인형 뽑기 사장일지 몰라도, 학생들에게 난 십이지 탑 문지기이자 선생님이지. 앞으로 문 쌤이라고 부르렴."

"쌤이라고요?"

"용의 학교에서 확률과 통계를 가르치지. 안식년을 갖는 십 년 중에 오 년 동안은 십이지 탑 문지기로 자원했단다."

문 쌤은 눈썹을 팔자로 늘어뜨리고 호언에게 막대 사탕을 쥐여 주며 말을 이었다.

"넌 필기시험에서 한 문제만 맞아도 꼴찌는 아니었을 텐데······. 경기 중 특성 개화는 백 년 만에 있는 일인데, 너무 아쉽구나. 재곤 군이 호언 양을 잘 돌봐 주게. 반란군의 후예가 용의 학교의 미래를 짊어질 보배를 또다시 노릴 수도 있으니까. 재곤 군은 명석한 학생이니 할 수 있지?"

"아, 네."

문 쌤이 다른 학생들에게로 간 이후 호언은 닭살이 돋는다며 몸을 떨었다.

"보배라니, 어우. 대체 나한테 왜 저런대."

"넌 특성이 토끼 눈과 호랑이 발 두 개나 발현된 걸로 보이니까. 어쩌면 네가 용의 모든 특성이 개화되는 전설의 아이일지도 모른다고 생각하시는 것 같아."

"전설의 아이?"

"용은 다른 띠와 다르게 여러 짐승의 특성을 한 몸에 가지고 있잖아. 그래서 다른 띠와 비교해 특성 개화가 잘 일어나지 않아. 붉은 눈이 가장 흔하긴 한데, 평생 그걸로 끝인 사람들도 많고. 전설에 따르면 십이지신 중 하나인 용신께서 돌아가시기 전 이런 말을 유언으로 남기셨대. '열두 특성이 개화하는 순간 세계의 문이 열릴 것이다.'라고."

호언은 눈동자를 위로 올리고 기억을 더듬어 보았다. 자신이 알고 있는 내용과 달랐다.

"아홉 개가 아니라 열두 개?"

"전설에 따르면 용은 열두 개의 특성이 있대."

"음, 이제까지 가장 많이 특성이 발현된 것이 몇 개인데?"

"다섯 개. 반도 넘기지 못했지. 그것도 마지막 졸업 학년에 가서야 겨우 특성들이 개화했나 봐. 그리고 용띠 학생 중 호랑이 발은 이제껏 그 누구도 없었고."

호언은 뜨끔했다.

'이제껏 호랑이 발이 발현된 용의 학생이 아무도 없었다고?'

호언은 호랑이의 학교로 편입할 방법을 찾기 전까지 조심, 또 조심해야겠다고 다짐했다.

"근데 넌 어떻게 그렇게 잘 알아?"

"엄마가 용의 학교 학생이었거든. 그래서 어렸을 때부터 이것저것 들은 게 많아. 아, 맞다. 이거, 너 주려고 안대 하나 새로 샀어."

재곤이 직접 발품을 팔아서 산 패션용 안대는 호언이 면접 직전 편의점에서 급하게 산 천 원짜리 일회용 안대보다 훨씬 더 고급스러워 보였다. 호언은 코가 시큰했다. 다정한 재곤을 보고 있자니, 초리가 생각났다.

"호랑이 발이 좀 더 일찍 발현되었으면 굳이 안대를 끼지 않아도 됐을 텐데. 심사 위원들이 네 눈이 붉은 줄 알 테니 지금 와서는 렌즈를 안 낄 수도 없겠다. 그나저나 도수 없는 붉은 렌즈를 얼른 구해야 하지 않겠어?"

"백방으로 알아봤는데 안경원마다 다 품절이더라고. 오

이 마켓엔 매물이 뜨지도 않고."

"그 '최강여신편순이' 누나한테 연락해 보지."

"안 그래도 아까 오는 길에 혹시 렌즈 하나 더 구할 수 있느냐고 문자 보냈는데 답이 없어."

재곤과 호언은 동시에 한숨을 길게 내쉬었다. 재곤이 어깨를 두드리며 위로했다.

"괜찮아. 한쪽 눈만 붉은 눈 특성이 발현됐다고 우기면 되지, 뭐. 우리 엄마도 왼쪽은 학교에 입학한 해에 바로 발현됐는데, 오른쪽은 졸업 학년이 되어서야 붉은 눈으로 바뀌었대."

"아."

용띠 역시 드물지만 신체 특성 발현 시기에 차이가 있는 경우도 있다는 사례를 듣자, 호언은 안도의 숨을 내쉬었다. 호언은 재곤이 준 하얀 안대를 붉은 렌즈를 낀 눈 위로 착용하고 거울을 보았다. 하지만 아쉽게도 패션용 안대로 바꿔도 극적인 효과는 없었다. 여전히 심각한 눈병에 걸린 사람 같았다.

"안 되겠다. 전염될까 봐 네 주위로 아무도 안 오겠어."

재곤은 안대를 다시 가져간 후, 접수처에서 펜을 가져와 그 위에 무언가를 끄적이기 시작했다.

"됐다. 이걸로 다시 써 봐."

건네받은 안대를 보고 호언은 웃음이 비죽비죽 나왔다. 파이팅 문구와 귀여운 캐리커처, 호랑이 발을 유쾌하게 낙서해 웃지 않을 수 없었다. 호언은 고맙다며 막대 사탕을 재곤에게 주었다.

막대 사탕을 다 먹을 때쯤 관리자가 와서 응급실에 모인 신입생들을 향해 말했다.

"현재 인원이 모두 파악되어 여기서 다 같이 천상제를 치르는 장소로 향할 겁니다. 신입생들은 일주일 동안 열리는 천상제가 끝난 후에 각 학교로 이동합니다. 다 같이 고속 엘리베이터로 이동할게요. 줄 맞춰서 따라오세요."

열두 학교의 아이들이 의미를 기리며 여러 경기를 하고 우승 학교를 뽑는 천상제는 천상계에서 일주일 동안 이루어지는데, 그 기간 동안에는 십이지 학교의 아이들이 천상계에 방문할 수가 있었다. 어느새 주변에는 십이지 띠 특성이 발현된 아이들이 여기저기 모여 있었는데, 모든 띠의 아이들이 있는 모습을 처음 보았기에 호언은 눈이 동그래져서 주변을 살펴보았다.

재곤과 호언은 줄의 맨 뒤에 섰다. 고속 엘리베이터는

특이하게도 가장자리를 따라 총 열 개의 좌석이 놓여 있었다. 호언은 신기한 마음을 감추고 조용히 착석했다. 관리자가 능숙하게 숫자 12 버튼을 누른 뒤 0 버튼을 세 번 더 눌러 도착할 층수를 지정했다.

"모두 착석 후 안전벨트를 매 주세요. 자, 출발합니다."

곧이어 엄청나게 빠르게 엘리베이터가 움직였다. 롤러코스터가 위에서 아래로 열차가 빠르게 내려갈 때의 스릴을 즐기는 거라면, 고속 엘리베이터는 그 반대였다. 중력과 반대로 빠르게 움직이는 것은 세상의 법칙을 깨는 듯하여 엄청나게 재미있었다. 호언은 꼭 우주로 향하는 우주 비행사가 된 듯한 기분이었다.

"12000층에 도착했습니다. 모두 차례로 내려 주세요."

조금 더 스릴을 느끼고 싶었지만, 엘리베이터는 아쉬울 정도로 빠르게 목표 층에 도착했다. 몇몇 아이들이 한 번 더 타고 싶다면서 입맛을 쩝 다셨다. 아이들의 이야기를 한 귀로 흘리며 엘리베이터 바깥으로 나온 호언은 바깥 경치에 말을 잃었다.

문득 오래전 추억이 모락모락 떠올랐다. 여러 명이 한 방을 쓰는 고아 관리소 13에서 소등 후 모두가 잠든 깊은 밤이 오면, 호언은 초리와 함께 각자 침대에서 일어나 살

금살금 창가로 걸어갔다. 별이 빛나는 밤하늘을 바라보며 상상의 나래를 펼치곤 했었다.

'천상계는 어떻게 생겼을까? 하늘이니까 음, 구름처럼 온통 하얄까?'

'글쎄, 근데 구름을 밟으면 어떤 느낌일까?'

'폭신하지 않을까? 으, 상상만 해도 이상해. 호언아, 만약 발을 헛디뎌서 구름 사이로 폭 빠지면, 네가 꼭 잡아 줘야 해.'

'싫은데?'

'왜, 잡아 줘.'

'나도 같이 빠져야지. 크크.'

'정호언, 넌 진짜!'

'애들 깨겠다. 쉿.'

둘은 크크 웃음을 참으며 천상계를 상상하곤 했다. 언젠가는 그들도 그곳에 갈 수 있을 거라는 부푼 희망을 품고서. 꿈에서라도 천상계를 볼 수 있기를 바라며 잠든 밤이 하늘의 별만큼 많았다.

하지만, 실제로 본 천상계는 호언의 상상과는 완전히 달랐다. 바닥은 어릴 때 가지고 놀던 색 모래 같은 것으로 채워져 있었는데, 인도는 붉은색, 차도는 청록색이었다.

건물들의 모양과 높이는 가지각색이었고 지상과 달리 표면의 색감이 훨씬 더 강렬하고 다채로웠다.

아래에서부터 초고층까지 노을빛을 따서 만든 듯 그러데이션을 이루는 건물과 연두색, 노랑색, 진한 분홍색 등 쨍한 색감을 거침없이 사용한 건물도 보였다. 게다가 일부 건물은 건물의 선을 따라 형광 빛깔이 네온사인처럼 반짝여서 시선을 더 잡아끌었다.

호언은 충격으로 한참 바보처럼 입을 벌리고 있다가 자신도 모르게 속마음을 말했다.

"우와, 여기 진짜 이상해."

"그래서 좋지?"

재곤이 팔꿈치로 호언을 툭 치며 눈썹을 위로 들었다. 호언은 고개를 세차게 끄덕였다.

"완전 뻔하거나 고리타분할 줄 알았는데. 와아, 벌써 반했어, 난."

"반해? 누구한테? 나한테?"

"야, 내가 너한테 왜 반해!"

"바로 정색하기는, 장난이었거든?"

"아, 어쨌든 내가 반한 건 '천상계'니까 오해하지 마. 알았지?"

"알았으니까 그만 강조해."

재곤은 진짜 못 말리겠다며 호언을 향해 코를 찡긋하며 웃었다. 호언은 다시 다채로운 풍광에 취해 입을 벌린 채 관리자를 따라갔다. 그들을 태우기 위해 구름 모양의 거대한 근두운이 준비되어 있었다. 천상계에서 근두운은 보이는 세상의 차와 같은 이동 수단이었다.

솜털 이불을 밟는 듯 조심스럽게 두툼한 근두운에 올라탄 호언은 손가락으로 근두운을 찔러 보았다가 그 부분에 구멍이 생기자 깜짝 놀랐다. 구멍은 이내 눈앞에서 사라졌다.

탄 지 몇 분이 채 되지 않았을 때 근두운이 멈췄다. 운전석에서 관리자가 뒤쪽을 보며 말했다.

"김재곤 군과 정호언 양은 여기 내리세요. 천상제가 진행되는 동안 용의 학교 학생들이 머물 숙소입니다."

그들이 내리자마자 근두운은 빠르게 멀어졌다. 재곤과 호언은 기대감에 부풀어 재잘거리며 임시 숙소로 향했다. 용의 숙소 건물은 평범한 사각형 모양이었으나, 표면은 전혀 평범하지 않았다. 나전칠기 보석함처럼 얇게 깐 조개 껍데기로 학과 나무와 꽃, 나비 등의 문양을 박아 넣어서 건물 전체가 아름답게 빛났다.

호언은 휘둥그레진 눈으로 걷다가 문득 걸음을 멈추었다. 그리고 건물로 가는 길에 세워진 청사초롱 모양의 등을 빤히 보았다.

"내 눈이 이상한 건가? 재곤아, 너한테도 혹시 이 청사초롱이 좀……."

"움직이고 있어. 대박."

천상계의 지형지물은 이동 수단인 근두운을 제외하고 모두 색 모래로 이루어져 있었는데, 그 색들이 끊임없이 움직이고 있었다. 호언이 조심스럽게 손가락을 가져다 대자, 일시에 색깔들이 움직임을 멈추었다. 마치 살아 있는 생물처럼 긴장한 듯 보였다. 그리고 다시 손가락을 떼자, 색깔들은 곧 원래의 속도대로 움직이기 시작했다.

"너, 아까부터 너무 손으로 만지는 거 좋아하는 거 아니야? 그거 좀……."

"나 변태 아니거든?"

"아기 같다고 말하려고 했는데. 뭐 변태 같기도 하네, 조금은."

"야아!"

"크크. 아, 아파. 그만 때려."

그새 친해진 호언과 재곤은 서로를 향해 장난을 치며 건물로 걸어갔다. 멀리서 봤을 땐 몰랐는데 용의 숙소 건물 표면 역시 움직이는 색 모래로 이루어져 있었다.

"용의 학교 신입생 여러분을 환영합니다. 사랑을 담아, 용용이 맘들"이라고 적힌 플래카드가 건물 입구 위쪽에 걸려 있었다.

숙소 1층 로비에 들어서자마자 그들의 얼굴에서 웃음기가 사라졌다. 주위의 공기가 딱딱하게 굳어 있었다. 흘긋 보니, 면접장에서 보았던 용의 학교 신입생들이 모두 차렷 자세로 서 있었다. 앞쪽에 선 키가 큰 학생이 재곤과 호언을 향해 잔소리를 퍼부었다.

"거기 뒤에! 늦었네? 눈이 있으면 빨리 열 맞춰 줄 서야지?"

두 사람은 빠르게 움직여 뒤쪽에 섰다.

"다 왔으니, 내 소개를 하지. 용의 학교 학생 대표 소린이야. 용의 학교에 온 걸 환영한다."

"……."

아무도 손뼉을 치지 않았다. 학생들은 모두 침도 삼키지 못할 만큼 긴장하고 있었다. 조금이라도 잘못했다간

큰일이 날 듯했다. 호언은 눈썹에 힘을 주고 소린 쪽을 보았다. 응급실에서 신입생들이 나누는 대화를 들어서 호언도 소린에 대해 조금 알고 있었다. 학생 대표로 뽑혀 천상제에 참가한 소린은 용의 학교 내에서 유명했다. 별명은 역린. 특유의 거칠고 강한 성격으로 압도적인 지지를 받아 선출된 학생 대표였다.

소린은 이태리 장인이 한 땀 한 땀 반짝이를 붙인 것 같은 네이비색 스팽글 트레이닝복을 입었는데, 지퍼를 턱 끝까지 바짝 올리고 있었다. 쨍한 분홍색으로 머리카락부터 눈썹까지 염색한 소린은 뒷짐을 진 채 줄을 맞춰 선 학생들 사이로 느릿느릿 걸어갔다. 걸음과 달리 말투는 훈련병을 대하는 교관처럼 절도가 느껴졌다.

"올해가 청룡의 해인 걸 다들 알 거야. 면접시험 중계를 보고 올해는 기대주가 넘쳐난다고 용의 학교에서 다들 난리인데 글쎄, 내가 볼 땐 올해 신입생들은 죽 쑨 것 같은데? 다들 꼬락서니가 이게 뭐야. 이래서 천상제에서 용의 학교가 우승할 수 있겠어?"

"……."

모든 신입생이 고개를 숙이고 있었다. 늦게 와서 뒤쪽에 선 재곤과 호언은 왜 신입생들이 죄지은 사람들처럼 구는지 알 수 없었다. 호언이 한마디 하려는데, 재곤이 먼저 나섰다.

"아무리 학생 대표라고 해도 말이 너무 심하신 거 아니에요? 꼬락서니라니요."

소린이 몸을 돌려 재곤 앞에 섰다. 그리고 재곤을 보며 피식 웃었다.

"네가 꽝철이지? 히포포타무스 고르곱스를 불로 몰아붙인 녀석. 생각보다 키가 크네?"

"꽝철이라는 말 취소해 주세요."

"왜? 그 말이 부끄러워? 부끄러운 줄은 아는 애구나? 그걸 아는 애가 사기를 쳐? 감히 붉은 렌즈 따위로 용의 학교 신성성을 더럽혀?"

소린은 마술사처럼 재빠르게 손을 들어 허공에서 엄지, 검지, 중지를 펼친 후 보자기를 살포시 집듯이 움직였다. 그러자 재곤의 눈에서 붉은 렌즈가 벗겨지면서 구운 헤이즐넛과 같은 밤색 눈동자가 드러났다. 자세히 보니, 소린의 손에는 우그러진 붉은 렌즈가 한가득하였다. 호언은 신입생들이 왜 고개를 숙이고 긴장한 채 서 있는지 깨달았다. 붉은 렌즈를 착용한 학생들은 모조리 들켜 렌즈를 빼앗긴 것이다.

"신입생 대표까지 불법 렌즈를 끼고 오다니, 아주 잘 돌아간다."

소린의 비아냥에 재곤은 고개를 숙였다. 아직 끝나지 않았다는 듯, 소린은 옆으로 뚜벅뚜벅 걸어가서 호언 앞에 섰다.

"어이, 백 년 만에 경기 중 특성이 개화한 학생. 고개 들어."

2

천상제

8. 전설의 아이

"네가 그 유명한 '전설의 아이'야?"

턱 밑의 역린을 건드리면 용이 진노하여, 천둥 벽력을 울리며 비바람을 일으켜 천지를 뒤엎는다고들 한다. 혹시 소린이란 이름은 역린의 비늘 '린' 자를 딴 건 아닐까. 십이지 사회에서는 이름을 띠와 관련된 것에서 따오는 경우가 많았다. 만약 역린을 염두에 두고 이름을 지은 거라면 자신을 함부로 건들지 말라고 세상에 엄포를 놓는 것만 같았다.

소린은 손을 대지 않고 가벼운 움직임만으로 호언이 고개를 들게 한 뒤, 코웃음 쳤다.

"안대로 오른쪽 붉은 눈을 가렸어? 심지어 왼쪽은 검은 렌즈네? 용의 특성을 가리고 평범한 척한다? 이 신선한 또라이는 뭐지?"

소린이 호언에게서 검은 렌즈를 빼려고 손을 들었다. 검은 렌즈로 숨긴 노란 눈동자가 드러나면 끝이었다. 호언이 소린의 손목을 턱 잡았다.

"경기 중에 호랑이 발 특성이 발현됐는데, 붉은 눈까지 과시하듯 드러낼 필요는 없는 것 같아서요. 그리고 전설이니 뭐니 그딴 거 전 안 믿어요. 제가 그 전설의 아이일 리도 없고요."

"확실해?"

"확신합니다."

우문현답이었다. 소린은 눈을 내려 자신의 손목을 잡은 호언을 보았다. 어느새 호언의 손은 호랑이 발로 변해 있었다. 발톱은 깊숙이 감춘 채.

"주제 파악이 빠르군."

소린은 한쪽 입꼬리를 올리고 몸을 돌린 후 앞쪽으로 향했다. 호언은 안도의 숨을 가늘게 뱉었다. 소린은 맨 앞에 서서 신입생들을 향해 말했다.

"열두 살이 되었는데도 특성이 발현되지 않아서, 면접

에서 탈락할 걸 걱정해 서류조차 넣지 못한 아이들도 많다. 그런데 너희는 붉은 렌즈 꼼수로 감히 용의 학교를 농락했다. 올해 신입생을 단 한 명도 받지 못하더라도 나는 이 문제는 꼭 바로잡아야 한다고 학교에 건의했다."

신입생들이 술렁거렸다. 몇몇 학생이 코를 훌쩍이며 울기 시작했다. 재곤은 부끄러움에 주먹을 꽉 쥐었고, 호언은 가슴이 조마조마했다.

한 학생이 떨리는 목소리로 물었다.

"그럼 저희는 학교에 입학하지 못하나요?"

"학교 선생님들께서는 특성이 발현되지 않았는데도 시험장에서 제 몸이 다칠 걸 두려워하지 않고 괴물들과 맞서 싸운 너희들의 용기를 높이 샀다. 다른 학교 원로들도 시험 장면을 생중계로 보았기 때문에 앞으로의 가능성을 보고 입학을 허락하셨다. 하지만 안도하지 마라. 입학은 허가받았다고 하더라도 잘못에 대한 대가는 반드시 치르게 될 테니까."

소린이 눈을 아래로 내린 채 무겁게 말을 이었다.

"알다시피 용의 학교는 점점 퇴락하고 있다. 다른 띠들과 다르게 해가 갈수록 특성이 발현되는 아이들 수가 줄고 있어서, 지푸라기라도 잡는 심정으로 그 전설도 만들어진 거겠지. '열두 특성이 모두 발현된 전설의 아이가 용의 학교에 나타나면 용이 천지를 호령하며 다른 금수들을 모두 제패하리라.'"

'다른 금수'라는 말에 호언은 미간에 힘이 들어갔다. 하지만 신입생들은 그 전설에 가슴이 뛰는 듯 소린을 뚫어지게 쳐다보았다.

소린은 낮은 목소리로 말을 이었다.

"너희들 중 몇몇은 보이는 세상에서 테러 위협을 받았다고 들었다. 사람들은 칼촉이 학교에 들어오지 못한 찌질이라고들 하는데, 내 생각은 다르다. 칼촉은 학생들 사이에도 분명 있다. 누가 칼촉인지 아무도 모르니 방심하지 마라. 한순간도."

소린은 말을 하면서 호언과 재곤 쪽을 쳐다보았다. 호언은 일자로 앙다문 입에 힘을 주었다. 곧이어 소린은 입구 쪽으로 들어오는 관리자와 서로 눈짓을 주고받은 뒤 마무리를 했다.

"올해는 청룡의 해이다. 저 아래에서 우리의 우승을 기원하는 용의 사람들이 있다. 그들을 잊지 마라. 정정당당하게 이겨서 꼭 우승해서 돌아가자. 이상."

소린이 뒷짐을 지고 뒤로 물러서자, 신입생들이 일제히

손뼉을 쳤다. 호언은 박수가 끝날 때까지 굳은 얼굴로 차렷 자세를 풀지 않았다.

뒤이어 관리자가 1인 1실로 방을 배정한 후 필요한 물품을 전달했다.

"입실 전에 여러분 몸 치수를 잴 겁니다. 천상제 동안 입게 될 생활복은 오후 다섯 시까지 각 호실로 배달을 마칠 예정이니 후에 생활복으로 갈아입고 서쪽 대강당으로 모이기 바랍니다."

뿔뿔이 흩어지는 아이들 틈에 섞여 자신의 이름이 적힌 방으로 이동한 후에야 호언은 긴장이 풀렸다. 아담한 방에는 침대와 책상, 옷걸이 대 하나만 놓여 있었다. 호언은 그대로 침대에 누워 어느새 잠이 들었다.

호언이 알람 소리에 일어나 보니, 방 한쪽에 있는 이동식 옷걸이 대에 생활복이 걸려 있었다. 생활복은 깔끔한 슈트였는데 하의는 검은 바지였고, 상의는 청색이었다. 왼쪽 쇄골과 가슴 사이쯤에 용의 학교 로고가 자수로 새겨져 있었다. 생활복으로 갈아입고 전신거울 앞에 서자 이제야 자신이 용의 학교 학생이 되었다는 실감이 났다. 호언은 제 안에 에어백을 채우듯 숨을 크게 들이마신 뒤, 머리카락을 위로 질끈 묶고 밖으로 나왔다.

관리자의 안내를 받아 늦지 않게 서쪽 대강당으로 이동한 호언은 대강당의 입구에 들어서자마자 깜짝 놀랐다. 생활복으로 갈아입은 신입생들 수백 명이 학교별로 무리지어 재잘거리고 있었다. 하의는 검은 바지로 통일되어 있었는데 상의의 색깔은 학교마다 달랐다. 용의 학교가 청색이라면, 호랑이의 학교는 노란색, 뱀의 학교는 어두운 황갈색이었다.

"난 생활복보단 빨리 교복 입고 싶어. 개량 한복이라 얼마나 기대했는데!"

"이번에 세계적인 디자이너한테 의뢰한 옷으로 바뀌었다는 소문이 있던데?"

"진짜? 그건 그거대로 멋지겠다!"

입구 쪽 학생들이 나누는 대화에 호언은 귀가 쫑긋 움직였다. 호랑이의 학교 교복은 어떻게 생겼을까. 호기심이 자연스럽게 호랑이의 학교 쪽으로 향했다. 호랑이의 학교 신입생 중에는 초리처럼 꼬리가 달린 학생도 있었고, 호언처럼 눈이 노란 학생도 있었다.

'저기가 내가 있어야 할 곳인데.'

"호언아! 이쪽이야."

먼저 도착한 재곤이 달려와서 호언의 손을 잡고 용의 학교 쪽으로 이끌었다.

신입생들 사이에서 호언은 키가 큰 편에 속했다. 용의 학교 신입생들은 호언이 키가 큰 것 역시 용의 특성 중 하나인 것처럼 자랑스러워했다. 물론 전설이든 뭐든 용의 특성 중 키와 관련된 건 없었다.

한 아이는 대체로 키가 큰 뱀띠들이 목을 빳빳이 들고 자랑하듯이 그들의 앞을 왔다 갔다 해서 짜증이 났었다고 호언에게 말을 붙이며, 호언의 큰 키를 자랑스러워했다.

"키 좀 큰 게 그렇게 자랑이야? 런웨이에서 모델 워킹을 하는 것도 아니고."

면접 대기실에서 재곤이 어떤 아이인지 궁금해하던 아이가 구시렁거렸다. 학교에 합격하고 나니, 심사 전 아이들 사이에 은근히 흐르던 경쟁심이나 경계심은 사라지고 친밀감만 남은 듯했다. 게다가 똑같은 생활복을 입으니 소속감이 더욱 단단해지는 것 같았다.

호언은 아이들과 인사를 하고 어울려 한참 이야기를 나누었다. 살면서 단 한 번도 소속감을 느껴 본 적 없었던 호언은 자신도 그들처럼 용의 학교 학생이라는 생각이 들자 가슴이 뜨거워졌다. 하지만 키로 우쭐하기엔 왠지 좀 쑥스러워서 호언은 머쓱한 표정으로 뒷머리를 쓸어내렸다.

"열일곱 살이라 그런 건데, 뭐. 신입생 중에 아마 나랑 재곤이가 나이가 제일 많을걸?"

"아니야! 돼지의 학교에는 열아홉 살 오빠도 신입생으로 들어왔대!"

"쥐의 학교에도 열일곱 살인 언니 오빠가 세 명이나 들어왔고."

용의 학교 신입생들은 세상의 모든 열일곱 살 중 호언이 최고라도 된다는 듯이 팔짱을 끼며 찰싹 달라붙었다. 같은 신입생이라 반말을 하되, 호언이 나이가 더 많으니 호칭은 제대로 붙였다.

"그러니까 호언 언니가 가서 눌러 주고 와. 언니가 등장하면 쟤들도 기죽을걸? 이번 면접 중에 특성이 개화한 신입생은 열두 학교 통틀어 언니밖에 없대. 특성이 두 개인 사람도 언니뿐이고."

"아, 그렇구나……."

호언은 뜨거웠던 몸이 빠르게 식었다. 오른쪽 눈을 가린 안대가 껄끄럽게 느껴져서 얼굴로 손을 올렸다. 그때 눈이 큰 주이가 바짝 다가왔다. 주이는 엄청나게 눈이 커서 가만히 있어도 꼭 깜짝 놀란 듯한 표정이었다.

주이가 눈에 힘을 주고 물었다.

"나도 언니 안대에 낙서해도 돼?"

"으응."

말이 떨어지자마자 용의 학교 신입생들이 호언 주위로 더 가까이 몰려들었다. 재곤이 어디에선가 펜을 빌려 오자, 주이가 안대를 빼앗듯 벗겨 그림을 그렸다. 그사이 호언은 어색하게 오른쪽 눈을 감고 찡그리고 있었다.

한참 후 재곤이 호언에게 안대를 다시 주었다. 안대에는 애정이 담긴 글귀가 빼곡했다. "청룡의 해는 용용이들 꺼!", "내가 바로 걔다!", "눈 깔아!" 등 각자의 개성이 담긴 그림과 낙서에, 호언의 입이 쭉 위로 올라갔다. 먹은 것도 없는데 배가 불렀다.

안대를 다시 차는데, 호랑이의 학교 신입생 몇몇이 그들에게로 걸어왔다.

"면접 녹화본에서 보던 거랑 다들 눈 색깔이 다르네? 렌즈 빼니까 시원해?"

"고양이 새끼들은 꺼지시지."

"우리가 그렇게 러블리한가? 새끼 고양이라고 불러 주

다니, 땡큐."

머리카락 가닥가닥 노란 브릿지를 넣은 신입생이 팔짱을 낀 채 그들을 도발했다.

"너희들 히든카드는 안대 낀 재야? 그 전설의 아이? 정호언이랬나? 힘들겠다, 다 쓰러져 가는 용의 학교에서 저런 애들이랑 같이 경기하려면. 어휴, 상상만 해도 숨 막혀."

호언은 주먹을 꽉 쥐었다. 그와 동시에 오른손이 순식간에 호랑이 발로 바뀌었다. 그러자 호랑이띠 신입생 무리 뒤쪽에 선 남학생의 오른손도 호랑이 발로 바뀌었다.

용의 학교 학생과 호랑이의 학교 학생 둘 다 오른손이 호랑이 발로 바뀌자 긴장감이 흘렀다. 호언이 기선 제압을 하려고 왼손도 호랑이 발로 바꾼 뒤 어깨를 가볍게 돌리며 말했다.

"우린 앞으로 꽃길만 걸을 건데?"

"퍽이나. 뭐야, 그 표정은? 진짜로 모르는 거야? 너희들 붉은 렌즈 때문에 벌점을 받았잖아. 천상제 경기에서 마이너스 점수로 시작하는 거 몰랐어?"

"……."

용의 학교 신입생들 얼굴에서 핏기가 사라졌다. 그래서

소린이 그토록 분노한 것이었다.

사실은 이랬다. 천상제 우승에 혈안이 된 다른 학교 원로들이 이 일을 절대 묵과할 수 없다고 항의했다. 이에 용의 학교 원로가 자진해서 붉은 렌즈 한 쌍당 마이너스 10점씩 벌점을 받겠다고 나서면서 용의 학교 신입생들의 입학 취소를 막을 수 있었던 것이다.

"청룡의 해에 용의 학교가 꼴찌라니, 진짜 역사에 남겠다. 우승은 올해도 우리 호랑이들이 가져갈게. 고생해라."

호랑이 신입생들이 용의 아이들을 비웃었다. 그때 관리자가 단상 앞에서 마이크를 잡고 아이들을 향해 말했다.

"이제 곧 신입생 오리엔테이션을 시작할 테니, 학생들은 모두 각 학교의 지정된 자리로 이동해 착석해 주시기 바랍니다."

호랑이의 학교 신입생들이 자신들의 구역으로 먼저 걸어가자, 용의 학교 신입생들도 입을 굳게 다문 채 제자리로 이동했다.

재곤이 호언 옆에 앉으며 위로했다.

"신경 쓰지 마. 호랑이랑 용 사이에 앙금이 하루 이틀도 아니고."

"쟤들은 왜 저렇게 못되게 구는 거야? 용이랑 무슨 원수가 졌다고."

"산 중의 왕은 호랑이고, 하늘의 지배자는 용이라는 말도 있잖아. 호랑이와 용은 오래전부터 최고의 학교 자리를 두고 팽팽하게 겨뤄 왔어. 그러다 갑자기 용의 학교가 빠르게 쇠락하면서 호랑이 쪽이 기선을 잡은 지 몇십 년 됐고."

"난 호랑이랑 용이 이런 사이인 줄 몰랐어."

"우리 부모님도 자주 싸우셔. 원래 용과 호랑이는 투덕거리는 게 일상이야. 아, 내가 말 안 했나? 엄마는 용띠고, 아빠가 호랑이띠야."

"맙소사, 근데 두 분이 어떻게 만나게 된 거야?"

"천상제에서. 두 분 다 학교 대표로 참가하셨거든. 싸우다 정든 거지, 뭐."

호언은 복잡한 마음을 숨기고 호랑이의 학교 쪽을 보았다. 호랑이의 학교 신입생들은 화기애애해 보였다.

'나도 언젠가는 저쪽으로 가야 하는데……. 첫 단추를 잘못 끼웠는데 괜찮을까.'

어차피 다 같은 학생인데, 띠에 따라 학교를 나누고 서로를 경계하는 것이 호언은 불편했다. 고아 관리소 13은 반란군의 후예들이 모인 곳이라 서로 다른 띠들이 함께 생활했었다. 물론 그때도 관리자의 감시 때문에 서로 다른 띠와는 대화하는 것조차 금지되어 있었지만. 생각해 보면 십이지 사회는 지나치게 배타적이고 폐쇄적이었다.

사회자로 나선 관리자가 마이크를 잡고 모두 정숙해 달라고 요청했다. 그리고 이어서 말했다.

"지금부터 997회 천상제를 시작하도록 하겠습니다."

9. 신입생 환영회

"오늘은 신입생 환영회 날입니다."

관리자가 뒤이어 각 학교 원로들을 소개했다. 1년에 한 번 열리는 천상제에는 열두 학교들에서 각각 원로, 선생님, 학생 대표, 1학년 신입생들이 참석했다. 한 명씩 소개될 때마다 객석에서 박수가 터졌다.

용의 학교 학생 대표는 소린, 선생님은 문 쌤 그리고 원로는 편의점 아저씨였다. 그의 이름은 백운룡으로, 학교에서는 백 원로로 불리는 듯했다. 면접 심사 위원 삼인방 중에 단발머리 여자만 이곳에 없었다.

"그때 우리를 십이지 탑 병원으로 데려다준 사람만 없

네? 혹시 용의 학교 전담 방패인가?"

열두 학교는 각자의 위치를 다른 띠들로부터 완벽하게 숨겼다. 십이지 탑 관리자들조차 각 학교의 정확한 위치를 알지 못했으며, 십이지 사회 전체를 수호하는 방패들 역시 마찬가지였다. 하지만 비상 연락책은 꼭 필요했기에 학교마다 전담 방패를 특별히 정해서 수호 업무를 담당하게 했다. 각 학교 전담 방패는 방패로서 한 '피의 서약'보다 한 단계 위인 '뼈의 서약'을 해서, 다른 방패들과 연락은 주고받되 전담 학교 위치를 서로에게 발설할 수 없었다.

면접 때 괴물을 통제하던 능력으로 보아, 단발머리 여자는 재곤의 말처럼 학교 전담 방패일 가능성이 컸다. 그럼 초리는? 그냥 방패일까 아니면 호랑이의 학교 전담 방패가 되었을까. 다시는 안 볼 것처럼 날 선 말을 뱉었던 초리와의 마지막을 떠올리자 호언은 이내 침울해졌다.

재곤이 호언의 표정을 살피고는 괜찮냐고 물으며 옆구리를 쿡 찔렀다. 재곤은 테러 위협 이후 호언을 더 신경 썼다. 호언은 괜찮다고 애써 미소 지으며 다른 이야기로 화제를 돌렸다.

"근데 왜 학교들은 서로의 위치를 모르는 거야?"

"십이지신을 암살하려고 시도한 반란군 때문에 학교의

안전을 위해서 위치를 숨기는 거라고 하는데, 아버지 말로는 그게 다 서로를 믿지 못해서래."

서로를 믿지 못하는 학교들이 벌이는 천상제. 이게 과연 축제가 맞을까. 서로를 탐색하기 위한 자리는 아닐까? 호언은 앞으로 일주일 동안 마냥 이 축제를 즐기기는 어렵겠다는 생각이 들었다.

"각 학교 신입생 대표들의 선서가 있겠습니다. 호명된 신입생들은 단상 위로 올라와 주십시오. 먼저 용의 학교 김재곤, 뱀의 학교……."

재곤은 미리 언질을 받은 듯 자연스럽게 일어나 단상 앞으로 나갔다. 용의 학교 신입생들은 특성이 두 개나 발현된 호언이 아니라 재곤이 신입생 대표라는 것에 충격을 받은 얼굴이었다. 신입생 대표라면 이번 입학 면접과 필기를 종합해 최우수자로 뽑힌 수석이었기 때문이다. 다른 학교 신입생들도 면접 시험 녹화본을 봤기에 자리에 앉아 있는 호언을 빤히 쳐다보았다.

호언은 민망한 표정으로 옆머리를 긁으며 용의 학교 친구들을 향해 작게 속삭였다.

"난 필기가 빵점이야. 큼큼."

호언의 솔직한 고백에, 다른 아이들이 고개를 끄덕였다.

각 학교 신입생 대표 열두 명 중 호랑이의 학교 대표가 유독 눈에 띄었다. 아까 호언에게 시비를 걸었던 노란 브릿지 소녀였다. 그녀는 눈을 흘기며 노골적으로 재곤을 견제했다.

"열두 학교 전체 신입생 중 최고점을 받은 김재곤 학생이 신입생 대표로 선서하겠습니다. 열두 학교 신입생들 전원은 자리에서 일어나 주십시오."

청룡의 해여서 용의 학교 신입생 대표가 선서하는 게 아니라 신입생 중 가장 뛰어난 학생을 뽑은 것이다. 호랑이의 학교 신입생 대표는 그 자리를 놓친 것이 못내 분한 듯했다. 재곤은 스탠딩 마이크 앞에 서서 모든 신입생을 대표해 선서했다.

"선서! 우리는 학교의 명예와 안전을 위해 몸과 마음을 다해 수호할 것을 약속합니다. 더불어 올해 열린 천상제에서 하늘을 우러러 한 점 부끄러움 없이 경기에 당당하게 임할 것을 선서합니다. 용의 학교, 김재곤."

마지막엔 모두가 각자의 학교와 이름을 대며 올렸던 오른손을 아래로 내렸다. 호언은 재곤의 위풍당당한 선언에 자신이 그 자리에 함께 올라간 것처럼 가슴이 벅찼다. 용의 학교 신입생들 모두 같은 마음이었다.

천상제

하지만 모두가 재곤에 대해 호의적인 것은 아니었다. 다른 학교 신입생들은 자리에 앉으면서 "꽝철이 새끼 나대네.", "자기가 뭐라도 된 줄 아나." 하며 숙덕였다. 재곤은 전체 신입생 대표로 뽑혔지만, 혼족이라는 꼬리표 때문에 앞으로 헤쳐 나가야 할 길이 녹록지 않았다.

"학생들은 식사가 끝난 후 오후 일곱 시에 쥐의 학교 신입생들부터 차례대로 천상계 투어가 있을 예정이니, 정해진 순서에 따라 학생 대표와 이동해 주시기 바랍니다."

관리자들이 특별한 요리들을 이동식 선반에 가득 올려서 들어왔다. 절로 탄성이 나왔다. 용의 학교 테이블에는 구운 제비가 메인 요리였다. 용은 구운 제비를 즐겨 먹었다. 제비 요리를 한 번도 먹어 본 적 없는 재곤과 호언만 빼고 다들 겉은 바삭하고 속은 촉촉한 치킨을 본 것처럼 구운 제비 요리에 달려들었다.

재곤이 먼저 용기를 냈다. 치킨이라고 생각하자고 혼잣말을 되뇌며 구운 제비 다리 살을 포크로 찍어 크게 한 입 먹었다. 곧이어 표정이 스르르 녹는 것처럼 바뀌었다.

"어? 생각보다 엄청 맛있는데? 호언아, 너도 먹어 봐."

"으응."

하지만 호언의 관심은 구운 제비가 아니라 테이블 끝의

접시에 있었다. 처음 본 음식인데도, 자꾸만 시선이 그쪽으로 향했다. 달콤한 향기에 침까지 고였다. 호언은 홀린 듯이 그것을 손으로 집어 먹기 시작했다.

"동작 그만."

식사를 마치고 신입생들을 챙기러 테이블로 온 소린이 호언의 손을 딱 잡았다.

"넌 왜 곶감을 넣은 떡만 먹는 거지? 꼭 호랑이처럼."

"……."

호언은 곶감 떡이 입에 가득해 대답할 수가 없었다. 구운 제비 요리만 먹던 용의 학교 신입생들도 놀라서 호언을 보았다. 옆 테이블의 호랑이 학교 신입생들 역시 곶감이란 소리에 휙 고개를 돌려 그들을 주목했다.

아, 이렇게 걸리는 건가. 곶감 떡 때문에 정체가 들통나다니. 너무 방심했다. 호언은 고개를 숙이고 아무 말도 하지 못했다. 하지만 입은 계속 오물거렸다. 너무 맛있어서 도저히 씹는 것을 멈출 수가 없었다. 쫓겨날 때 쫓겨나더라도 이 곶감 떡을 싸 가고 싶을 정도였다.

입가심으로 박하사탕을 먹던 문 쌤이 그럴 리가 있냐며 걸어와 한마디 거들었다.

"지피지기면 백전불패. 지금 우리 호언 학생은 곧 있을 호랑이와의 접전을 대비해, 그들의 최애 음식인 곶감 떡을 모조리 분쇄해 버리는 거지. 안 그런가, 호언 학생!"

문 쌤은 면접 경기 이후 호언에게 반해 제1호 팬처럼 사사건건 호언의 대변인을 자처했다. 호언은 고개를 끄덕이며 더 전투적으로 곶감 떡을 먹었다. 이것을 즐기는 게 아니라 모조리 다 씹어먹어 적들의 식량을 초토화하겠다는 결의를 보여 주려는 것처럼.

소린은 끝까지 의아한 눈초리를 거두지 않았지만, 마지못해 곶감 떡을 조금 베어 물어 보았다. 맛이 나쁘지 않았다. 실은 맛이 아주 좋았다. 천상계 수라간에서 만든 산해진미는 역시 달랐다. 각 학교의 신입생들 테이블에는 다른 학교 학생들이 가장 좋아하는 음식들도 고루고루 배치되어 있었다. 이번 기회에 다른 학교의 식도락 문화도 즐겨 보라는 뜻에서 마련된 음식들이었다.

"투어가 벌써 저희 차례예요?"

주이가 눈을 동그랗게 뜨고 묻자, 문 쌤이 아니라며 더 먹으라고 손짓했다. 문 쌤은 신입생들이 먹는 것만 봐도 배가 부르다는 표정이었다.

그사이 소린이 재곤과 호언에게 은밀히 속삭였다.

"너희 둘은 잠깐 좀 보자."

호언과 재곤이 식사를 마치고 연회장을 나와 소린을 따라갔다. 복도를 따라 걸어간 엘리베이터 앞에 단발머리 여자가 서 있었다.

"데려다줘서 고마워요. 소린 양은 이제 가 봐도 돼요."

"아니요, 저도 함께 있겠습니다."

소린이 그들을 보호하듯 경호원처럼 버티고 섰다. 단발머리 여자는 딱딱하게 말했다.

"필요하면 소린 양은 다시 부를게요. 이 신입생들은 나와 함께 이동할 겁니다. 은밀히."

소린이 항명하고 싶은 듯 입을 움찔거렸다. 그러나 어느새 그들을 따라와 뒤쪽으로 다가온 문 쌤이 그러지 말라며 소린의 어깨를 잡았다.

호언과 재곤은 긴장한 채 단발머리 여자를 따라갔다. 단발머리 여자는 그들을 건물 밖으로 인도했다. 그리고 셋은 건물 앞에 주차된 소형 근두운으로 향했다.

소형 근두운은 지상계의 덮개가 없는 스포츠카와 구조가 비슷했다. 네가 앉으라며 서로 조수석 자리를 미루다가 호언이 냉큼 뒷좌석에 앉아 버렸다. 재곤이 난감한 얼굴로 조수석 쪽으로 향하자, 단발머리 여자가 고개를 돌리지 않은 채 눈만 움직여 흘깃 그를 보았다. 재곤은 침을 꿀

껌 삼키고 뒷좌석에 앉았다.

재곤이 착석하자마자 단발머리 여자가 낮게 일렀다.

"안전벨트 매라."

재곤과 호언은 의아한 표정으로 눈을 껌뻑거렸다. 시키는 대로 주섬주섬 안전벨트를 찾아 맸다. 곧 소형 근두운이 부아아앙 소리를 내며 엄청난 속도로 앞으로 쏘듯 나아갔다. 엄청난 속도로 질주하는 놀이기구를 탄 것처럼 호언과 재곤의 머리카락이 뒤쪽으로 물결치듯 흔들렸다.

그들은 눈 깜짝할 사이에 옆 마을에 도착했다. 그곳에는 컨테이너 한 채가 덩그러니 있었다.

"저기, 이따 투어 시간까지 돌아갈 수 있나요? 설명회를 놓치고 싶지 않아서요."

"오래 걸리지 않을 거야, 너희가 사실대로만 말한다면. 먼저 재곤이부터."

건물 밖에 혼자 남은 호언은 초조하게 재곤과 단발머리 여자를 기다렸다. 무슨 일이 있는 건 아닌지 덜컥 걱정이 앞섰다.

'혹시 학교 입학이 잘못되었다며 따로 부른 건 아니겠지?'

1초가 한 시간처럼 길게 느껴졌다. 시계가 없어서 속으로 숫자를 세며 기다리는데, 500을 채 세기도 전에 재곤이 컨테이너에서 나왔다. 재곤이 괜찮을 거라며 호언에게 눈짓했다. 그리고 자세한 상황을 전해 들을 새도 없이 단발머리 여자에게 떠밀려 호언이 안으로 들어갔다.

컨테이너 안쪽에는 맥고모자를 쓴 남자가 앉아 있었다. 그는 목소리를 낮게 깔고 말했다.

"칼촉 테러 사건 수사를 맡은 십이지 탑 수사관이다. 이번에 위협당한 학생들 주변 CCTV 영상을 수거해서 분석했는데, 테러 몇 시간 전부터 고아 관리소 13 반경 1km 안의 CCTV가 모두 꺼져 있더군. 그때 무슨 일이 있었지? 그때 만난 사람이 있나?"

"그건 왜 물으시는 거죠?"

"방범용 CCTV까지 끄고 그곳을 방문한 자가 폭탄을 설치했을 테니까. 그게 누구지?"

천상제

10. 그게 누구지?

"……."

호언은 침묵했다. 초리와 좀 다투긴 했지만, 초리가 그런 일을 했을 거라고는 생각도 할 수 없었다. 반란군의 후예란 이유로 평생 결단코 하지도 않을 일의 주동자 취급을 받으며 의심의 눈초리 속에 살아온 호언이었다. 호언은 마음을 굳게 먹고 수사관을 정면으로 보았다.

"고아 관리소 13은 공사 중이어서 어수선했어요. 인부들도 계속 왔다 갔다 하고 정신없었죠."

"그쪽은 이미 조사를 끝냈다. 그들은 모두 깨끗해."

"그분들을 의심하고 드린 말씀은 아니에요. 어쨌든 생활관에서 저 혼자 지냈는데, 불과 며칠 전만 해도 십이지 탑에 면접 보러 가느라 자리를 비운 적이 있어요. 면접이 끝나고 돌아와서는 방에 틀어박혀 거의 이틀을 내리 잤죠."

"그래서?"

"그사이에 건물에 누가 드나들었어도 전 모른다는 거죠."

수사관의 한쪽 눈썹이 올라갔다. 그가 테이블 앞쪽으로 두 손을 깍지 끼며 물었다.

"그래서, 폭발 전에 널 찾아온 사람은 없었다?"

"……있었어요."

"그게 누구지?"

"말씀드릴 수 없어요."

"자네를 여기까지 불러서 심문하는 게 애들 놀이처럼 보이나? 찾아온 자가 누구지? 찾아온 자가 밝혀지지 않으면 자네가 범인으로 지목될 수도 있어!"

"말씀드릴 수 없어요. 고아 관리소 13에 방문한 사람이 폭발과는 아무 상관 없을 수도 있는데, 하필 그 시간에 저를 찾아왔다는 이유만으로 누명을 쓸 수도 있으니까요. 확실한 증거도 없이 용의자로 몰리게 놔두지 않을 거예요."

"십이지 탑 수사관으로서의 내 능력을 믿지 못하겠다는

거냐?"

사람들은 종종 큰 사건이 터지면 두려운 나머지 충분히 알아보지도 않고 서둘러 화살을 꽂을 대상을 찾았다. 호언은 이번 일이 그렇게 되도록 방관할 수 없었다. 자칫 초리가 범인으로 오해받을 수도 있으니까.

호언은 배꼽에 힘을 주고 꼿꼿하게 허리를 폈다.

"테러 예고 지역은 많았는데, 어째서 철거 중이던 고아 관리소 13만 폭발하고 나머지는 모두 실패로 그친 건지, 고아 관리소 13 주변에 CCTV가 꺼진 게 우연은 아닌지 먼저 철저하게 알아봐 주세요. 꼭 부탁드려요."

십이지 탑 수사관은 호언을 뚫어지게 쏘아보았다. 쇠구슬처럼 두 눈이 차갑게 빛났다. 그는 파일에 몇 가지 사항을 빠르게 적은 후, 호언에게 경고했다.

"천상제 끝나고 다시 부르마. 그땐, 지금처럼 고집부릴 여유는 없을 거다."

십이지 탑 수사관은 이제 그만 나가 보라며 손을 휘휘 내저었다. 호언은 떨리는 걸음으로 컨테이너 밖으로 나왔다. 재곤은 이미 돌아갔는지 보이지 않았다. 단발머리 여자가 소형 근두운 운전석에 앉은 채 조수석 문을 무심하게 툭 열었다. 호언이 조수석에 탔다.

"지난번에는 구하러 와 주셔서 감사했어요."

"그게 내 할 일이야."

"그래도요. 인사는 해야 할 것 같아서요."

단발머리 여자가 운전하며 낮은 목소리로 말했다.

"네가 감추려는 사람이 친구라면, 그 친구가 부디 칼촉이 아니었으면 좋겠구나. 만약 그 사람이 칼촉이라면, 너역시 공범으로 몰릴 수도 있어."

호언은 그녀가 자신을 걱정해 주는 것인지 위협하는 것인지 헷갈렸다. 어쩌면 두 가지 다일지도 모른다는 생각이 들었다. 그녀는 학교 전담 방패니까. 그런데, 정말 그럴까?

"언니는 용의 학교 전담 방패예요?"

"왜 그렇게 생각한 거지?"

"용의 학교 신입생 경기 때 심사 위원석에 앉아 있었고, 또 테러 위협이 있었을 때 저랑 재곤이를 데리고 이동하셨잖아요. 그때도, 또 지금도요."

"용의 학교 전담 방패 맞아. 곧 보직 해제되겠지만…….전담 방패가 새로 오게 될 거야."

그녀는 테러 사건을 막지 못한 책임으로 경질되어서 다른 사람으로 용의 학교 전담 방패가 바뀔 거라고 알려 주었다. 그녀뿐만이 아니었다. 기존의 학교 전담 방패 열두 명이 모두 바뀔 예정이라고 했다.

얼마 지나지 않아 소형 근두운은 공원 입구에서 멈추었다. 조금 떨어진 곳에서 용의 학교 신입생들이 한창 투어 중이었다. 내리기 전 호언은 그녀를 보며 물었다.

"이름을 물어봐도 돼요? 단발머리 언니보단 이름으로 기억하고 싶어서요."

"고림. 또 보자."

고림은 호언을 내려 주고 소형 근두운을 타고 멀어져 갔다. 호언은 또 보자는 말에 입가에 미소가 지어졌다. 특별하게 챙겨 준 것도 없고, 딱히 상냥하지도 않은데, 이상하게 믿음이 갔다.

호언을 발견한 재곤이 빨리 오라며 호언에게 손짓했다. 호언이 뛰어가서 투어 무리 뒤쪽에 꼈다. 그런데 가까이 가서 보니 검은 정장을 빼입은 방패들이 신입생들을 둘러싸고 있었다.

재곤이 방패들을 턱짓으로 가리키며 속삭였다.

"칼촉들 테러 위협 때문에 방패들의 접근 권한을 높였대. 그래서 올해는 천상제에서 방패들이 매 시간 함께 이동할 거라더라."

"테러는 지상의 보이는 세상에서 벌어진 거잖아. 왜 천
상계까지 저들이 와?"

"칼촉들이 내부에도 있다고 보는 거 아닐까?"

호언은 혹시 초리도 여기에 왔나 싶어 깨금발을 들고
찾아보았지만, 초리는 보이지 않았다. 소린이 "거기, 뒤쪽
잡담 금지." 하고 말하며 그들에게 눈치를 주었다.

소린은 신입생들을 데리고 공원 가운데 있는 사당으로
들어갔다. 사당 중앙에는 '천상도'가 걸려 있었다.

"지금 보는 그림은 그 유명한 '천상도'야. 오래전 천상계
는 상제, 선관, 선녀 그리고 그들을 호위하는 십이지신들
로 이루어진 평화로운 세계였어. 그런데 지하계, 즉 명계
가 반란을 일으켜서 사신들을 인간계로 보내 사람들을 잡
아갔지. 그 모습을 두고 볼 수 없었던 상제는 인간계에 끼
어들지 않겠다는 조약을 깨고 십이지신을 지상으로 보내
셨어. 인간들을 보호하라고."

소린은 그 말을 한 후 잠시 침묵했다. 깊은 뜻을 되새기
는 것처럼.

"치열한 전투 끝에 명계에서 보낸 사신들을 물리쳤지

만, 상제는 인간계에 개입하지 않겠다는 조약을 깬 벌을 피할 수 없었지. 그래서 마지막 전투 때 수명이 다했고, 그런 상제를 보호하기 위해 십이지신의 힘으로 상제를 저 그림 속으로 옮겼지. 직속 신하들인 선관과 선녀도 모두."

주이가 손을 들고 물었다.

"근데요, 인간계에 손대지 않겠다는 조약을 깬 건 명계가 먼저 아니에요?"

"조약을 깬 양측 모두 벌을 받았을 거야. 명계 쪽에선 천상계가 먼저 도발했다고 주장한다는데, 말도 안 되는 소리지. 여하튼 천 년 전 일이라 그 진실을 아는 자들은 세상에 없기 때문에 정확한 이야기는 알 수 없어."

그 후 십이지신들이 명계의 왕인 염라의 공격으로부터 인간들을 지키기 위해 십이지신의 힘을 나눠 각 학교를 만들게 했다고 소린은 덧붙였다.

"너희들도 알다시피 십이지신을 죽이려는 암살 시도가 있었어. 천상제가 열린 지 세 번째 해가 되던 날, 반란군이 바로 이곳에서 그들을 공격했지. 그들은 십이지신을 죽이는 것에 실패했지만, 결국 타격을 입은 십이지신 역시 수명이 다하기 전 수호물로 변했고 그 후 각 학교에 모셔져 있지."

"그 수호물을 깨울 방법은 없나요? 십이지신이 수호물 안에 살아 있을 수도 있잖아요."

"십이지신을 깨울 방법은 오직 십이지신밖에 몰라. 그래서 십이지신 중 한 명은 수호물로 변하지 않고 어딘가에 숨어 있다는 소문도 있는데, 그건 헛소문이야. 만약 그게 사실이라면 각 학교에서 보호하는 수호물 중 하나는 가짜라는 거니까."

소린은 그럴 리 없다고 못 박았다. 어릴 때부터 학교에서 그렇게 배워 왔기 때문이다. 소린은 자신이 배운 역사에 대해 쌀 한 톨만큼도 의심하지 않았다. 용의 학교 신입생들이 고개를 끄덕이며 다음 장소로 뒤따라갔다. 하지만 호언만은 고개를 끄덕이지 않았다.

호언은 이해할 수 없었다. 왜 자신의 조상이 명계와 손을 잡고 십이지신을 죽이려고 했다는 것인지. 십이지신이 상제와 측근들을 그림으로 들어가게 하고, 후에 자신들은 보호물로 변했다는 이야기는 모두 진실인 것일까. 그와 관련된 모든 자가 죽어서 정확한 이야기는 알 수 없다면서도 전해 내려오는 이야기를 의심조차 하지 않는 사람들의 모습을 보니, 입에 쓴맛이 감돌았다.

그렇다고 포기할 호언이 아니었다. 호언은 어떻게든 진

실을 밝히겠다고 다짐했다. 어디든 자료가 남아 있을 것이다, 분명히. 호언은 천상제가 빨리 끝나고 학교생활이 시작되기를 바랐다.

소린이 용의 학교 신입생들을 이끌고 한갓진 곳으로 장소를 옮겼다.

"자, 투어는 여기까지야. 다른 신입생들은 숙소로 돌아갔지만, 우리는 아직 일정이 남았어. 내일 있을 개막 행사를 위해 지금부터 맹연습할 거야."

청룡의 해라고 용춤을 추는 걸까 추측했지만, 천상제 개막 행사는 보이는 세상의 학교에서 하는 장기 자랑과는 차원이 달랐다.

"올해 천상제 개막 때 선보이는 건 용호놀이야. 이름에 '놀이'가 들어가지만, 알다시피 우리에게 이건 놀이가 아니야. 개막 친선 경기라고 해도, 기필코 호랑이들을 눌러야만 한다."

소린이 교관처럼 딱딱하게 말하자 용의 학교 신입생들은 기합이 빡 들어갔다. 모두 붉은 렌즈 사건으로 인당 마이너스 10점씩 부여받은 것을 꼭 만회하고 싶어 했다. 그리고 무엇보다 그 사실을 호랑이의 학교 신입생들이 놀리

듯이 알려 준 것을 잊을 수 없었다. 그때 받은 모욕을 꼭 갚아 주고 싶었다.

호언은 보이는 세상의 기준으로 알고 있는 용호놀이를 떠올렸다. 용호놀이는 두 집단이 각각 줄 위에서 버티는 상대 쪽 인물의 깃발을 빼앗는 놀이로, 어떻게 보면 경기와 비슷한 놀이였다. 물론 천상제에서의 용호놀이는 이와는 조금 차이가 있을 것이었다.

잠시 후, 호랑이의 학교 신입생이 그들 쪽으로 걸어왔다. 노란 브릿지 소녀였다.

"학생 대표 선배가 말씀 전하라고 절 보냈어요. 오늘은 다들 피곤할 테니 푹 쉬자고요. 미리 설레발치며 몸 상할 필요 없다고. 내일 아침 경기장에서 보자고 하세요."

"피곤? 설레발? 게다가 직접 오지도 않고 신입생을 통해서 말해? 이런······!"

분을 이기지 못한 소린이 콧김에서 연기를 뿜으며 방언처럼 욕을 뱉었다. 노란 브릿지 소녀는 자신은 그냥 말을 전하러 온 것뿐이라며 어깨를 으쓱했다.

잠시 후 마음을 가라앉힌 소린이 호랑이 신입생을 향해 성큼성큼 걸어가 짓씹어 뱉었다.

"내일 후회하게 될 거라고 전해. 새끼 용들이 호랑이 새끼들을 다 잡아먹을 거라고."

11. 용호상박

"지금부터 개막 친선 경기를 시작하겠습니다."

관리자가 선언하자 뒤로 폭죽이 솟아올랐다. 좌청룡, 우백호를 상징하듯 푸른 용과 하얀 호랑이 형상을 한 폭죽이 하늘에서 만나서 엉켰다 풀어지기를 반복하며 앞뒤로 움직였다. 싸우는 것 같으면서도 마치 춤을 추는 것처럼 아름다웠다.

소린은 용의 학교 아이들의 뒤쪽에서 나지막이 말했다.

"어젯밤에 말했듯이 이따 경기에서는 무작정 달려들어서 싸우는 게 아니야. 저기 폭죽을 보면 청룡이 하얀 물보라를 일으키고, 호랑이는 푸른 숲을 헤치며 달려가는 거

보이지? 상대 팀의 깃발을 빼앗아서 경기를 끝내기 전에, 저 푸른 영역으로 들어가 점수를 많이 따 놓아야 해."

"호랑이 영역으로 들어갈 때마다 10점이죠?"

"첫 주자와 마지막 주자까지 다 들어가야 10점을 받을 수 있다는 거 잊지 말고. 단 1초라도 모두가 들어가야 해. 다들 정신 바짝 차려."

친선 경기이니 해당 경기의 성적은 앞으로의 정식 경기에 반영되지 않지만, 점수가 문제가 아니었다. 자존심 문제였고 명예 문제였다.

경기에 앞서 큰 줄을 꼬아 용의 머리를 표현하는 형상을 만들었는데 이 줄은 용의 학교 2학년부터 9학년까지 학생들이 지난 석 달 동안 방과 후 시간마다 남아서 짚을 엮어 만든 것이었다. 경기에 직접 참여하는 것은 신입생들이지만 학교 전체가 이 자리에서 함께 싸우는 것과 마찬가지였다.

줄은 용의 머리 형상에서부터 모든 용의 학교 신입생들이 일렬로 서서 잡을 수 있을 만큼 아주 길게 이어져 있었다. 키가 큰 호언과 재곤이 용의 머리 쪽에서 짚 더미를 들어서 그 위에 몸이 작고 가벼운 주이를 태우기로 했다. 호언과 재곤이 맨 뒤에 선 아이를 돌아보았다. 그곳에는 용의 학교 신입생 중 가장 몸이 빠른 수용이 있었다.

수용이 소린을 보며 걱정스러운 목소리로 물었다.

"호랑이의 학교 애들은 대형도 안 만들었어요. 누가 깃발을 가져오려는 걸까요? 설마 호랑이의 학교 학생 대표가 올라가진 않겠죠?"

"친선 경기는 오직 신입생들만 참가할 수 있어. 호랑이 쪽 학생 대표도 나처럼 뒤로 빠질 거야. 대표는 말로 도움만 줄 수 있으니까."

호언은 호랑이의 학교 학생 대표를 찾기 위해 두리번거렸다. 아직 오지 않은 걸까 아니면 키가 작아서 보이지 않는 걸까. 호언은 들어야 할 짚 더미가 튼튼한지 초조하게 다시금 확인했다.

"용호놀이에서 호랑이 새끼들을 눌러서 기선 제압하자."

아이들이 결의를 다지는 사이 폭죽놀이가 끝났다. 사회를 맡은 관리자가 좌중을 향해 용호놀이에 대해 설명을 시작했다.

"용호놀이는 민간 풍수 사상으로부터 시작되었습니다. 용은 예로부터 농사에 필요한 비를 내려 주는 신력이 있고, 호랑이는 귀신을 쫓는 벽사의 능력이 있다고 믿었죠. 천상제에서 용과 호랑이의 해에는 꼭 친선 경기로 용호놀이를 하는데요, 천상제에서의 용호놀이는 보이는 세상에서의 용호놀이와는 조금 다릅니다."

커다란 화면에 지난 천상제 용호놀이가 자료 화면으로 나왔다. 관리자가 설명을 이었다.

"천상제 용호놀이는 총 세 개의 마당으로 나뉩니다. 앞의 두 마당은 각 팀을 상징하는 형상의 줄을 모두가 잡고서 진행됩니다. 첫 번째 마당은 '땅 밟기'입니다. 바닥을 보면 하얀 물보라를 의미하는 백색 지역과 푸른 숲을 의미하는 청색 지역으로 나뉩니다. 상대 팀의 영역에 들어가면 점수를 얻게 됩니다. 1초당 10점이니 오래 버티는 게 중요하겠죠?"

이미 다 아는 내용이지만 용의 아이들은 집중해서 화면을 보았다.

"두 번째 마당은 '깃발 뺏기'입니다. 각각의 대장이 상대편의 깃발을 빼앗으면 300점을 얻게 됩니다. 만약 용의 학교가 290점을 딴 상태에서 호랑이의 학교가 깃발을 빼앗으면 300점을 얻어, 경기는 총 290 대 300으로 호랑이의 학교가 이기게 됩니다. 그러니, 각 팀의 대장들은 점수를 잘 계산하면서 깃발을 빼앗아야 합니다. 점수를 계산할 틈이 있을지 모르겠지만요. 마지막으로 세 번째 마당은 모든 경기가 끝나고 줄을 놓은 상황에서 이루어집니다."

영상에서 나오는 지난 경기는 호랑이가 이긴 것으로 끝났다. 용의 학교 아이들은 속이 부글부글 끓었다.

양편의 신입생들은 큰 줄 옆에 자리를 잡았다. 잠시 후 건너편을 확인한 용의 학교 아이들이 술렁거렸다.

"쟤네 왜 옷을 갈아입지?"

호랑이의 학교 신입생들이 쇠로 된 갑옷 조끼를 생활복 위에 겹쳐 입었다. 갑옷 가운데에는 지네가 그라피티로 화려하게 그려져 있었다. 예로부터 용은 지네와 쇠를 싫어한다고 알려져 있었다. 일부러 용의 아이들을 도발하려고 준비한 것이다.

생활복만 입은 용의 학교 신입생들은 얼굴이 붉으락푸르락하게 바뀌었다.

"반칙 아니야?"

"치사하게 나오겠다 이거지?"

"심리전이다. 말려들면 지는 거야."

소린이 상대편을 쏘아보며 낮게 한마디 했다.

"자, 이제 시작합니다. 각 학교 원로들은 동시에 징을 쳐 주시죠."

용의 학교와 호랑이의 학교 원로가 합을 맞춰 징을 치자 경기가 시작되었다. 모두가 줄을 들고 자리에서 천천히 일어섰다. 깃발을 잡는 대장 역을 맡아 줄로 만든 용의 머리를 붙잡고 선 주이는 균형을 잡기 위해 애썼다. 그 아래 신입생들은 경기장 밖 감독석에 서서 외치는 소린의 지도하에, 앞쪽에 있는 재곤과 호언의 움직임에 맞춰 맨 뒤쪽 수용까지 일사불란하게 움직였다.

"왼쪽! 더, 더! 다시 오른쪽!"

용의 학교 아이들은 방향을 틀어 가며 빠르게 이동했지만, 호랑이의 학교가 먼저 백색 지역에 침범하여 10점을 따냈다.

올해 용의 학교 신입생들은 스물아홉 명이었고, 호랑이 학교 신입생들은 열세 명이었다. 용 신입생이 호랑이 신입생보다 두 배가 넘게 많았고, 그만큼 줄이 길어서 마지막 주자까지 상대 영역에 침범하는 게 쉽지 않았다.

호랑이 측이 적은 수로 기동성 있게 움직이면서 순식간에 70점을 따냈다. 맨 끝에 있던 수용이 발이 꼬여 넘어지면서 호랑이의 학교 아이들은 7초 동안 백색 지역에 들어 갈 수 있었다.

"일어나! 빨리! 다시 움직여야 해!"

소린이 손뼉을 치며 소리쳤다. 수용이 이를 악물고 어깨에 진 큰 줄을 들어 올려 일어났다. 앞쪽에서 재곤과 호언이 호흡을 맞춰 빠르게 움직였다.

멀리서 소린이 다시 목이 터져라 소리쳤다.

"몰아붙여! 그렇지! 더 더!"

재곤과 호언이 기를 쓰고 달려 나가 백호의 줄 머리 쪽을 몸으로 부딪치자 노란 브릿지 소녀가 쓰러졌다. 그 틈을 타 재곤과 호언이 주이를 짚 위에 태우고 앞쪽으로 빠르게 내달렸다. 드디어 뒤쪽의 아이들까지 모두 들어왔다! 1초, 2초, 3초! 용의 학교가 30점을 얻었다.

용의 학교를 응원하던 다른 학교 학생들이 주먹을 머리 위로 들고 함성을 내질렀다. 각자 응원하는 팀을 위해 한마음이 되어 소리쳤다. 경기가 진행될수록 열기가 뜨거워 졌다. 더는 놀이가 아니었다. 용과 호랑이 간의 전투였고 이곳은 전장이었다.

다시 호랑이의 학교 아이들이 달려들었다. 백색과 청색 경계 지역에서 줄의 머리 간 싸움이 벌어졌다. 기세를 몰아 대장을 맡은 호랑이 신입생 산군이 주이 등에 꽂힌 깃발을 빼앗으려고 달려왔다.

주이는 깃발을 등에 꽂은 채 용의 꼬리인 수용 쪽으로 내달렸다. 산군은 힘으로 깃발을 빼앗으려 했지만, 주이는 힘이 약한 반면 작고 날랬다. 다시 주이가 몸을 돌려 반대편으로 달렸다. 산군은 앞만 보고 달리다가 갑자기 주이가 자신을 향해 달려오자 놀라서, 그만 균형을 잃고 몸이 기우뚱 기울어졌다. 대장이 바닥으로 떨어지면 놀이는 끝이었다.

그때였다. 누군가가 산군을 밑에서 붙잡았다. 호랑이 발이었다. 좌중이 일순간 숨소리도 없이 조용해졌다. 호언이 호랑이 발을 발현해 산군이 떨어지지 않도록 잡아 준 것이다.

몸이 기울어지는 순간 모든 게 다 끝났다고 생각했던 산군은 얼굴에 땀이 가득했다. 호언 역시 자신이 한 행동이 반칙은 아닌지, 용의 학교 학생으로서 이래도 되는지 혼란스러웠다. 그 와중에도 힘을 빼지 않고 버텼다.

"호언아, 힘내. 이렇게 허무하게 끝내선 안 돼. 정정당당히 이기자. 밀어 올려!"

재곤이 옆에서 큰 소리로 호언을 응원했다. 만약 여기

서 산군이 바닥으로 떨어지면 호랑이의 학교는 실격패였다. 용호놀이는 친선 경기이지만, 청룡의 해를 맞아 열리는 천상제의 첫 전투나 다름없었다. 호언이 원하는 것은 정정당당한 승리였다.

그사이 호랑이의 학교 학생들은 백색 지역으로 들어가 착실히 점수를 올렸다. 더는 그대로 둘 수 없었다. 호언은 으아아 기합을 내지르며 산군을 큰 줄 위로 던져 올렸다. 관객석에서 다른 학교 학생들이 흥분해서 소리를 크게 내질렀다.

"멋지다!"

"가자!"

산군은 숨을 몰아쉰 이후 다시 주이를 쫓아 달렸다. 하지만 이번엔 다른 호랑이 신입생들이 문제였다. 쇠로 된 갑옷의 무게 때문에 그들은 시간이 흐를수록 체력이 급격하게 떨어져 움직임이 둔해졌다.

"지금이야! 뛰어!"

소린이 목이 쉬도록 소리쳤다. 재곤과 호언이 청색 지역으로 달렸다. 수용 역시 맨 뒤에서 이를 악물고 호랑이 신입생들의 공격을 피해 달렸다. 순식간에 모든 아이들이 청색 지역으로 들어갔다. 1초, 2초……. 시간이 계속 흘렀다.

그사이 주이가 날아오듯이 달려오는 산군의 머리 위를 가뿐하게 뛰어넘었다.

"경기 종료!"

관리자가 호각을 불었다. 허공을 날아 줄 위로 착지한 주이의 손에 호랑이가 그려진 깃발이 들려 있었다. 주이가 무릎을 짚고 일어나 뒤를 돌며 깃발을 위로 높이 들었다.

"450 대 210. 용의 학교가 압도적으로 승리했습니다!"

관중석에서 함성이 터져 나왔다. 하지만 아직 끝이 아니었다. 마지막 마당이 남아 있었다.

모두 큰 줄을 어깨에서 내려놓자, 각 대표가 앞으로 나왔다. 두 학생은 청색 지역과 백색 지역 경계로 걸어와 서로를 마주 보고 섰다.

소린이 호랑이의 학교 학생 대표를 보며 말했다.

"오랜만이다, 범호."

"너도 아직 졸업 안 했네?"

두 사람은 천상제 경기를 위해 휴학을 길게 하며 학교를 졸업하지 않고 있었다. 서로 풀지 못한 사연이 많았다. 쌓인 시간만큼 앙금도 많았지만, 여기서 풀 이야기는 아니었다.

"우쭐댈 필요 없어. 청룡의 해라 너희들 생각해서 일부러 져 준 거니까."

노란 브릿지 소녀가 용의 학교 아이들을 향해 말하며 씩씩거렸다. 다른 호랑이의 학교 신입생들도 자신을 지지해 줄 거라고 생각했지만, 주위가 고요했다. 특히 산군은 고개를 떨구고 바닥만 보고 있었다.

학생 대표를 시작으로 신입생들 모두가 악수하고 포옹하면서 마지막 마당이 끝났다. 마지막은 화합의 장이었다. 범호가 용의 학교 아이들을 둘러보다가 호언에게서 눈을 멈추었다.

"좋은 경기였고, 많이 배웠다."

호언은 자신을 보는 범호의 눈길에 가슴이 뜨거워졌다. 소린과는 또 다른 리더십이 범호에게서 느껴졌다. 소린이 쓱 몸을 움직여 호언 앞을 가리며 범호의 귀에 낮은 목소리로 말했다.

"남의 떡에 침 흘리지 마, 호랑이 새끼야."

"너는 내가 따로 참교육을 해 줄게. 내일 보자."

12. 1차전: 윷놀이

"천상제의 정식 경기는 세 가지로 이루어집니다."

관리자의 안내가 장내에 울려 퍼지자, 각 학교 신입생들은 긴장한 표정으로 경청했다.

"첫 번째 경기와 두 번째 경기에서 각각 우승 팀을 뽑고, 세 번째 경기에는 앞선 두 경기에서 우승한 두 학교가 대결을 하게 됩니다."

"만약 한 학교가 첫 번째, 두 번째 경기를 모두 휩쓸면 어떻게 되죠?"

호랑이의 학교 신입생이 자신감 넘치는 목소리로 물었

다. 관리자가 모두를 향해 대답했다.

"그러면 세 번째 경기에는 올해를 상징하는 띠의 학교
가 자동으로 올라갑니다. 하지만 세 번째 경기에서 미션
을 성공할 수 있을지는 알 수 없죠."

수용이 용의 학교가 첫 번째, 두 번째, 세 번째의 경기에
서 모두 우승해 그랜드슬램을 달성하겠다며 크게 외쳤다.
옆에서 다른 아이들이 설레발치지 말라며 그를 쿡쿡 찔렀
으나 얼굴은 모두 웃고 있었다.

관리자는 마이크를 다시 톡톡 두드린 후 정색하고 말을
이었다.

"첫 번째 경기는 학생 여러분 모두 예상한 대로 윷놀이
입니다. 오래전부터 우리 선조들은 윷으로 한 해의 점을
쳤었죠. 하지만 사실 윷놀이는 군사 병법 놀이의 일종입
니다. 말판을 잘 활용해서 뒤에 쫓아오는 상대방에게 잡
히지 않고 가야 하는데, 그때 사람들의 지혜와 용기가 드
러납니다. 학생 여러분들이 윷놀이를 통해 약속과 규칙,
협동과 준법정신을 배우길 바랍니다."

앞에서 관리자의 설명이 이어지는 동안 각 학교 학생
대표들이 자신의 학교 신입생들에게 윷놀이에 대해 따로
부연 설명을 했다. 벌써부터 전략을 짜는 학교도 보였다.

"윷놀이에는 다섯 동물이 등장합니다. 도는 돼지, 개는 개, 걸은 양, 윷은 소, 모는 말. 도는 한 칸, 개는 두 칸, 걸은 세 칸, 윷은 네 칸, 모는 다섯 칸을 이동할 수 있습니다. 동물의 크기와 빠르기에 따라 이동을 결정하는 것이죠."

천상제 사흘 차에 들어서면서 본격적으로 올해 최고의 학교를 가르는 경기가 시작되자, 모두 마음가짐부터 달라졌다. 윷놀이와 관련된 학교들은 윷놀이에서 질 수 없다며 몸을 풀기 시작했다.

윷놀이는 삼국시대 이전부터 즐겨 하던 놀이라 그 규칙을 모르는 사람은 없었다. 하지만 용호놀이가 그러했듯, 천상제 윷놀이는 일반적인 윷놀이와는 달랐다.

"천상제 윷놀이에서는 학생 여러분이 놀이꾼과 응원꾼으로 나뉩니다. 각 학교 학생 대표는 놀이꾼으로 나서고, 신입생들은 응원꾼이 됩니다. 첫 번째 경기가 진행되는 동안 각 학교 응원꾼들이 열띠게 응원하는 모습을 십이지탑 관리자들이 심사하도록 하겠습니다. 그것이 두 번째 경기에 해당하는 것입니다."

호언이 재곤 쪽을 향해 속닥였다.

"근데 왜 놀이꾼은 학교 대표만 하지? 천상제 윷놀이에서는 윷 패가 되게 큰가? 그래서 신입생들은 못 다룰 거라고 생각하는 거야?"

"놀이꾼은 굉장히 위험하거든."

"윷 패를 던지는 게 뭐가 위험해? 절벽 위에서 던지는 것도 아닐 텐데."

재곤이 설명하려는데, 관리자가 각 학교 원로들을 앞으로 불렀다. 대진표를 정하기 위해 원로들이 나와서 상자에 손을 넣어 추첨을 했다. 뱀의 학교 원로가 구시렁거렸다.

"추첨이라니, 영 재미가 떨어지는군. 원로들도 오래간만에 경기를 해서 대진표를 짜자니까."

용의 학교 백 원로가 그에게 일침을 가했다.

"천상제는 신입생을 위한 자리입니다. 우리는 학교 다닐 때 이미 다 해 본 것이지 않습니까."

돼지와 토끼, 호랑이와 원숭이, 닭과 개, 양과 말, 쥐와 소, 뱀과 용이 예선전에서 맞붙을 팀으로 뽑혔다. 뱀의 학교 원로가 용의 학교 백 원로를 향해 씩 웃었다.

"결승전에서 보나 했는데, 벌써 붙게 됐네요. 청룡의 해인데 예선 탈락이라니 아쉽겠어요."

뱀의 학교 원로가 새살거리자 용의 학교 백 원로가 대꾸할 가치도 없다는 듯 콧방귀를 끼었다.

"저희가 꼭 이겨야 할 학교가 둘이지요. 하나는 물정 모르고 자꾸 용에게 들러붙는 뱀이고, 또 하나는 자신들이 감히 용의 상대라고 부르짖는 호랑이인데, 호랑이는 친선 경기 때 잡았으니 이젠 뱀 차례군요."

뱀의 학교 원로가 뭐라고 대꾸하기 전에 용의 학교 백 원로가 먼저 돌아서서 자리로 가 버렸다.

곧 경기가 시작됐다. 뱀의 학교 학생들과 용의 학교 학생들은 남서쪽으로 이동했다. 그곳에는 십이지 탑 관리자들이 배치해 둔 윷판과 윷 패, 바둑돌이 있었다.

심판 관리자가 천상제 윷놀이 규칙을 잘 모르는 학생들을 위해 설명했다.

"윷 패를 던지려면 학생 대표가 10분 안에 상대 대표를 쓰러뜨려 기회를 잡아야 합니다. 10분이 지나도록 아무도 상대를 쓰러뜨리지 못하면, 심판의 판정을 통해 더욱 우세한 경기를 보인 쪽에게 기회가 주어집니다."

공평하게 한쪽씩 윷 패를 던질 기회를 나눠 갖는 보이는 세상의 윷놀이와 천상제 윷놀이는 차원이 달랐다. 자칫 잘못하면 윷 패 한 번 던져 보지 못하고 경기가 끝날 수도 있는 것이다.

"놀이꾼인 학생 대표는 경기장으로 나오세요. 시합 도

중 경기장 밖으로 몸이 나가면 상대편이 기회를 가져갑니다. 곧 시작하겠습니다. 시작!"

뱀의 학교 대표는 뱀뱀이었다. 태명을 이름으로 지었다고 한다. 뱀뱀은 너무 말라서 공격하기가 미안할 정도였다. 하지만 그건 호언의 쓸데없는 걱정이었다. 뱀뱀이 경기장에 등장하자 소린의 얼굴에 지금껏 본 적 없는 긴장감이 서렸다.

호언은 뱀띠 학생들의 무기가 무엇일지 추리해 보았다. 뱀 하면 떠오르는 것은 독이었다. 살모사 같은 뱀에게 물리면 독이 온몸에 퍼져 죽을 수도 있다. 독이 없는 뱀들도 상대를 긴 몸으로 돌돌 감아 조여서 목숨을 잃게 할 수 있다. 뱀은 위험한 동물이었다.

뱀뱀은 쇼트커트에 가까운 짧은 단발머리를 귀 뒤로 새침하게 넘기며 소린을 도발했다.

"초장부터 밟아 버리고 싶었는데 예선전에서 딱 만나다니, 내 소원이 이뤄졌네?"

"삐쩍 곯은 실뱀 주제에 어디 감히 용한테 엉겨? 쬐깐한 주제에 삼키지도 못할 거면서 입을 쩍쩍 벌려 대는 모습이라니, 너무 볼썽사납잖아."

"실뱀? 히히. 내가 좀 슬림하긴 하지. 소린이 너 긴장했구나? 벌써 이마에 땀이 고였네? 내가 뭘 할지 눈치챈 건가."

뱀뱀이 순식간에 이동했다. 너무 빨라서 발이 보이지 않았다. 반면 소린은 급하게 몸을 돌려 도망갔다. 뱀뱀이 입을 벌리고 이를 드러냈다. 뱀파이어처럼 송곳니 두 개가 반짝 빛났다. 호언은 그 모습에 뼈가 얼어붙는 것 같았다. 호언이 움찔하며 뒤로 물러섰다.

"저거, 저래도 되는 거야? 죽이려는 거 아니야?"

"예선전부터 너무 강한 적을 만났어."

뱀의 신입생들 모두 송곳니가 반짝였다. 물론 뱀뱀처럼 위협적으로 날카롭지도, 길지도 않았지만, 그래도 뱀띠였다. 뱀의 학교 신입생 하나가 호언과 눈이 마주치자 씩 웃으며 송곳니를 드러냈다.

한편 도망가던 소린은 경기장 가장자리에 다다르자 위로 뛰어올랐다. 공중으로 날아오른 소린이 주먹을 펼치며 휘둘렀다. 그와 동시에 구슬이 뱀뱀 쪽으로 날아갔다. 뒤쫓는 데에만 혈안이 됐던 뱀뱀이 간발의 차로 경기장 바깥으로 나가기 직전에 움직임을 멈추었고, 미처 구슬을 피하지 못해 구슬에 광대뼈가 긁혔다. 볼에 붉은 줄이 그어지면서 피가 고였다.

"여의주 흉내 낸 거야? 문방구에서 파는 이런 조악한 구슬로 감히 나를 이겨 보겠다?"

"뱀 잡는 데 어떤 용이 여의주까지 꺼내겠니? 너는 이 조악한 구슬로 충분해."

소린의 비아냥에, 뱀뱀의 입꼬리가 바들바들 떨렸다.

예로부터 뱀이 구렁이가 되고, 구렁이가 이무기로 자라 여의주를 얻어 용이 된다는 속설이 보이는 세상에서 입에서 입으로 전해져 내려왔다. 용의 기원이 뱀이라고 보는 이야기는 용을 공격하는 말이기도 했지만, 용 못지않게 뱀들 역시 그 설화에 치를 떨었다. 뱀은 고작해야 용이 되지 못한 아류란 소리였다.

뱀의 무기는 독이라 근접전이 필요하다면, 소린은 구슬을 사용해서 원거리전을 선호했다.

"꽁지 빠지게 도망치는 주제에, 입만 살았구나?"

뱀뱀이 소린을 노려보며 혀로 송곳니를 사악 쓸다가 눈을 감았다. 뱀은 십이지 동물 중 유일한 파충류였다. 뱀은 귀가 퇴화되어서 소리를 듣지 못하지만 진동으로 주변의 움직임을 느낄 수 있었다. 뱀뱀이 눈을 감은 채 몸을 낮추고 팔을 벌린 후 혀를 날름거렸다. 혀로 냄새를 맡아 도망치려는 소린을 잡으려는 속셈이었다.

소린이 재빠르게 도망쳤지만 뱀뱀이 더 빨랐다. 진동으로 소린이 도망가려는 방향을 잡아 낸 뱀뱀이 아까와는 비교할 수 없을 정도로 빠르게 달려 소린을 잡았다. 그리고 소린을 위에서 눌러 쓰러뜨렸다. 작은 몸 어디에서 그런 힘이 나오는지 호언은 보고도 믿기 어려울 지경이었다. 뱀뱀이 던진 윷 패는 네 개가 뒤집어져 윷이 나왔다. 그래서 한 번 더 기회를 잡았다. 윷에 이어 걸. 뱀뱀은 순식간에 윷판에서 일곱 걸음을 달아나며 승기를 잡았다.

기세가 기울어지자 소린은 수세에 몰렸다. 구슬을 써서 공격하려고 했지만, 뱀뱀은 그녀의 공격 방향을 잡아 내서 피했다. 순식간에 뱀의 윷말인 바둑돌 하나가 결승점에 도달했다. 앞으로 윷말 세 개가 더 결승점으로 들어오면 뱀의 학교의 승리였다.

사색이 된 얼굴로 수용이 용의 학교 신입생들을 향해 말했다.

"우리가 응원해야 해! 소린 누나한테 들리게 최대한 큰 소리로!"

주이는 두 손을 입 근처로 모아 소리가 크게 들리게 하자고 제안했다. 하지만 재곤이 고개를 가로저었다.

"아무리 크게 외쳐도 소리만으론 약해."

"춤을 추자! 소리를 지르면서 손뼉을 치고 발을 구르고 최대한 움직이자!"

뱀뱀이 진동으로 소린의 방향을 정확히 느낄 수가 없어서 어디로 뛰어야 할지 헷갈릴 거라는 호언의 말에 그들은 아이돌 음악을 크게 틀고 춤을 추기 시작했다. 응원꾼으로서 신입생 응원전도 챙기면서 고전 중인 소린을 돕는 것이다. 뱀 신입생들은 반칙이라며 관리자에게 따졌지만, 관리자는 규칙에 어긋난 게 없다며 선을 그었다.

용의 학교 아이들의 신명 나는 응원에 기세는 소린에게로 기울어졌다. 뱀뱀의 부진과 소린의 분발로 윷 패를 던질 기회를 잡은 소린은 뱀뱀의 윷말을 따라잡았다. 뱀의 학교 아이들은 뱀뱀이 속도가 느려져 번번이 소린을 손 하나 차이로 놓치자, 응원을 멈춘 채 흥분해서 발을 구르며 너도나도 방향과 방법을 훈수하기 시작했다.

그사이 소린이 구슬을 날렸다. 뱀뱀은 재빨리 오른쪽으로 피했지만, 소린이 뱀뱀을 향해 달려가며 다음 수를 썼다. 소린이 뱀뱀을 쫓으면서 검지를 살짝 옆으로 틀자 날아가던 구슬의 방향이 오른쪽으로 휘며 뱀뱀의 등을 맞춰서 쓰러뜨렸다. 손을 대지 않고도 손짓만으로 공중에서 능력을 쓰는 것은 소린만의 특기였다. 하지만 그 반경은

5미터가 최대였기에 뱀뱀이 피한 쪽으로 기를 쓰고 달려 간 것이다.

몇 번의 접전 끝에 순식간에 소린에게 따라잡혀 윷말이 잡히자, 화가 난 뱀뱀은 정신 사나우니까 참견 좀 그만하라며 뱀의 학교 응원단 쪽을 향해 소리를 빽 질렀다.

"너희들이 해야 할 일은 응원이야! 경기는 내가 하는 거고!"

분위기가 순식간에 냉랭해졌다. 용의 학교 아이들도 놀라서 주춤 응원을 멈추고 뱀의 학교 쪽을 보았다. 뱀뱀의 머리카락은 땀으로 흠뻑 젖어 있었고, 가슴이 크게 오르내리며 숨소리가 거칠어져 있었다. 정신적, 체력적으로 모두 지친 모습이 역력했다.

잠시 후 뱀의 학교 신입생 중 가장 키가 큰 학생이 손뼉을 치며 신입생들의 시선을 모았다.

"응원에 집중해서 뱀뱀 언니한테 힘을 실어 주자. 대형 맞춰! 거기 뒤에, 더 오른쪽으로."

뱀의 학교 아이들은 이를 악물고 손동작 위주로 다시 열을 맞춰 응원을 시작했다. 호언과 재곤도 용의 학교 아이들을 다독여 응원에 나섰다.

점심도 잊고 경기가 이어졌다. 윷놀이는 윷말 네 개가 모두 윷판을 통과해 시작점으로 먼저 돌아오는 쪽이 이기기 때문에 보통 경기가 세 시간을 넘지 않는 편이었다. 그런데 뱀뱀과 소린의 접전은 네 시간을 훌쩍 넘어가고 있었다.

뱀의 학교와 용의 학교 경기가 길어지자, 일찌감치 경기가 끝난 다른 학교 학생들이 그들 쪽으로 와서 팔짱을 끼고 경기를 관전했다. 예선전부터 강팀 둘이 만난 만큼 손에 땀을 쥐는 경기였다.

총 일곱 시간 36분 만에 승부가 정해졌다. 윷말 하나 차이로 용의 학교가 이겼다. 용의 학교 신입생들은 일곱 시간 넘게 춤을 춰서 탈진한 상태였다. 다리에 힘이 풀리기는 소린도 마찬가지였다. 그들은 바닥에 주저앉은 채 소리를 내지르며 온몸으로 기뻐했다.

뱀뱀이 분한 마음에 바닥을 주먹으로 내리치며 눈물을 흘렸다. 소린이 지친 몸을 끌고 일어나 뱀뱀에게 다가가 손을 내밀었다. 소린과 뱀뱀 모두 사력을 다한 싸움이었다. 그들은 자신들이 원해서 시작한 싸움은 아니었지만, 용과 뱀의 숙원이 있기에 이 자리에서 최선을 다했다.

뱀뱀이 떨리는 아랫입술을 윗니로 꾹 누르고 일어나 소린의 손을 잡았다. 그리고 단숨에 소린을 제 품으로 끌어당긴 후 도발했다.

"아직 끝난 거 아니야. 우린 이길 때까지 싸울 거니까, 마지막 판은 결국 뱀이 이길 거야."

모두가 들을 수 있을 만한 크기의 목소리였다. 용의 학교 전체를 향한 도발이었다. 이대로라면 뱀의 학교는 예선 탈락인데, 응원전에서 승리를 할 것이라고 생각하는 것인지, 호언은 알 수 없었다.

소린은 가볍게 코웃음을 치며 뱀뱀에게서 몸을 떼고 어깨를 으쓱했다.

"수고해라."

13. 검은 토끼들

"우리 다음 상대는 누구야?"

예선전에서 용, 토끼, 호랑이, 개, 말, 쥐가 살아남았다. 천상제 네 번째 날, 용의 학교는 토끼의 학교와 맞붙게 되었다. 토끼의 학교 대표가 키가 작은 걸 본 수용이 어깨를 으쓱이며 으스댔다.

"이러다 우리가 응원전까지 싹쓸이해서 그랜드슬램 달성하면 어쩌지. 아무리 청룡의 해라지만, 다른 학교 신입생들한테 좀 미안하네. 크크."

"그러니까. 혹시 알아? 용궁에 가도 살길은 있다는 속담처럼, 토끼가 실망하지 않고 노력하면 살길을 찾을 수 있을지. 소린 누나, 적당히 봐줘요."

용의 학교 신입생들이 승리에 취해 거드름을 피우거나 말거나 토끼의 학교 학생 대표는 검은 도복 위로 끈을 조이며 심기일전했다. 그 모습에서 심상치 않은 기운이 느껴졌다. 호언은 왠지 불안했다.

그래서 팔짱을 낀 채 걱정스러운 표정으로 토끼의 학교 학생 대표를 보며 말했다.

"우리처럼 토끼의 학교도 다른 학교를 꺾고 이 자리에 올라온 건데, 너무 얕보는 거 아니야?"

"대대로 토끼의 학교는 약체였어. 쟤들은 천상제에 오는 목적이 친선이라니까."

주이 역시 다른 학생들과 마찬가지로 용의 학교의 승리를 확신했다.

잠시 후, 토끼의 학교 신입생들이 검은 도복을 입고 열 맞춰 등장했다. 모든 신입생이 왼쪽 옆구리에 상체만 한 절구를 끼고, 오른손으로 다리만큼 긴 나무 공이를 쥐고 걸어왔다. 박자에 맞춰서 척척 걸을 때마다 흙바닥에서 먼지가 피어올랐다. 심장을 두근거리게 하는 배경 음악이 그들 뒤로 깔린 것만 같았다. 그 위용에 수용은 너무 놀라

딸꾹질을 했다.

골격이 남다른 토끼의 학교 신입생이 뒤쪽에서 걸어 나와 곧장 학생 대표에게 걸어갔다. 머리에 상투를 틀어 올린 토끼의 학교 학생 대표는 어느새 무릎을 꿇은 채 눈을 감고 명상을 하고 있었다.

용의 학교 신입생들이 선 자리에서는 그의 등 아래로 맨발바닥이 보였는데, 발바닥에는 굳은살이 가득했다. 신입생이 허리를 90도로 숙이고 기다란 나무 공이를 건넸다. 천천히 눈을 뜨고 일어난 학생 대표, 묘하가 기다란 나무 공이를 두 손으로 받았다. 주는 이도 받는 이도 보물을 다루는 것 같은 모습에 좌중이 고요해졌다.

재곤이 앞으로 나서서 관리자에게 항의했다.

"저런 무기를 사용하는 건 반칙 아닌가요?"

"저게 반칙이면, 용의 학교도 실격패 아닌가요?"

뱀뱀이 팔짱을 끼고 걸어오며 톡 쏘았다. 그녀의 뒤로 뱀의 학교 신입생들이 뒤따랐다.

"어제 예선에서 용의 학교 학생 대표 소린도 구슬을 썼죠. 시합에서 무기 제한 규정이 없는 걸 아주 잘 이용하지 않았나요?"

"하지만 그건……. 엄지만 한 작은 구슬과 사람 키보다 큰 방망이는 다르죠."

호언이 재곤 옆에 서서 편들며 항의하자, 관리자가 그들을 향해 일침을 가했다.

"천상제 한 달 전에 관리자에게 승인을 받은 무기는 시합 중에 사용할 수 있습니다. 토끼의 학교와 용의 학교 모두 승인받은 무기입니다."

재곤과 호언을 비롯한 학생들은 아무 소리도 못 했다. 주이가 뱀의 학교 신입생에게 물었다.

"근데 너희들은 여기 왜 온 거야?"

"경기를 하지 않는 팀은 응원할 학교를 마음대로 고를 수 있잖아? 우린 토끼의 학교를 응원하러 왔어. 응원전이라도 승리의 무게는 똑같으니까."

뱀의 학교 신입생 중 하나가 송곳니를 드러내며 "쉬쉬." 하는 소리를 냈다. 뱀의 학교 학생들은 응원전에서 무조건 승리를 가져갈 생각이었다. 더불어 앞으로 용의 학교를 밀착 방어할 심산이었다.

뱀의 학교가 토끼의 학교 구역에서 응원 대열을 갖췄다. 한편 토끼의 학교에게 진 돼지의 학교는 호랑이의 학교 시합을 관전하러 다른 곳으로 자리를 옮겼다. 용의 학교를 응원하는 다른 학교가 없어, 토끼의 학교 대 용의 학교 응원전은 2 대 1이었다.

"절대 이번 응원전에서 밀려선 안 돼. 다들 마음 단단히 먹어."

호언이 다른 신입생들을 독려했다. 관리자가 호각을 불자 두 번째 경기의 본선이 시작되었다. 소린이 손에 쥔 구슬을 이용해 묘하의 다리를 먼저 공격했다. 경기에 들어가자 묘하의 눈이 피처럼 붉게 변했다. 묘하는 그 즉시 나무 공이를 절도 있게 움직여 구슬을 받아쳤다.

용의 학교 신입생들은 응원해야 한다는 것도 잊고 움찔했다. 저것이 진짜 토끼 눈이었다. 경기가 시작되자 토끼의 학교 학생 모두가 붉은 토끼 눈 특성을 발현했다.

용의 학교 아이들이 머뭇머뭇하는 사이 토끼의 학교에서 응원전이 시작되었다. 그들은 나무 공이를 절구에 규칙적으로 찧어서 리듬을 만들었다. 쿵쿵, 뒤에서 박자를 만드는 학생들 앞에서 열댓 명의 학생들이 나무 공이를 힘차게 돌리고 대형을 오가며 춤사위를 펼쳤다. 절구에 나무 공이를 찧고, 절구 겉을 북처럼 두드려 색다른 리듬을 만들어 냈다. 용의 학교 신입생들은 분위기에 압도되었다.

뱀뱀이 토끼의 학교 응원전을 보며 양 눈썹을 위로 올

리고 비아냥거렸다.

"이 동물 저 동물의 부분들을 합쳐서 조각보를 이어붙인 것 같은 용이 저런 원조를 감히 따라 할 수나 있겠어? 피처럼 붉은 눈이라니, 저런 건 렌즈 따위로 흉내 낼 수 있는 게 아니지."

용의 학교 신입생들은 아무 말도 하지 못했다. 다른 학교 신입생들 모두가 진짜 특성이 발현된 것에 반해 용의 학교 신입생들은 호언을 빼고는 모두 특성이 한 개조차 발현되지 않은 것이다.

뱀의 학교 신입생들의 응원전이 시작되었다. 뱀의 학교에서는 청룡의 해에 용의 학교를 누르려고 신입생들을 열다섯 살 이상으로 뽑았다는 말이 있었는데 그 정도로 모두 발육 상태가 남달랐다.

길고 호리호리한 체형의 신입생들이 오래전부터 합을 맞춘 것처럼, 전문 치어리더들처럼 공중 돌기를 했다. 용의 학교와의 예선전에서 뱀뱀을 배려해 일부러 손동작 위주로 응원을 하던 것과는 사뭇 대비되었다. 그들의 응원 실력은 절대 하루 만에 모여서 준비할 수 있는 게 아니었다.

"맙소사, 이게 응원전이 맞아? 이건 완전 전쟁이잖아."

수용이 믿을 수 없다는 듯 혀를 내둘렀다.

1년에 한 번 벌어지는 천상제에서 열리는 대회들에는 각 학교의 명예가 걸려 있었다. 그래서 열두 학교 중 최고의 학교를 뽑는 일에 모두 사활을 걸었다. 뱀의 학교 신입생들은 긴 천을 이용해 군무를 펼치며 움직였다.

　용의 학교 아이들은 응원전을 시작해야 한다는 것도 잊고 넋 놓고 그 모습을 보았다. 재곤이 주먹을 꽉 쥐었다.

　"쟤들, 우리를 노린 거야. 용들을 비하하는 거라고."

　"그냥 춤추는 거잖아? 준비를 많이 하긴 했지만, 저게 뭐?"

　"보고도 모르겠어? 물고기 흉내를 내는 거잖아. 그리고 저 왼쪽 애들은 태풍 속 소용돌이를 흉내 내는 거고. 용의 근원을 무시하는 거야."

　상상 속 동물로 알려진 용을 공격하는 것이었다. 오래전부터 물속에 떠 있는 특이한 형태의 물건이나 기이한 물고기를 보고 사람들이 용으로 인식한 거라는 말이 많았다. 회오리바람이 연못의 흙을 감아올려 기둥처럼 구름까지 닿을 듯 뻗치는 수권 현상을 두고 용이 승천하는 모습으로 오인한 거라는 소리도 있었다. 그 모양을 흉내 내며 용을 비하하고 있었다.

　"우리도 보여 주자! 땅꾼이 뱀 몰이를 하는 걸 표현하면 어때?"

"그걸 어떻게 표현할 건데?"

"그러니까 음, 몸을 좀 꼬고……. 누가 땅꾼 하지?"

삐이—.

"10분 지났습니다. 모두 물러서 주십시오."

용의 학교 신입생들이 우왕좌왕하는 사이 10분이 지났
고 판정에 의해 묘하가 윷 패를 던질 기회를 잡았다. 묘하
는 윷 던지기의 달인이었다. 던지는 족족 모가 나와 순식
간에 윷말이 두 개나 결승점을 통과했다. 그간 최약체로
알려졌던 토끼의 학교는 와신상담하며 오늘만 기다려 온
것이다.

용의 학교가 사자춤을 이용해 용이 승천하는 모습을 일
사불란하게 표현하며 응원전에 심기를 다지자, 소린 역시
다시 승기를 잡았다. 소린은 구슬 두 개를 사용했는데 하
나로는 묘하의 신경을 돌리고, 다른 하나로는 묘하의 등을
공격해 쓰러뜨려 기회를 따냈다.

기세를 끌어 올린 소린이 두어 시간 만에 윷말 네 개를
윷판 위에 모두 올렸다. 조금만 더 분발하면 용의 학교가
경기에서 이길 수 있을 것만 같았다.

그때였다. 검은 도복을 입은 토끼띠 신입생이 응원을 펼치다 동선이 꼬여 다른 학생과 세게 부딪혔고, 들고 있던 나무 공이가 경기장 쪽으로 날아갔다. 묘하에게 구슬을 던지려고 공중으로 뛰어오른 소린의 어깨에 나무 공이의 끝이 세게 부딪혔다.

"그만! 모두 멈추십시오!"

관리자가 황급히 호각을 불었고, 거대한 타이머가 2분 37초에서 멈춰졌다. 달려온 구급대원이 소린의 어깨를 살폈다. 소린의 어깨에 붉게 멍이 들어 있었다.

"전 괜찮아요. 원래 제 피부가 멍이 잘 들어요. 경기를 속행하죠."

소린이 일어나려고 하자, 구급대원이 소린의 상태를 제대로 확인하겠다며 힘을 줘서 어깨 근처를 꽉 쥐었다. 소린이 참지 못하고 크게 비명을 질렀다. 구급대원이 관리자를 향해 고개를 가로저었다. 토끼의 학교에 벌점을 주는 것으로 해결될 문제가 아니었다. 부상을 입은 소린이 전과 같이 경기를 진행하기는 어려워 보였다. 관리자도 어떻게 해야 할지 고심했다.

한편 토끼의 학교 신입생들은 갑작스럽게 벌어진 사태에 사색이 된 얼굴이었다. 그때 나무 공이를 바닥에 놓고 묘하가 척척 걸어가 모두가 들을 수 있게 말했다.

"저희 학교 불찰로 벌어진 일입니다. 죄송합니다. 토끼의 학교는 기권하겠습니다."

다른 상급 관리자에게 상황을 보고하던 관리자가 이어폰에서 들려오는 지시를 듣고 토끼의 학교 학생 대표를 향해 고개를 끄덕였다.

묘하가 소린을 향해 다가가 고개를 숙였다.

"신입생의 실수였어. 절대 의도가 있는 게 아니었어. 믿어 줘."

"공격할 생각에 방망이가 날아오는 걸 알면서도 달려가다 벌어진 일이야. 내 잘못도 있어."

예기치 않은 부상으로 인해 상대의 기권패로 얻은 승리였다. 소린은 고개를 들지 못했다.

묘하가 애써 미소 지으며 말했다.

"다음 경기에서 우리 학교는 너희를 응원할게. 사죄의 의미로."

용의 학교 학생들은 뒷맛이 씁쓸했다. 토끼 학교 아이들이 들어올 때와는 달리 축 처진 어깨로 경기장에서 먼저 퇴장했다. 이로 인해 결승까지 올라가게 되었지만, 용의 학교 아이들은 전혀 기쁘지 않았다.

14. 소리 없는 아우성

"전 괜찮아요. 싸울 수 있어요!"

치료를 위한 공간으로 자리를 옮겼지만, 아무도 소린의 말을 믿지 않았다. 금세 소린의 어깨가 퉁퉁 부었다. 치료 때문에 옷을 내려 한쪽 어깨를 드러낸 소린은 주먹을 꽉 쥐고 있었다. 통증을 참는 듯했다.

문 쌤이 구급대원과 함께 소린의 상처를 보며 심각한 목소리로 말했다.

"누군가가 그 나무 공이에 마력을 실었어요. 그렇지 않고서야 신입생이 실수로 놓친 나무 공이에 맞았다고 이렇게 뼈에 금이 갈 리가 없습니다."

"비디오 판독 결과는 어떻게 됐습니까?"

"비디오는 오직 경기장의 선수들만 찍어서 누가 마력을 썼는지 확인할 수 없었습니다."

토끼의 학교 신입생이 응원 중에 나무 공이를 놓친 것 역시 실수가 아니라 누군가가 마력을 써서 나무 공이의 방향을 경기장 쪽으로 움직인 것으로 보인다고 본선 관리자가 용의 학교 백 원로에게 보고했다.

문 쌤은 감히 신성한 천상제에서 이런 비겁한 방법으로 누군가가 용의 학교 학생 대표를 노렸다는 것에 분개했다.

"뱀의 학교에서 한 짓이 아닐까요? 뱀뱀이란 아이가 독을 쓴 게 아닌지 확인해 봐야 합니다."

"문 선생님, 진정하시죠. 이건 독이 아니라 마력입니다. 아무리 학생 대표가 뛰어나다고 해도 이런 마력은 학생들이 쓸 수 있는 게 아닙니다."

"그렇다면, 그 자리에 있던 사람은……."

그들의 눈이 본선 관리자에게로 돌아갔다. 관리자가 불편한 표정으로 그들을 노려보았다.

"십이지 탑 관리자를 의심하는 겁니까? 미쳤습니까?"

"말조심하시지요. 원로에게 함부로 행동하면 학교 전담 방패를 부르겠습니다."

본선 관리자와 원로가 팽팽히 맞섰다. 구급대원이 그들 사이를 막아서며 중재했지만, 서로 한 치의 양보 없이 팽팽한 기 싸움이 이어졌다.

결국, 옥신각신한 끝에 그들은 상급 관리자와 학교 전담 방패를 모두 불렀다. 뒤쪽에 있던 호언은 문을 열고 들어오는 방패를 보고 깜짝 놀랐다. 낯익은 얼굴이었다.

'초리⋯⋯.'

초리는 무표정하게 걸어와 백 원로 옆에 섰다. 천상제 직전에 있었던 테러 사건에 대한 책임을 지기 위해 학교 전담 방패 열두 명이 전원 교체되는 과정에서 용의 학교에도 새로운 학교 전담 방패가 올 거란 건 고림에게 들어서 알고 있었다. 하지만 초리가 용의 학교 전담 방패라니⋯⋯.

상급 관리자는 들어오자마자, 상황이 이렇게 된 건 안타깝게 생각하지만 경기에서 이런 경우는 왕왕 있으므로 특혜를 줄 수 없다고 못 박았다. 백 원로가 분개했다.

"우리가 승리를 노리고 일을 크게 만드는 것처럼 말씀하시는데, 그딴 건 필요 없습니다. 우승? 안 하면 그만이에요. 내가 원하는 건 용의 학교 학생을 이렇게 만든 범인이 누군지 알려 달라는 거지요!"

"흔적도 없이 멀리서 나무 공이에 그 정도 마력을 실을 정도면 학교에서는 선생님급 이상일 겁니다. 아, 물론 원로도 포함되겠네요."

"내가 학생을 공격했다는 겁니까?"

백 원로가 목소리를 높였다. 다시 싸움이 커지려고 하자, 초리가 낮은 목소리로 어른스럽게 말했다.

"학생을 공격한 범인을 색출하는 일은 방패에서 진행할 테니, 양쪽 모두 걱정 놓으시죠. 그리고 소린 학생은 경기에 출전할 수 없습니다. 무리했다가는 영구적 손상이 올 수 있으니, 경기를 포기하거나 다른 학생이 대신 대표로 나가야 합니다."

"천상제 규칙에 따라 경기에 참여한 학생 대표는 이유를 막론하고 교체될 수 없습니다."

상급 관리자가 반대했다. 오래전 각 경기를 유리하게 이끌기 위해 몇몇 학교가 부정행위로 경기마다 다른 학생으로 대표를 교체하면서 우승한 전력이 있었기에 백 년 전부터 새로 만들어진 조항이었다.

초리가 다시 나섰다.

"그 규칙은 상급 학생으로 대체할 수 없다는 조항이죠. 천상제 참여자 중에서는 교체가 가능합니다. 학생은 대표

말고도 신입생들이 있죠."

"이렇게 위험한 경기에 신입생이라니……."

상급 관리자를 비롯해 모두가 고개를 뒤로 돌렸다. 좌중의 시선이 한곳으로 모였다. 호언이 고개를 들었다. 자신을 향한 시선들에 호언은 눈동자가 흔들렸다. 올해 전체 신입생 중 유일하게 면접 경기장에서 특성이 하나 더 개화한 학생이 바로 용의 학교에 있었다.

초리가 호언 쪽을 보지 않은 채 담담하게 손에 쥔 태블릿 PC를 보며 말을 이었다.

"천상제에서 윷놀이에 참가한 학생 대표가 신입생이었던 적은 없지만, 학생 대표의 나이가 최연소로 열다섯 살이었던 적은 있습니다. 50년 전 일이죠. 용의 학교 학생이었고요."

본선 관리자가 기록된 파일을 찾아 상급 관리자에게 전해 주었다.

"학생 이름이 고요였군요."

"당시 고요 학생은 붉은 눈 특성 개화 하나만으로도 여타 용의 학생들보다 뛰어나서 천상제에 학생 대표로 참여한 경우였죠. 용의 학교 신입생 중 열다섯 살 이상인 학생은 둘, 그중 정호언 학생은 입학 경기장에서 호랑이 발 특성이 개화했고, 이미 특성이 두 개라고 들었습니다."

"음, 기록을 보니 고요 학생이 천상제 윷놀이에서 시합 승률이 74.6%로 엄청나게 높았군요. 결국 윷말을 잘못 써서 우승은 차지하지 못했지만."

"거듭 말씀드리지만, 이러한 조건에 따르면 호언 학생은 학생 대표 대리로 참여할 자격이 충분합니다."

"흐음."

관리자들이 몸을 돌려 신입생이 학생 대표 대리로서 경기에 참여하는 게 가능한지 목소리를 낮춰서 회의하는 동안, 용의 학교 신입생들과 백 원로와 문 쌤 역시 어떻게 해야 할지 회의하느라 정신없었다.

그사이 호언은 뚜벅뚜벅 걸어가 초리의 팔을 잡고 한쪽 구석으로 끌었다.

"나보고 학교로 가지 말라더니, 이젠 시합에 참여하라고? 대체 왜 이러는 거야?"

"시합에서 큰 부상을 입으면 십이지 탑 병원으로 가게 될 거야. 전문적으로 치료해야 하니까. 거기서 널 밖으로 빼돌릴 거고."

"이러려고 용의 학교 전담 방패가 된 거야? 설마 소린 언니도 네가 공격했어?"

"그때 난 어느 학교에 전담 방패로 배정될지 결정되는 방패 회의에 있었어."

호언은 소린을 공격한 게 초리가 아니라는 말에 안도하면서도, 한편으로 마음이 복잡했다. 아직 범인은 밝혀지지 않은 상태였다.

"천상제가 끝나고 네가 학교로 가서 언제까지 반란군의 후예인 걸 숨길 수 있을 것 같아? 용의 학교에 맞지 않는다는 건? 너는 호랑이 특성이 발현된 거잖아. 어차피 그 사실들이 밝혀지면 학교생활을 계속할 수 없게 될 거야. 날 믿고 지금은 내가 하자는 대로 해."

천상제가 끝나고 학교로 가서 반란군 후예인 것과 용이 아닌 호랑이의 특성이 발현된 거라는 것이 밝혀지면 상황을 감당할 수 없을 테니 여기서 멈추라는 것이다. 초리는 철없는 동생을 돌보는 언니처럼 충고했다.

하지만 호언은 초리의 걱정이 전혀 고맙지 않았다. 어차피 네 꿈은 이뤄질 수 없으니 일찌감치 포기하라는 소리로 들렸다. 진실을 밝히는 게 쉬울 거라고 생각한 적 없고, 명예를 차지하기 위해 싸우는 천상제에서 용의 학생인 척하는 게 얼마나 위험한지도 알았다. 하지만 어렵고 위험한 일이라고 포기할 수는 없었다. 호언은 입을 다문 채 생각했다. 자신이 얼마나 그 꿈을 이루기를 원하는지.

백 원로가 다가오자, 초리는 뒤로 빠졌다. 백 원로는 호언의 어깨를 꽉 잡고 말했다.

"경기보다는 학생의 안전이 그 무엇보다 중요하다. 그러니……."

"경기에 참여하게 해 주세요. 경기에 나가서 제가 마무리 짓겠습니다."

호언은 조금도 떨지 않고 결심을 밝혔다. 자만심 때문은 아니었고, 공명심을 얻으려는 이유는 더더욱 아니었다. 스스로를 증명하고 싶었다. 자신이 학교에 다닐 자격이 있다는 것을 모두에게 보이고 싶었다. 다른 학교의 뛰어난 대표들과 경기를 벌이다가 설사 몸이 깨지고 다치더라도, 있는 힘껏 싸우고 싶었다. 절대 포기하지 않겠다는 일종의 다짐이었다.

그 마음이 전해진 걸까. 고민 끝에 백 원로는 무겁게 고개를 끄덕인 후 말했다.

"용의 학교에서는 정호언 학생을 학생 대표 대리로 추천합니다."

"십이지 탑 관리자들은 정호언 학생이 대리로 윷놀이 경기에 참가하는 것을 용인합니다."

관리자가 동의서에 서명하라며 서류를 내밀었다. 어떤 위험도 감수하겠다는 내용이었다. '위험'이란 말에는 죽을 수도 있다는 뜻이 담겨 있었다. 오래전, 천상제 윷놀이 경기 중 심장마비로 죽은 학생도 있었다. 호언은 주먹을 쥐었다가 폈다. 호랑이 발이 나타나지 않았다. 하지만 경기 때는 무조건 특성이 나올 거라고 믿었다. 호언은 거침없이 서명했다.

개의 학교와 싸워서 호랑이의 학교가 이겼고, 말의 학교와 싸워서 쥐의 학교가 이겼다. 호랑이의 학교와 쥐의 학교가 붙었다. 천상제 모든 경기는 실시간으로 각 학교로 생중계되고 있었다.

그사이 소린은 십이지 탑 병원으로 이송되는 것도 미루고, 빈 시합장을 빌려 호언에게 구슬을 사용하는 법을 특훈으로 가르쳤다. 용의 학교는 불미스러운 사건으로 인해 학생 대표가 부상을 입었기에 결승까지 부전승으로 올라가게 된 상황이었다.

"너는 신입생이라 아직 무기에 마력을 실을 수 없어. 그렇다고 실망할 필요는 없어. 시합에 나올 다른 학생 대표 들도 마찬가지니까."

소린은 직접 시범을 보여 주려고 했지만, 구슬을 손에 쥘 수도 없을 만큼 팔의 상태가 좋지 않아 말로 가르쳐 줄 수밖에 없었다.

"그게 아니지. 팔만 크게 휘두른다고 멀리 가지 않아. 마지막은 손목의 스냅을 이용해야 해. 다시!"

소린은 하나라도 더 호언에게 가르쳐 주고 싶었다. 하지 만 호언은 구슬을 사용하는 게 익숙하지 않아 자꾸 떨어뜨 렸고, 조준도 매번 빗나갔다.

무려 열 시간의 훈련 끝에 소린은 한숨을 삼켰다. 진통 제를 씹으며 고개를 가로저었다.

"한 달 전에 허가받은 무기만 소지 가능한데, 구슬은 너 한테 영 안 맞아. 그렇다고 맨손으로 올라간다는 건 말도 안 돼. 무기도 없이 결승전에 올라갈 순 없어."

"호랑이 발로 어떻게든 싸워 볼게요."

그때 문 쌤이 굳은 표정으로 빈 시합장으로 들어왔다. 뒤에는 아이들 몇이 있었다. 호랑이의 학교와 쥐의 학교 준결승이 끝난 것이다. 벌써 다섯 번째 날 밤이었다.

소식을 전하는 문 쌤은 침통한 목소리였다.

"접전 끝에 호랑이의 학교가 이겼다."

소린이 의자에 털썩 주저앉아 고개를 떨구었다. 범호가 얼마나 강한지는 예전에 붙어 본 소린이 누구보다 잘 알았다. 범호가 대표로 뽑힌 이후 호랑이의 학교는 매년 우승 학교로 손꼽혔다.

뒤따라 들어온 신입생들 중 재곤이 말했다.

"지금이라도 경기 포기해야 해요. 쥐의 학교 대표가 실려 나갔다고요! 왜 다들 말이 없어요!"

주이가 떨리는 목소리로 재곤에게 알려 주었다.

"관리자 허가가 난 상황에서 경기를 포기하면, 십 년간 용의 학교는 천상제 출전 금지야."

호언은 재곤에게 난 괜찮다고, 할 수 있다고 자신감을 드러냈다. 하지만 그 누구도 호언의 어깨를 두드려 주지 않았다. 응원보다는 걱정이 더 컸다.

어제까지만 해도 용의 학교 아이들은 호언이 누구보다 잘할 수 있을 거라 믿어 의심치 않았지만, 쥐의 학교 대표 와의 경기에서 범호의 실력을 직접 눈앞에서 보고 나자 다들 생각이 달라졌다.

쥐의 학교 대표는 일명 쥐 꼬리라고 불리는 줄을 무기

로 사용했지만, 범호는 별다른 무기도 없이 오직 호랑이 발만으로 상대를 쓰러뜨렸다. 수용과 주이를 비롯해 용의 학교 아이들은 호언이 경기에 나갔다가 쥐의 학교 대표처럼 두 시간 만에 만신창이가 되어 실려 나올까 봐 걱정스럽게 바라보았다.

호언이 앞으로 나서서 입을 열었다.

"내 특성 잊었어? 호랑이 발이잖아. 근데 저쪽이 호랑이네? 할 수 있어. 아니, 더 잘할 수 있어!"

호언이 단단한 목소리로 의지를 다졌다. 어느새 뒤에서 이야기를 듣고 있던 백 원로가 문 쌤에게 부탁해 신입생들을 데리고 나가게 했다.

둘만 남게 되자 백 원로가 호언에게 작은 손수건을 주었다. 하얀색이었다.

"너의 용기는 모두가 높이 산다. 하지만 결정적인 순간 물러설 줄 아는 것도 용기야. 참가하되, 위험한 순간이 오면 하얀 손수건을 던져라. 경기 시작 후 1초가 지났든 1분이 지났든 상관없으니까."

최후의 보루였다. 어쨌거나 경기장에 서면 자격 박탈은 면할 수 있으니까. 물론 시작하자마자 기권을 하면 사람들로부터 야유를 받겠지만, 학생을 보호할 수 있다면 야유 따위는 상관없었다. 백 원로는 경기 시작 직후 기권을 하는 방법을 쓰게 하여 용의 학교 학생을 보호할 생각이었다. 호언은 하얀 손수건을 안주머니에 깊숙이 넣었다.

호언은 곳곳에 설치된 CCTV를 보다가 문득 궁금한 듯 백 원로에게 물었다.

"왜 학교 학생들 전체를 천상계로 부르지 않는 거죠? 천상제는 모두가 즐기는 축제잖아요."

"오래전 십이지신을 암살하려고 한 반란군 때문이지. 모두 모였다가 반란군에게 당할 수 있으니까."

"십이지신도, 반란군도 천 년 전에 모두 죽었어요. 학교 위치를 서로에게 철저하게 감추는 것도 그렇고, 천상제에 대표와 신입생만 참여하는 것도 그렇고, 열두 학교가 서로를 믿지 못하는 거 아닌가요?"

백 원로는 굳은 얼굴로 호언을 보았다. 호언이 십이지탑에 입학 원서를 접수하려고 온 날이 떠올랐다. 그날 호언은 자신이 반란군의 후예라고 밝혔었다. 호언은 이후 그 사실을 다른 누구에게도 말하지 않았기에 용의 학교에서 백 원로만 유일하게 그 사실을 알고 있었다.

백 원로는 낮은 목소리로 물었다.

"무슨 말이 하고 싶은 거지?"

"제가 결승전에서 이기면 한 가지 질문에 꼭 답해 주세요. 반란군에 대해 알고 싶어요."

15. 윷놀이 우승 학교는

"천상제 역사상 초유의 사건이 벌어졌습니다."

경기장에서 마주 보고 선 호언과 범호 위쪽에서 관리자가 중계를 이어 나갔다.

"용의 학교 학생 대표가 본선에서 부상을 크게 입으면서 신입생이 대신 학생 대표 대리로 출전하게 된 것인데요, 이를 두고 각 학교에서 항의가 많습니다. 하지만 규정상으로는 가능한 일입니다. 과연 학생의 생각은 어떤지 잠시 인터뷰를 하겠습니다."

중계자가 마이크를 가지고 호언에게 걸어왔다. 예상치 못한 일이었다.

"정호언 학생, 혹시 용의 학교 내부에서 압력은 없었나요?"

거침없이 들이미는 카메라 렌즈와 바짝 다가온 마이크가 불편했지만, 호언은 침착하게 대답했다.

"제 스스로 선택한 일입니다."

"스타가 되고 싶어서인가요? 열두 특성을 모두 개화할 전설의 아이로 용의 학교 내에서 주목받고 있다던데요. 혹시 그사이 새로운 능력이 또 개화했습니까? 소의 귀? 아니면……."

"저는 전설의 아이가 아닙니다."

호언이 또박또박 말했다. 한편 상의 없이 인터뷰를 진행하는 것을 항의하려고 백 원로와 문 쌤이 두 주먹을 꽉 쥔 채 저벅저벅 걸어왔다.

중계 관리자는 자연스럽게 몸을 돌려 카메라를 보며 말했다.

"'아직'은 아니라고 하는군요. 곧이어 경기 중에 세상을 뒤집을 전설의 아이가 탄생할지 모두 주목해 주시기 바랍니다."

호언은 자신이 하지 않은 말을 하는 중계자를 보고 당황한 듯 눈만 끔벅거렸다.

"지금 바로 천상제 결승전을 시작하도록 하겠습니다."

범호는 맨발이었다. 호언은 호랑이 발 특성이 두 손에서 발현되었는데 범호는 두 발에서 발현되었다. 중계 관리자의 말대로 천상제 역사상 초유의 사건이었다. 호언밖에 모르는 일이지만 호랑이띠와 호랑이띠가 한 경기장에서 우승을 놓고 맞붙게 된 것도 처음이었다.

호언은 범호의 호랑이 발에서 눈을 떼지 못했다. 예선부터 지금까지 범호는 호랑이 발만으로 모든 적을 제압했다. 소린이 호언을 특훈시키면서 말했었다. 범호의 호랑이 발은 그 수치를 측정할 수 없을 만큼 강하지만 그것만이 특성이 아닐 거라고. 결승을 위해 남겨 놓은 필살기가 분명 있을 테니, 조심해야 한다고.

'과연 그가 숨긴 특성이 뭘까…….'

"안대는 계속 차고 있을 건가? 한쪽 눈으로는 초점을 맞추기 힘들 텐데."

범호가 주머니에서 손을 빼지 않은 채 먼저 입을 열었다.

천상제 내내 끼고 있는 안대는 붉은 렌즈를 낀 쪽을 가리고 있었다. 경기 중에 안대를 벗게 하겠다는 선전포고일까. 호언은 입이 바짝 말랐다. 무슨 일이 있어도 안대만은 지켜야 했다.

호언은 상대의 관심을 다른 곳으로 돌리기 위해 범호의 주위를 돌며 주먹을 들어 올린 후 말했다.

"굳이 붉은 눈까지 쓸 필요는 없을 것 같은데요?"

"작은 고사리손으로 날 상대하겠다?"

"제 조사도 안 했나 봐요? 이 주먹으로 매머드를 때려눕혔는데."

"그거야 면접용으로 소환된 레벨1 괴물이니까."

범호는 제 주위를 도는 호언을 향해 차분하게 대화를 이어 나갔다. 1분이 지나도록 싸움이 시작되지 않자 모두 응원을 멈춘 채 숨죽이고 그들을 보았다.

"내가 널 신입생이라고 봐주면 용의 학교와 천상제를 모욕하는 거다. 난 최선을 다할 테니, 지금이라도 포기해라."

범호는 아량을 베푼다는 듯이 말했다.

'자기가 상대하고 싶은 대상은 소린이지 나 같은 신입생 꼬마가 아니라는 건가?'

호언은 그의 말에 모욕감을 느꼈다.

"저번 경기로 피로가 덜 풀렸나 봐요. 시간 끄는 것도 작전이에요?"

호언의 도발에 범호의 미간에 세로 주름이 깊게 파였

다. 범호가 자신의 뒤쪽으로 도는 호언을 향해 고개를 돌리며 낮은 목소리로 경고했다.

"난 널 봐주지 않을 거다, 꼬마야."

"정정당당하게 싸워요. 저도 죽을힘을 다해 싸울 거니까."

범호가 주머니에서 두 손을 뺐다. 혹시 했는데, 호언의 예상과 달리 범호의 손은 호랑이 발이 아니었다. 하지만 안심이 되지는 않았다. 범호는 이제껏 다친 적도 긴장한 적도 없었다. 뼛속 깊이 '내가 왜 져?' 하는 마음이 박혀 있었다. 자신감만큼 무서운 무기는 없었다. 범호는 검지와 중지를 사용해 호언에게 오라고 손짓했다.

호언이 주먹을 뻗자마자 손이 호랑이 발로 바뀌었다. 범호는 피하지 않고 그대로 맞았다. 호언은 이를 악물었다. 오히려 주먹이 아스러지는 듯한 고통이 전해졌다.

'왜 피하지 않은 거지? 반응 신경이 느린 건가? 아니면 맷집이 좋아서?'

범호가 혀로 이를 쓸며 피식 웃었다.

"겨우 이 정도 아기 주먹으로 나와 싸우겠다고? 꼬맹아, 잘 들어라. 네가 그 전설의 아이라면 빨리 다른 특성을 개화하는 게 좋을 거다."

범호는 달려와 호랑이 발로 호언의 머리를 노렸다. 호언은 날렵한 몸을 이용해 피했다. 하지만 범호는 쉴 새 없이 공격을 퍼부으며 호언과의 사이를 좁혔다. 호언은 범호의 호랑이 발 공격에 등을 맞아 몇 미터 쭉 밀려갔다. 경기장 가장자리가 빠르게 가까워졌다. 이대로 줄 밖으로 벗어나면 10분이 지나기도 전에 실격이었다. 호언은 경기장 밖으로 나가기 직전, 아슬아슬하게 균형을 잡아 멈추었다. 하지만 숨이 쉬어지지 않았다. 그만큼 범호의 호랑이 발 공격은 강했다.

"버티겠다? 후회할 텐데."

호언은 폭풍처럼 달려가 그의 명치를 머리로 공격했다. 하지만 범호는 몸이 단단해 타격이 없는 듯 보였다. 범호는 호언을 들어서 바닥에 패대기쳤다. 그 위로 몸을 던져 제압하기 직전, 호언이 옆으로 굴러서 공격을 피했다.

긴장으로 꽉 조여진 침묵을 깨고 용의 학교 쪽에서 응원이 시작되었다. 재곤이 응원을 주도했다.

"종이호랑이 주제에 꽤 애쓴다! 신입생을 상대로 전력 상대하다니, 대단하네!"

재곤이 범호의 정신력을 흐트러뜨리기 위해 손을 입 앞에 모아 핏대를 세우며 소리쳤다. 옆에서 수용 역시 나서서 외쳤다. 하지만 소린은 굳게 입을 다물고 있었다.

주이가 소린을 쳐다보자, 소린이 팔짱을 낀 채 경기장을 보며 차갑게 말했다.

"저 녀석은 말로 흔들리는 놈이 아니야. 오직 몸으로 제압해야 해."

호랑이의 학교에서도 목소리를 높였다. 양측은 서로 말로 공격하는 데에 바빴다.

다른 학교들도 준비한 응원전을 선보이기 시작했다. 2차전인 응원전 우승을 위한 싸움 또한 시작되었다. 한편 10분 동안 벌어진 첫 번째 경기에서 범호가 더 많은 공격을 한 것이 인정되어 호랑이의 학교가 윷 패를 던질 기회를 잡았다. 범호는 윷 패를 던지는 데에는 관심도 없다는 듯 대충 던지고 윷말을 움직였다.

그사이 재곤이 물병을 들고 호언에게 달려왔다.

"많이 아프지? 목은 괜찮아? 파스 같은 거 필요하면 언제든지 말해."

호언이 물을 마시며 고개를 끄덕였다. 바닥에 세게 부딪힌 호언의 목을 가까이에서 살펴보던 재곤은 눈이 커졌다. 호언의 목 뒤에 검은 줄무늬가 선명하게 나타나더니 멍이 흡수되기 시작했다. 곧이어 검은 줄무늬가 사라지면서 멍도 감쪽같이 사라졌다. 호언은 그새 특성이 하나 더 개화한 것이다. 호랑이 줄무늬. 오직 호랑이만이 가질 수 있는 최상급 특성 중 하나였다. 재곤은 아빠가 호랑이띠이기 때문에 그것이 무엇인지 잘 알았다.

재곤이 호언의 등 뒤를 가리고 서 있었기에 재곤 외에는 아무도 그 모습을 보지 못했다. 잠시 생각하는 듯하던 재곤은 입을 꾹 다물고 조용히 뒤로 물러났다.

호언은 오직 범호만 노려보며 중얼거렸다.

"이길 거야. 이겨야만 진실을 알아낼 수 있어."

"2라운드 시작하겠습니다! 학생 대표들은 경기장으로 다시 들어와 주십시오."

호언이 물병을 재곤에게 주고 척척 걸어갔다. 재곤은 경기장으로 들어가는 호언의 뒷모습을 보았다.

2라운드가 시작되었다. 열띤 응원에도 불구하고 호언은 범호에게 계속 밀렸다. 범호는 오직 호랑이 발만으로 호언을 눌러 버릴 생각인 듯 주먹으로는 공격조차 하지 않았다. 그때였다. 호언은 눈이 타들어 가는 것 같았다. 그와 동시에 이제까지와는 다르게 범호의 움직임이 느리게 보였다. 범호의 동작이 천천히 움직이는 것처럼 보이자 호언은 공격을 피할 수 있었고, 동시에 약점을 파고들어 주먹을 날릴 수 있었다. 범호가 옆구리를 맞고 경기장에 넘어졌다.

호언은 주먹을 날리기 위해 빛보다 빠르게 범호 쪽으로 달려갔다. 주먹을 꽂기 직전, 범호가 호언을 올려다보며 작게 입을 달싹였다.

"너 눈이……."

렌즈가 빠졌나? 이내 호언은 몸의 열기 때문에 렌즈가 녹아 버렸다는 것을 깨달았다. 호랑이 눈은 단순히 노란 빛으로 변하는 게 전부가 아니었다. 밀림의 왕 호랑이답게 엄청난 동체 시력을 갖게 되었다. 그리고 그 여파인지 뜨거운 열이 발산되었다. 호언이 당황해서 주먹을 허공에서 멈추었다. 범호는 그 순간 깨달았다. 호언이 용의 아이가 아니라 자신과 같은 호랑이 특성이라는 것을…….

호언이 뒤로 물러섰다. 오른쪽 눈은 안대로 가렸지만, 왼쪽 눈을 들키면 끝장이었다. 호언은 안대를 벗고 왼쪽 소매를 길게 찢어 천으로 두 눈을 가린 후 뒤에서 꽉 묶었다.

흥분한 중계 관리자가 마이크를 잡고 소리쳤다.

"아! 호언 학생이 눈을 가렸습니다. 조금 전 접전할 때 눈을 찔린 걸까요? 눈을 가리고서도 경기를 계속할 수 있을지 의문입니다."

범호가 호언에게로 척척 걸어왔다. 천으로 눈을 가렸는데도, 호랑이 눈으로 그의 움직임이 적외선 카메라로 보는 것처럼 보였다.

범호가 공격하는 척하면서 호언의 귀에 속삭였다.

"무슨 사정인진 모르겠지만, 경기 중 봐주는 건 없다."

"바라던 바예요."

공격과 방어가 다시 시작되었다. 범호와 호언은 경기장 안에서 치열하게 싸웠다. 누구도 물러섬이 없었다.

10분 동안 쓰러지는 이 없이 경기가 진행되자, 호랑이의 학교에 윷 패를 던질 기회가 주어졌다.

주이가 목청껏 소리쳤다.

"서로 공격하는 것 말고, 진짜 응원으로 가자. 용의 학교의 자존심과 명예를 보여 주자고!"

용의 학교 아이들은 전설의 영물로 알려진 봉황, 기린, 거북을 대형으로 만들어 표현한 뒤 맨 마지막에 용의 모습을 만들었다. 영물 중에서도 우두머리가 용이라는 것을 보여 주려는 응원이었다.

토끼의 학교 아이들은 혹시 모를 사태에 대비해 뒤쪽에 자리 잡았지만 나무 공이와 절구를 이용해 더 절도 있는 응원을 펼쳤고, 뱀의 학교는 맨 앞에서 화려한 공중돌기와 서커스 같은 유연한 움직임으로 카메라와 좌중의 시선을 사로잡았다.

경기는 몇 시간째 진행되고 있었다. 윷 패를 던질 기회는 계속 호랑이 학교에게 주어졌지만 누구도 호랑이의 학교가 이길 거라고 확신하지는 않았다. 결승점을 통과한 호랑이의 학교 윷말은 세 개였다.

그러나 호언이 꿋꿋이 잘 버티고 있었다. 용의 학교의 응원은 더 간절해졌다. 범호 역시 점점 지쳐 가고 있었다. 곧이어 또 10분이 흘렀다는 알림 소리가 울렸고, 더 공격을 많이 한 호랑이의 학교가 윷 패를 던질 기회를 잡았다.

범호는 무거운 걸음으로 윷 패를 집어 든 뒤 뒤쪽에서 숨을 헐떡이는 호언을 향해 낮게 말했다.

"평생 기억해야 할 경기였다."

그는 처음으로 집중해서 윷 패를 던졌고, 윷이 세 번 연속으로 나오면서 윷판에 있던 마지막 윷말을 결승점으로 통과시켰다. 이로써 호랑이의 학교가 윷놀이에서 최종 우승했다. 호랑이의 학교 신입생들이 크게 환호했다.

곧이어 두 번째 경기인 응원전의 결과 발표가 이어졌다.

"응원전 우승 학교는 뱀의 학교입니다. 축하드립니다."

첫 경기인 윷놀이 시합에서 호랑이의 학교가 우승했고, 두 번째 경기인 응원전에서 뱀의 학교가 우승했다. 관리자의 공식적인 발표에 호랑이의 학교 학생들과 뱀의 학교 학생들이 다시 기쁨의 함성을 내질렀다. 이로써 호랑이의 학교와 뱀의 학교가 3차전에 출전할 수 있는 자격을 얻었다.

한편, 윷놀이 시합에서 패배한 호언은 용의 학교 진영으로 터덜터덜 돌아갔다. 반면, 용의 학교 신입생들은 뛰어나와서 열심히 싸운 호언을 뜨겁게 안아 주었다. 잘했다고 등을 두드려 주는 친구들의 위로에 호언은 눈을 가린 천이 눈물로 젖어 들었다. 모두가 함께 울었다.

16. 3차전: 끝이 아닌 시작

"천상제는 끝나지 않았어. 우리도 3차전에 참여할 수 있게 됐어……."

소린이 응원하느라 소리를 너무 질러서 쉰 목소리로 말했다. 용의 학교 아이들이 잘못 들은 것처럼 서로의 얼굴을 바라보았다. 주이가 나서서 질문했다.

"저희가 부전승으로 올라갈 수 있는 건 1차전과 2차전에서 우승 학교가 동일한 학교일 때만이었잖아요? 근데 1차전은 호랑이의 학교, 2차전은 뱀의 학교가 우승했는데요?"

"그게…… 십이지 탑에 1차전 경기 문제로 항의 전화가 많이 왔대."

경기 중계를 지켜본 많은 이들이 1차전 윷놀이 경기 중용의 학교 학생 대표가 마력이 실린 나무 공이에 공격받고 부상을 당했는데 그 즉시 모든 경기를 멈추고 범인을 밝히는 데 집중하지 않고, 범인이 누구인지 밝히지 못한 상태로 관리자들이 그 이후의 다른 경기를 진행한 것을 문제 삼았다. 그래서 용의 학교에게 3차전 참여권을 주는 것으로 십이지 탑 상급 관리자들이 내부 회의에서 결정을 내린 것이다.

"3차전 참여로 우리 입을 막으려는 거 아니에요? 그걸로 퉁치고 범인 안 밝히겠대요?"

"3차전 참여 여부와 상관없이, 그 사건은 천상제가 모두 끝나고 수사관들에 의해 정밀 조사에 들어갈 거야. 경기 끝나고 학생들 모두 바로 학교로 못 돌아갈 수도 있어. 이 사건에 칼촉이 개입된 건 아닌지 더 조사해야 한다는 말까지 나오고 있으니까."

칼촉의 이야기가 또 나오자 모두 얼굴이 어두워졌다. 무거운 침묵 속에서 재곤이 미간을 좁힌 채 낮은 목소리로 이야기를 꺼냈다.

"저희가 3차전 참여를 거부할 수는 없어요? 학교 대표

부상 때문에 부전승으로 결승전에 올라간 걸로 이미 보상을 받았는데, 그 일로 3차전까지 저희가 참여하는 건 좀 공정하지 않은 것 같아요."

"……."

소린은 이야기해야 할지 말아야 할지 한참 고민한 끝에 겨우 입을 뗐다.

"문 쌤과 백 원로께서도 또다시 예외를 두는 게 아무리 생각해도 공정하지 못한 것 같다고 하시면서 3차전 참여를 반대하셨어. 그런데 학교에서 교장 선생님께 직접 연락이 왔었어. 3차전에서 우승할 기회가 왔는데 왜 그 복을 걷어차냐고."

"……."

소린 역시 재곤과 같은 생각이었지만, 이미 위에서부터 결정이 끝난 일이었다. 그래서 소린의 표정이 어두운 것이었다. 참여가 결정된 마당에 이렇게 축 처져 있을 수만은 없다며, 소린은 기왕 이렇게 된 거 3차전에서 최선을 다하자고 용의 학교 아이들을 독려했다.

재곤이 고개를 갸웃하고 소린을 보며 물었다.

"근데 첫 번째, 두 번째 경기에서 승리하지 못했으니, 저희가 이번 경기를 이긴다면 세 개의 학교가 각각 1승이 되어서 우승 학교가 나오지 않지 않나요? 그러면 무승부가 될 텐데요."

"보이는 세상에서는 무승부를 폄하하지. 하지만 무승부는 승부를 가릴 수 없을 만큼 모두 치열하게 싸웠다는 거야. 그래서 천상제에서는 무승부를 공동 우승이라고 불러. 용의 학교가 우승하면 세 학교가 나란히 우승 대에 서는 거야. 같은 자격으로."

구석에 앉아 쉬고 있던 호언이 손바닥으로 다리를 누르며 몸을 일으켰다.

"호랑이의 학교, 뱀의 학교 그리고 용의 학교 학생들은 경기장으로 모여 주시기 바랍니다."

스피커로 관리자의 안내 방송이 울렸다. 소린은 마지막 경기가 끝나면 제대로 치료를 받겠다고 우겼기에 임시로 천상제 치료실에서 처치를 받은 상태로 경기장으로 함께 향했다.

상급 관리자가 마이크를 잡고 말했다.

"이번 경기는 보물찾기입니다. 그리고 이전과 같이 신

입생들만 참여할 수 있습니다. 각 학교 학생 대표는 무전으로 신입생들에게 조언할 수 있으나, 함께 숲으로 들어갈 수는 없습니다."

천상제의 이전 보물찾기 경기들에서는 찾아야 할 보물이 죄다 흔한 것들이라 찾기가 어려웠다고 주이가 호언과 재곤에게 알려 주었다. 그 보물들은 대왕의 비석 중 사라졌던 끝부분 돌멩이, 변장한 자의 본모습이 드러나게 하는 매화 나뭇가지, 바늘로 변하는 지푸라기 등이었다. 전설이나 민담, 속담에 나오는 실제 물건을 찾으면 그 물건은 후에 우승한 학교의 이름으로 십이지 박물관에 기증되었다.

"관리자들이 일부러 그런 물건들을 숨겨 놓는 거야?"

"역사학자들이 연구해서 찾아낼 가치가 있는 것들을 지정해서 천상제를 통해 찾게 하는 거야. 천 년 전에 하늘에서 반란군이 일으킨 난 때문에 여기가 완전히 엉망이 되었잖아. 그래서 아직도 못 찾은 물건들이 곳곳에 많거든."

반란군이라는 말에 호언의 미간이 찌푸려졌다. 하지만 부상을 핑계로 눈에 천을 두르고 있어서 다른 사람들은 눈치채지 못했다. 재곤이 물었다.

"천상제는 오늘이면 끝나는데, 만약 그 안에 못 찾으면 어떻게 돼?"

"3차전 우승 학교는 나오지 않는 거지."

"쉿! 이제 시작한다."

상급 관리자가 두루마리를 펴고 그 안에 적힌 것을 읽었다.

"지금부터 세 시간 안에 보물을 찾아야 합니다. 힌트는 한 시간마다 모두에게 제공될 겁니다. 올해 찾아야 할 보물의 첫 번째 힌트를 드리겠습니다."

하늘에서 하얀 구름이 빠르게 움직이며 글자를 만들었다. 곧이어 커다랗게 "소리"라는 글자가 떠올랐다. 다들 의아한 눈으로 소리를 어떻게 찾냐며 웅성거렸다.

그때 한 뱀의 학교 신입생이 뛰었다. 일단 숲으로 들어가라고 학생 대표가 등을 떠민 것이다. 호랑이의 학교 아이들 역시 질세라 뒤따라 들어갔다. 용의 학교 신입생들도 소린의 응원을 받으며 숲으로 뛰어갔다.

운동화 끈을 고쳐 매느라 뒤늦게 따라나서려는 호언을 관리자가 막아 섰다.

"학생 대표는 여기 남아서 신입생들이 보물을 찾아올 때까지 기다려야 합니다."

뱀뱀과 범호는 귀에 무전기를 꽂으며 호언을 빤히 바라보았다. 호언 옆으로 소린이 다가와 호언의 어깨를 붙잡고 관리자에게 대신 말했다.

"용의 학교 학생 대표 자격은 아까 윷놀이 경기 이후 저에게 다시 넘어왔습니다. 3차전 시작 30분 전에 선생님들께서 직접 전달하셨으니, 확인해 주십시오."

"용의 학교 학생 대표는 곧 병원으로 이송될 거라고 하던데, 아직 병원에 안 갔습니까?"

"경기가 모두 끝나면 갈 겁니다. 정호언 학생도 신입생이니 3차전에 참여할 자격이 있습니다. 다시 확인해 주십시오."

거듭된 소린의 요청에 관리자들이 어떤 지시가 맞는 거냐며 태블릿 PC를 보며 술렁거렸다. 그때 상급 관리자가 그들에게 다가와 호언을 보며 고개를 끄덕였다.

"들어가서 함께 찾으세요. 용의 학교 학생들에게 도움이 될지 방해가 될지 모르겠지만."

호언은 상급 관리자의 말이 바뀌기 전에 숲으로 달렸다. 오직 하나의 목표를 향해 거침없이 앞으로 나아갔다. 반란군이 일으킨 사건으로 모든 물건이 엉망이 되면서 보물들이 숲에 퍼져 있다고 했으니, 어쩌면 이 숲에서 그날의 진실을 밝힐 물건을 찾을 수 있지 않을까 기대가 되었다. 호언은 뭘 찾아야 할지도 모르면서 무작정 찾고야 말겠다고 의지를 불태웠다.

근처에서 말소리가 들리자 호언은 바로 몸을 숨겼다. 주이와 수용의 목소리가 가까이에서 들렸다. 주이와 수용이 보물이 무엇인지를 두고 옥신각신하자, 재곤이 뭐라도 발견하면 무전으로 연락하자고 제안했다.

학생들이 뿔뿔이 흩어진 뒤 한참 후에야 호언은 조심조심 몸을 움직였다. 노랗게 색이 변한 눈을 들킬까 봐 염려해서였다. 호언은 앞머리를 내린 뒤 시야가 확보될 만큼만 눈에서 천을 조금 내렸다. 가까이에서 보지만 않으면 들키지 않을 테니까. 숲에 가득한 여러 사물이 눈에 들어왔다. 오래된 천 조각도 있었고, 철이 부식된 창도 있었다. 하지만 아무리 살펴봐도 반란군과 연결할 수가 없었다.

고전하는 사이 한 시간이 지났다. 두 번째 힌트가 상급 관리자의 안내와 함께 하늘에 떠올랐다.

'칼촉.'

건너편에서 호랑이의 학교 신입생들이 저게 뭐냐며 투덜거리는 소리가 들렸다. 호언이 그들을 피해 몸을 돌리다가 재곤과 딱 마주쳤다. 숨소리가 들릴 만큼 가까운 거리였다.

재곤이 호언의 노란 눈동자를 보고 담담하게 말했다.

"역시 넌 호랑이였구나."

"……알고 있었어?"

"윷놀이 경기 때, 네 목 뒤에 검은 줄무늬가 생겼다가 사라지면서 멍을 흡수하는 걸 봤거든. 용이었다면 그 자리에 비늘이 생겼겠지."

"……."

호언은 호랑이의 능력 중 최상급의 능력이 발현된 것을 기뻐할 새도 없었다. 비밀을 들켰으니까. 이제 어떻게 되는 걸까. 아직 아무것도 하지 못했는데, 여기서 끝나는 걸까. 호언은 조마조마했다.

재곤이 호언을 데리고 커다란 바위 아래 CCTV 사각지대로 이동했다.

"호랑이가 어떻게 용의 학교로 온 거야?"

"난 원래 학교에 들어올 수 없었어. 반란군의 후예거든."

호언은 이제까지의 이야기를 재곤에게 모두 털어놓았다. 경기장에서 호언이 호랑이임을 알고도 말하지 않았으니, 재곤이라면 자신을 이해해 줄 것 같았다. 호언은 재곤을 믿었다.

"호언아, 앞으로 네가 반란군의 후예인 호랑이라는 사실을 누구한테도 말해선 안 돼. 내 생각엔 아무래도 이게……."

그때였다. 주변이 소란스러워졌다. 그사이 또 한 시간이 지나 세 번째 힌트가 하늘에 글자로 떠올랐다. 곳곳에 설치된 스피커에서 상급 관리자의 목소리가 나왔다.

"세 번째 힌트는 '고구려 수렵도'입니다."

뒤이어 하늘에 엄청난 크기로 확대된 수렵도가 영상으로 떴다. 고구려 벽화인 수렵도에는 활을 든 고구려인들이 말을 타고 사냥하는 모습이 그려져 있었다.

"근데 화살촉이 왜 저렇게 뭉뚝하게 생겼어?"

호랑이 신입생이 하늘을 보며 불퉁거렸다. 화살 끝이 뾰족하지 않고 동그란 모양이 달려 있었다.

그때 수용이 귀에 꽂은 블루투스 이어폰에 손을 댄 채 크게 소리쳤다.

"저건 소리 나는 화살이야!"

소린이 힌트를 종합해서 '보물'의 정체를 알아내자마자 서둘러 작은 목소리로 용의 학교 신입생들에게 알려 준 것인데, 수용이 너무 흥분해서 모두가 들을 수 있게 크게 소리친 것이다. 뱀, 호랑이, 용 모두 소리 나는 화살을 찾겠다고 천방지방 숲을 뛰어다니기 시작했다.

재곤의 눈이 호언 쪽으로 돌아갔다. 얼굴이 사색이 되었다.

"맙소사, 소리 나는 화살을 찾아선 안 돼. 반란군의 후예가 갑자기 학교에 입학할 수 있게 되었고 천상제에 왔어. 그런데 마지막 경기의 보물이 소리 나는 화살이야. 모르겠어?"

호언은 재곤의 말이 무엇인지 알아들을 수 없었다.

곧이어 조금 떨어진 곳에서 주이가 화살을 찾았다고 소리쳤다. 아이들은 빨리 학생 대표인 소린에게 가져다주자며 달렸다.

재곤은 멀뚱히 서 있는 호언의 손을 잡고 숲을 벗어나기 위해 달리기 시작했다.

"무슨 일인데? 하나도 못 알아듣겠어."

호언이 무슨 상황인지 설명해 달라고 했지만, 재곤은 그럴 시간이 없다면서 일단 사람이 없는 곳으로 빨리 가야 한다고 말하며 있는 힘껏 뛰었다. 그들 위로 드론이 쫓아오고 있었다. 모든 학생들이 드론이 소리 나는 화살을 쫓아가는 줄 알고 함께 뛰었다. 그중 뱀의 학생이 가장 빨랐다.

숲을 미처 벗어나기도 전에 호언과 재곤은 뱀의 신입생들과 마주쳤다.

"너, 눈이 왜 그래? 맙소사! 용이 아니라 호랑이였어?"

드론 카메라 한 대가 수색 중에 그들 쪽으로 날아왔다. 드론 아래에 설치된 프로펠러에서 불어오는 바람에 호언의 앞머리가 위로 젖혀졌다. 재곤이 재빨리 몸으로 막아 호언을 가리면서 돌멩이를 던져 드론을 떨어뜨렸다. 뒤이어 용의 학교 학생들이 그쪽으로 뛰어왔다. 모두가 호언의 눈을 보았다. 해바라기처럼 선명하게 노랬다.

"호랑이였던 거야? 용이 아니고?"

"호언 누나, 왜 말 안 했어?"

충격과 서운함이 묻은 목소리들에 호언이 미안하다며 고개를 숙였다.

"미안해, 밝힐 수가 없었어. 십이지 학교에 너무 들어오고 싶었는데, 계속 떨어지다가 전산 오류인지 갑자기 용의 학교에서 붙었다고 연락이 와서⋯⋯."

호언이 구구절절 해명하려 하자 재곤이 말꼬리를 자르며 나섰다.

"지금 우리끼리 이럴 시간 없어. 호언이 용의 학교로 온 게 전산 오류 때문이 아닌 것 같아. 내 생각엔 이 경기들이 뭔가 꿍꿍이가 있는 것 같다고!"

눈치가 빠른 주이가 소리 나는 화살을 손에 든 채 눈을 크게 뜨고 말했다.

"테러인가 봐! 반란군의 후예가 호언 언니를 노리는 거야! 맞지?"

용의 학교 아이들이 일제히 호언을 보았다. 호언은 고개를 가로저은 뒤 말했다.

"아니야……. 실은 내가 반란군의 후예야."

커다란 바위를 절벽 아래로 떨어뜨린 것처럼 모두 얼어붙은 눈으로 호언을 보았다. 수용이 침묵을 깨고 떨리는 목소리로 말했다.

"나 하나도 이해가 안 돼. 호언 누나가 반란군의 후예인 거랑 경기 조작이랑 무슨 상관이야?"

뒤에 선 뱀의 학교 신입생과 호랑이의 학교 신입생들도 수용과 마찬가지로 대체 상황이 어떻게 돌아가는 건지 잘 모르겠다는 눈으로 재곤과 호언을 빤히 바라보았다.

그때 주이가 어떻게 된 건지 알겠다면서 손바닥으로 입을 가리고 말했다.

"반란군의 후예가 테러범이라고 소문이 났는데, 3차전 보물이 전쟁 시작을 알리는 소리 나는 화살이잖아. 만약 우연이 아니라면……."

"호언을 전쟁의 상징으로 삼으려는 거겠지."

재곤이 쓰게 말을 뱉었다.

누가, 어떻게, 왜인지는 모르겠으나 반란군의 후예인 호언을 전쟁의 시발점으로 이용하려는 것 같다는 게 재곤의 생각이었다. 말도 안 된다고 몇몇이 고개를 가로저었지만 그들 역시 '어쩌면'이라는 생각이 도깨비바늘이 옷에 걸리듯 마음속에 콱 박혔다.

칼촉이 신입생을 해치겠다고 테러를 일으켰다는 말이 돌 때부터 이러다 전쟁이 나는 거 아니냐는 소문이 마을 전체에 돌았던 것이다.

그때, 멀리서부터 수십 대의 드론이 그들을 향해 날아왔다.

"일단, 호언을 찍지 못하게 막아야 해. 호랑이띠라는 게 밝혀지도록 두면 안 돼!"

재곤이 소리치자 주이를 비롯한 아이들이 바닥에 나뒹구는 돌멩이를 드론을 향해 던지거나 굵은 나뭇가지를 크게 휘둘러 드론을 멀리 쳐 버렸다. 노란 브릿지를 한 호랑이의 학교 신입생과 다른 신입생들도 함께 그들을 도왔다.

뱀의 학교에서도 사태의 심각성을 느끼고 신입생 중 가장 키가 큰 여학생이 먼저 나섰다. 예선 경기 응원전 때 주도적으로 나섰던 학생이었다.

"피라미드 대형!"

그 즉시 뱀의 학교 학생들이 덩치가 큰 아이들부터 바닥에 엎드렸고 제일 가벼운 아이가 위로 올라갔다. 응원전 때 공중 돌기를 하고 바닥에 착지했던 남학생이 나뭇가지를 들고 하늘로 뛰어올라 드론 카메라 예닐곱 개를 순식간에 박살 내 버렸다. 용의 학교 신입생뿐만 아니라 뱀의 학교와 호랑이의 학교 신입생들도 함께 나서자 드론들이 우수수 바닥으로 떨어졌다.

이제 됐다며 한숨 돌리는데, 수백 대의 드론 카메라들이 다시 그들 쪽으로 날아왔다. 수십 명의 학생들이 수많은 드론 카메라 모두를 상대할 순 없었다. 곧이어 수십 명의 방패들이 군대처럼 일렬종대로 열을 맞춰 숲으로 들어왔다.

그들은 상급 관리자를 포박한 채 호언 옆에 무릎 꿇렸다. 맨 앞에는 호언이 아는 얼굴이 있었다. 방패 357이었다. 방패 357이 드론 카메라를 보며 연기하듯 준비한 말을 뱉었다.

"여기 십이지 사회를 무너뜨리려는 자들이 있습니다. 명계와의 전쟁을 일으킬 수단인 소리 나는 화살을 찾게 한 십이지 탑 관리자 그리고 반란군의 후예이면서 신분을 숨기고 용의 학교에 잠입한 호랑이띠 정호언. 이 둘을 여러분 앞에 고발합니다."

방패 357을 향해 재곤이 주먹을 꽉 쥐고 소리쳤다.

"호언은 화살을 쏘지 않았어요. 호언은 죄가 없어요!"

"아직은 쏘지 않았지."

방패 357이 가볍게 손을 들자 모든 드론 카메라의 빨간 불빛이 일제히 꺼졌다. 방송 송출이 중단된 것이다. 그와 함께 푸르스름한 가스가 퍼졌다. 방패들이 일제히 방독면을 썼다. 방패 357은 호언이 쓰러지기 직전 그녀에게도 방독면을 억지로 씌웠다. 푸르스름한 가스에 취해 모든 신입생이 쓰러져 잠들었다.

발버둥 치는 호언에게 방패들이 다가와 억지로 활과 화살을 쥐게 했다. 방패 357은 가스가 모두 사라진 것을 확인한 뒤 방독면을 벗고 호언에게 지시했다.

"쏴라."

3

소리 나는 화살

17. 반란군의 후예

"그 화살을 쏘지 않으면 여기 있는 모두가 죽는다."

방패 357은 화살을 쏘지 않을 경우, 호언이 치명적인 특성을 개화해서 이들 모두를 죽인 것으로 처리할 것이라며 담담하게 계획을 말해 주었다.

"학교에 가겠다고 고집을 피우는 널 본 순간, 전쟁 시나리오의 적임자로 딱 들어맞겠다는 생각이 들었지. 역시 내 예감이 맞았어. 반란군의 후예가 정보를 조작해서 엉뚱한 학교에 입학했다는 것만으로도 뒤집어씌우기 충분했는데, 그간 이렇게 아등바등 설치며 돌아다니다니 감사 인사라도 해야 하나."

방패 357은 아주 오래전부터 반란군의 후예 중 하나가 전쟁을 선포하는 이 순간을 기다려 왔다며 설레는 표정을 감추지 않았다.

호언은 시선을 내려 제 손에 들린 활과 화살을 보았다. 천 년도 더 된 병기였다. 이 특별한 소리 나는 화살을 쏘면 명계와의 전쟁이 시작되는 것이다. 구멍을 낸 동물 뼈를 화살촉 바로 안쪽에 끼워서 화살 자체를 피리로 만든 것으로, 소리 나는 화살이 하늘을 가르며 날아가면서 울리는 기분 나쁜 소리는 전쟁에서 적들에게 공포감을 준다고 알려져 있었다.

방패들이 원하는 것은 바로 그 '공포'였다. 하지만 호언은 그것이 명계인 적들이 아니라 십이지 사회 전체를 노리는 것 같다는 생각을 지울 수 없었다.

'뭔가 이상해.'

호언의 머릿속에서 생각의 화살이 빠르게 움직였다.

'방패 357이 중계 카메라를 향해 밝힌 것처럼 나는 반란군의 후예이고, 용의 학교 학생인 척 위장한 호랑이띠야. 그런데 십이지 사회를 수호한다고 알려진 방패들이 전쟁을 원한다? 그렇다면…….'

"천 년 전 반란군이 십이지신을 죽이려고 했다는 것도,

이렇게 조작한 거예요? 방패들이 그들을 반란군으로 만들고 십이지신을 공격했나요?"

방패 357은 뒷짐을 진 채 아무런 말도 하지 않았다. 무거운 침묵에서 호언은 스스로 답을 얻었다.

호언은 역사가 조작되는 현장에 자신이 서 있다는 게 믿어지지 않았다. 문득, 호언은 의문이 들었다.

'내가 화살을 쐈다고 그냥 거짓말할 수도 있을 텐데, 왜 그러지 않는 거지?'

"왜 꼭 내가 쏴야 하는 거죠?"

"소리 나는 화살엔 보이는 세상엔 알려지지 않은 특별한 기능이 더 있다. 그 화살을 누가 쏘았는지 영원히 각인되는 거지. 네가 하지 않으면 이곳을 정리한 후 적당한 반란군의 후예를 다시 찾아낼 것이다. 그래서 그 아이를 네 자리에 세울 거다. 물론 시나리오는 좀 각색해야 하겠지만."

방패들 수십 명이 구역을 나눠 쓰러진 신입생들을 처리하려고 대기 중이었다. 방패 357은 더는 재촉하지 않았다. 호언이 화살을 쏘지 않으면 그다음 계획으로 넘어가면 되니까. 어차피 반란군의 후예가 학교에 들어와 문제를 일으킨 것을 밝힌 것만으로도 십이지 탑을 관리할 명분을 얻었으니, 완전한 실패는 아니었다.

방패 357이 목격자들을 처리하라고 지시를 내리려고 고개를 옆으로 돌렸다. 그러자 호언이 소리쳤다.

"애들한테 손대지 마요! 내가 할 테니까…… 제발 죽이지 마요."

호언은 천상제를 함께하며 울고 웃었던 그들을 바라보았다. 특히 용의 학교 신입생들에게는 더 오래도록 시선이 머물렀다.

'제발, 도와줘. 내가 망친 모든 걸 바로잡을 수 있게 도와줘.'

간절한 바람은 차마 소리가 되어 나오진 못했다.

호언은 마지막으로 친구들을 보았다. 재곤은 눈을 감은 채 쓰러져 미동도 없었다. 다른 학생들 역시 푸른 가스로 인해 잠들어 있었다. 자신이 누명을 쓰고 이 화살만 쏘면 그들은 다시 깨어날 수 있을 것이다.

호언은 친구들을 살리기 위해 떨리는 손으로 활시위에 화살을 얹었다. 하늘을 향해 허리를 뒤로 젖혔다. 별도 없이 까만 밤하늘 위로 소리 나는 화살을 쏘았다. 뺨 위로 눈물이 번졌다.

세상을 가르는 엄청난 굉음과 함께 '소리 나는 화살'이 멀리 하늘을 향해 날아가 사라졌다. 화살을 쏘고 나자 호언은 오른쪽 팔 안쪽에서 불에 타는 것 같은 엄청난 통증을 느꼈다.

호언이 고통으로 인해 비틀거리자, 방패 357이 측근에게 지시했다.

"모두 치워라. 저 녀석은 지하 감옥으로 데려가고."

방패들이 신입생들을 각 학교 숙소로 옮기는 사이 호언은 포박당한 채 입에 재갈이 물렸다.

방패 357이 드론 카메라를 향해 몸을 돌린 후 방송을 시작했다.

"십이지 사회 시민 여러분, 모두 조금 전 '소리'를 들으셨을 겁니다. 반란군의 후예가 숨은 힘을 폭발시켜 학생들을 비롯해 저희 모두를 쓰러뜨리고, 소리 나는 화살을 기어이 쏘았습니다. 십이지 사회를 보호해야 할 방패로서 폭도를 막지 못한 점, 깊이 사죄드립니다."

방패 357은 잠시 고개를 숙였다가 다시 고개를 들고 무겁게 말을 이었다.

"소리 나는 화살이 49시간 안에 명계에 닿으면 천 년 동안 굳게 닫혀 있던 입구가 열릴 것입니다. 염라는 오래전부터 학교에서 보호 중인 신물을 차지하기 위해 수단과 방법을 가리지 않았습니다. 이에, 열두 학교에 전합니다. 전쟁이 시작되기 전에 다른 곳으로 신물을 옮기십시오. 염라가 명계에서 군대를 끌고 나오면 가장 먼저 신물을 찾기 위해 학교로 향할 것입니다. 지금부터 십이지 사회 비상 사태를 선언합니다. 방패들의 통솔 아래 시민 여러분들은 모두 전쟁을 준비해 주십시오."

방패 357은 십이지 사회 시민들이 그녀의 말을 믿든 말든 상관없었다. 이 모든 게 방패의 음모라는 걸 몇몇이 눈치챈다 한들, 방패들에게 감히 대적할 수 없을 테니까. 곧 명계와 전쟁이 벌어질 텐데, 엎질러진 물 좀 주워 담겠다고 설칠 사람은 없을 거라고 확신했다. 그래서 대담하게도 호언을 희생양으로 내세워서 어설픈 계획으로 밀어붙인 것이었다.

호언은 십이지 탑 지하실로 옮겨졌다. 탑 지하 주차장 아래에 오래된 감옥이 숨겨져 있었다. 한때 범죄자들을 가두던 곳이었으나, 십이지 사회 개혁 때 폐쇄되어 버려진 곳이었다. 호언은 무릎에 얼굴을 묻고 울었다. 십이지 탑의 전산 실수로 용의 학교에 가게 된 거라고 안일하게 생각했던 게 후회됐다. 모든 게 다 방패들이 계획한 것인데. 자신이 뭐라고 지난 역사를 바로잡을 수 있다고 생각했을까. 학교에 가지 않았다면 이런 일은 벌어지지 않았을 텐데.

"내 잘못이야. 다 내 탓이야."

호언은 후회의 눈물을 흘리며 한참을 울었다. 우는 것밖에 할 수 있는 게 없었다. 더는 나올 눈물조차 없을 때까지 엉엉 울고 나자, 가슴 저 밑바닥에서 불쑥 짜증이 솟구쳤다.

"내가 뭘 잘못했는데? 학교 가고 싶어 한 게 잘못은 아니잖아!"

제 잘못이 아니라고 소리쳤지만, 화살을 쏘았다는 건 아무리 생각해도 잘못한 것 같았다. 그렇다면 잘못을 한 것도, 잘못을 바로잡을 수 있는 것도 오직 자신뿐이었다. 아까는 방패들이 너무 많아서 어쩔 수 없었지만, 지하 감옥은 지키는 간수도 없어 혼자였다. 어쩌면 이게 기회일 수도 있지 않을까.

"이 철창만 부수면 돼."

철창을 쥐고 흔들어 보았지만, 꿈쩍도 하지 않았다. 십이지 탑 지하 감옥에는 특수한 자기장이 흐르고 있어서 죄수가 능력을 발현하지 못하도록 막고 있었다. 하지만 호언은 포기하지 않았다. 특수한 자기장에 온몸이 고통스러웠지만 계속 호랑이 발을 소환했다.

발이 다 까져서 피가 나고 뼈에 금이 가도록 주먹으로 철창을 때렸다. 심지어 호언은 뼈가 부러지기도 했으나 검은 줄무늬 특성 때문에 다시 빠르게 회복됐다. 주먹이 백 번이 넘게 으스러졌을 때, 누군가가 철창 밖에서 안쪽으로 손을 뻗어 호언의 손을 잡았다. 재곤이었다.

"호언아, 그만해. 금방 거기서 꺼내 줄게."

"네가 어떻게 왔어?"

"초리가 도와줬어."

재곤의 뒤에 서 있던 초리가 한 발 옆으로 나왔다. 초리는 철창 열쇠를 들고 있었다.

전쟁 경고 사이렌이 울리자 마취에서 깨어난 학생들은 모두 방패들의 통솔 아래 천상계의 학교 숙소로 돌아갔고, 그때 초리가 재곤에게 몰래 다가와 함께 호언을 구하러 가자고 했다. 재곤은 한 치의 망설임 없이 바로 초리를 따라나섰다. 자신의 방에는 학교가 생각하던 것과 달라서 집으로 돌아가겠다는 쪽지를 남겨 두고.

"문을 열 거야. 뒤로 물러서."

초리가 열쇠를 철문에 넣었다. 열쇠를 돌리려고 하자 초리의 몸이 붉게 변했다. 피가 몰리는 것이다. 방패들은 모두 피의 서약을 했기 때문에, 초리가 호언을 몰래 풀어 주려고 하자 방패의 결계가 발생하여 온몸에 피가 거꾸로 돌았다. 생명을 위협할 수도 있었다. 호언이 그만하라고 말렸지만, 초리는 멈추지 않았다.

초리가 보이지 않는 힘과 싸워서 철문에 꽂힌 열쇠를 겨우 돌렸다. 철컥, 철문이 열렸다. 초리가 거칠게 숨을 내쉬는 사이 호언이 철창 밖으로 나왔다. 초리는 철문을 잡고 있었다.

"초리야, 뭐 해. 빨리 여기를 나가자."

"그럴 수, 없어."

초리는 무겁게 발을 옮겨 스스로 철창 안으로 들어갔다. 그와 동시에 순식간에 철창 문이 닫혔다. 힘이 빠진 초리는 다리에 힘이 풀려 그 자리에 주저앉았다.

"네가 거기 왜 들어가. 내가 꺼내 줄게."

호언이 철창 문에 꽂힌 열쇠를 돌리려고 해 보았지만, 방패가 아닌 자가 열쇠를 만지자 열쇠는 순식간에 녹이 슬면서 잡은 부분이 뚝 부러져 버렸다.

초리가 숨을 몰아쉬며 말했다.

"십이지 탑 철창에서 승인 없이 죄수가 나가서 철창이 비게 되면 몇 초 내로 지하 전체가 봉쇄돼. 내가 여기 있어야 네가 나간 걸 한동안 들키지 않을 거야. 호언아, 재곤이랑 함께 여기서 멀리 도망쳐. 한반도를 벗어나서 어디든 네가 속할 곳을 찾아서 떠나."

"같이 가자. 너만 두고 어떻게 가."

"몇 초지만 방패들이 문이 열린 걸 느꼈으니, 확인하러 누군가가 내려올지도 몰라. 내가 어떻게든 시간을 끌어 보겠지만 길지 않을 거야. 어서 가."

초리가 재곤에게 호언을 부탁했다. 재곤이 빨리 나가지 않으면 우리 모두 잡힐 거라고 호언을 설득했다. 호언은 철창에 갇힌 초리를 보며 약속했다.

"초리야, 내가 모든 걸 바로잡을 거야. 조금만 기다려."

18. 용의 학교는 어디에

깊은 밤, 호언과 재곤은 십이지 탑을 탈출했다. 인파 속으로 섞여 들긴 했지만, 어디로 가야 할지 알 수 없었다. 그들은 말없이 거리를 계속 걸었다.

한강 변에서 컵라면을 호호 불어 가며 추운 밤을 즐기는 사람들 사이로 걸으며, 재곤이 입을 뗐다.

"부모님께 연락드렸어. 비행기 타고 제주도에서 바로 출발하시겠대. 오래전부터 제주 살이를 해 보고 싶으셨다고 하지만, 내가 걱정돼서 한국을 떠나지 못하셨던 것 같아."

"⋯⋯."

호언은 침묵한 채 바닥만 보며 걸었다. 재곤이 챙겨 온 롱 패딩을 걸치긴 했지만, 안에 입은 생활복이 얇아 속으로 바람이 들어와 꽤 추웠다.

"그래도 그동안 눈이 오지 않아서 다행이다. 발자국이 남으면 불안했을 거야."

재곤이 말하기가 무섭게 하늘에서 눈이 내리기 시작했다. 입이 방정이라고 쏘아 댈 법도 한데, 호언은 말이 없었다. 둘은 말없이 또 걸었다. 어디 따뜻한 곳에 들어가서 몸을 녹이지 않는 이유는 이렇게 움직이지 않으면 방패들에게 잡힐 것 같아 불안했기 때문이다.

한참을 걸은 끝에 둘은 명동에 도착했다. 화려한 조명들 아래 관광객들이 함박눈을 맞으며 카메라로 아름다운 순간을 남기는 사이, 재곤은 호언을 좁은 골목으로 끌었다.

"왜 계속 말이 없어."

"46시간 남았어."

"무슨 소리야?"

"소리 나는 화살을 쏜 지 이제 세 시간이 지났어. 방패 357이 화살이 쏘아지고 49시간 안에 명계에 닿는다고 했으니, '명계의 문을 열기까지 이틀도 채 남지 않았고."

"어쩌면 다 거짓일지도 몰라. 방패들이 계엄령을 선포

하려고 사람들을 속인 거지. 자신들이 권력을 잡기 위해 말도 안 되는 짓도 꾸몄잖아. 그냥 소리 나는 화살일 뿐이야. 하늘로 화살을 쏘아 올렸는데, 그게 어떻게 명계에 닿아? 명계가 우주에 있어? 말도 안 되잖아."

"내가 하늘로 쏘긴 했지만, 그 화살은 지금 지상을 날고 있어."

호언은 패딩 소매를 걷어서 오른쪽 팔 안쪽을 보여 주었다. 팔꿈치 아래로 길게 화살 모양이 새겨져 있었다. 화살촉 방향은 맥을 짚는 손목 쪽에 있었다. 화살이 진동하고 있었다.

"소리 나는 화살을 누가 쏘았는지 영원히 각인되는 거라고 했을 때, 화살에 내 이름이 새겨지는 줄 알았어. 근데, 나한테 이 표식이 생긴 거야. 내가 전쟁을 일으킨 원흉이라고 몸에 새긴 거지. 소리 나는 화살이 명계의 문을 찾고 있는 것 같아. 한반도 곳곳을 뒤지고 있는 게 느껴져."

"전쟁을 일으켜서 대체 뭘 얻으려는 걸까."

"염라가 노리는 건 학교에서 보호 중인 신물이니, 그들이 군대를 끌고 명계에서 나오기 전에 빨리 신물부터 다른 곳으로 옮기라더라."

"다들 신물을 옮기느라 바빠서 내가 쪽지만 남겨 놓고

사라졌는데도 찾지 않는 건가 보네. 방패들 역시 정신없어서 십이지 탑 지하에 너를 지킬 방패도 남겨 두지 않은 거고."

"방패! 맙소사, 초리는 용의 학교 전담 방패잖아! 전쟁이 일어날지도 모르는 상황에 학교를 보호하는 방패가 없다니, 말도 안 되잖아. 무엇보다 초리가 너무 걱정돼. 십이지 탑으로 다시 가자, 재곤아."

"다시 거기로 돌아갈 순 없어. 우리가 십이지 탑 지하로 간다고 한들 무슨 도움이 되겠어. 방패들에게 붙잡힐 뿐이지. 우리 둘만으로는 아무것도 할 수 없어."

"그렇다고 이렇게 도망칠 거야? 초리 말대로 다른 나라로 떠나면 끝인 거야? 명계에서 나온 사자들이 한반도의 숨겨진 열두 학교 신물만 얻고, '우와, 보물 찾았다! 이거 가지고 다시 명계로 돌아가자.' 그러겠냐고."

그럴 리가 없었다. 한반도는 그 출발점일 뿐이었다. 신물은 수단일 뿐이었고. 이렇게 무작정 도망칠 수도, 둘이서 다시 십이지 탑으로 돌아갈 수도 없었다. 호언은 어떤 방법도 떠오르지 않았고 가슴에 돌이 얹힌 것처럼 답답했다.

호언은 소리 나는 화살이 새겨진 자신의 팔을 보았다. 패딩의 팔 부분을 걷어 올린 사이로 용의 학교 청색 생활복 소매가 빼꼼 보였다. 이 옷을 처음 입었을 때가 떠올랐다. 그토록 원하던 무리 안에 자신도 들어갔다는 기쁨으로 가득 차 있었다.

호언이 담담하게 말했다.

"여기서 도망치면, 난 평생 떠돌이로 살게 될 거야. 반란군의 후예가 전쟁을 일으켰다고 사람들은 기억하겠지. 역사는 되풀이될 거야. 내가 살아남아 가족을 이루고 아이가 태어나면, 그 애도 내가 살아온 것처럼 반란군의 후예라는 낙인을 뒤집어쓴 채 평생 살아야 해. 보이는 세상과 보이지 않는 세상 어디에도 속하지 못한 채 허공을 걷는 것 같겠지. 윽!"

팔에 찌릿 고통이 엄습했다. 끔찍한 고통에 눈을 감자 화살이 멈춰 있는 게 느껴졌다. 누군가가 소리 나는 화살을 뒤쫓고 있었다. 그리고 엄청난 힘으로 화살을 막고 있었다.

"이럴 수가, 화살이 느껴져. 누군가가 움직이지 못하게 화살을 막고 있어. 누구지……."

어렴풋하게 화살에 대한 느낌만이 전해졌었는데 호언

이 집중하자 눈앞에 환영처럼 모습이 펼쳐지기 시작했다. 흔들리는 환영 속에서 고림이 위를 향해 손을 뻗고 있었다. 십이지 탑 면접장에서 멀리서 괴물을 제어했던 것처럼 화살을 잡으려고 애쓰는 것이었다. 재곤에게 환영을 설명해 주던 호언은 곧이어 반동에 밀리듯 자리에 털썩 주저앉았다.

호언이 눈을 뜨고 재곤에게 말했다.

"놓쳤어. 화살이 다시 날아가기 시작했어."

"그 누나는 방패잖아. 방패들이 전쟁을 일으켜 놓고, 왜 방패가 그걸 다시 잡으려는 거지?"

"방패들 사이에서도 생각이 다른 사람이 있는 게 아닐까?"

"아니면, 더 큰 음모가 있을지도 모르지."

"전쟁 말고 더 큰 음모가 뭐가 있어?"

"그야…… 나도 모르지. 아휴, 안 되겠다. 이렇게 넋 놓고 있다가는 아무것도 할 수 없어. 가자."

"난 도망치고 싶지 않아!"

"나도 그래. 우리, 용의 학교로 가자. 가서 사람들이랑 같이 소리 나는 화살을 찾아서 막자."

"하지만 난 용이 아니야."

"너도 용의 학교 학생이야. 십이지 탑에서 그 어려운 시험을 통과했잖아. 천상제에서 경기도 함께했고. 대체 띠가 뭔데. 호랑이는 왜 용의 학교 학생이 될 수 없는 건데? 꽝철이인 나도 용의 학교 학생인데 네가 왜 안 돼? 호랑이 발은 용의 특성이기도 해. 우리 둘 다 용의 학교 학생이야!"

처음 경기장에서 호언이 꽝철이인 재곤의 능력을 믿었던 것처럼, 재곤 역시 누가 뭐래도 호언을 지키겠다고 결심했다. 재곤의 말에 호언은 가슴속에 스스로를 향한 믿음이 덩굴줄기처럼 뻗어 가는 것이 느껴졌다. 호언은 힘차게 고개를 끄덕였다.

골목을 나와 다시 명동 한복판에 선 재곤은 발을 떼지 못했다.

"근데, 용의 학교는 어디에 있는 걸까?"

"그걸 왜 나한테 물어. 설마 너도 몰라?"

"나도 너처럼 용의 마을 출신이 아니잖아."

재곤은 부모님께 전화를 해 보았지만, 비행기를 타고 이동 중인지 전화가 연결되지 않았다.

한동안 둘은 서울 거리를 헤맸다.

"집중 좀 해 봐. 본능적으로 저기 가면 학교가 있을 것 같다, 뭐 이런 거 없어?"

"너야말로 뭐 없어? 넌 호랑이띠잖아. 안 되면 호랑이의 학교라도 가자."

"내가 호랑이의 학교 위치를 알면 진즉에 찾아가서 거기서 뼈를 묻었지. 난 호랑이고 넌 용인데 어떻게 하나도 느껴지는 게 없냐. 무슨 학교를 이렇게 꽁꽁 숨겨 놔. 혹시 뭐 들은 거 없어? 너희 엄마는 용의 학교 학생이셨다며."

"엄마가 학교 위치는 일절 얘기 안 하셨어. 부모와 자식 간에도 말할 수 없다면서 숨의 서약 때문에 말을 못 해 주는 거랬어."

피의 서약, 뼈의 서약에 숨의 서약? 호언은 비밀 많은 십이지 사회가 마음에 들지 않았다. 반란군에 대한 거짓된 이야기 때문에 각자 무리를 짓고 숨기 바쁜 그들이 겁쟁이처럼 느껴졌다. 호언은 겁쟁이로 살고 싶지 않았다. 그러려면 일단 용의 학교부터 찾아야 했다.

"너 필기 만점이지? 혹시 시험장에서 적은 것 중에 위치를 찾을 만한 단서가 없을까?"

"음, 17번 문제가 우리 고유어로 용을 뭐라고 하는지 묻는 거였는데, 그게 미르였어. 물의 옛말인 '믈'에서 나온 거지. 혹시 용의 학교가 물과 관련 있는 걸까. 우리 옷 색깔도 좀 물빛 같지 않아? 바다 쪽인가. 아니면 한강? 낙동강? 아, 너무 많다."

천룡은 궁전을 등지는 기둥 역할을 하는데, 천룡이 없으면 궁전이 무너져 마을이나 도시가 파괴된다고 알려져 있다. 신룡은 바람을 일으키고 비를 내리며, 지룡은 강의 흐름을 지배하고, 지하룡은 보물을 지키며, 해룡은 바다 궁전에서 오팔이나 진주를 먹이로 하는데 해상에 나타나면 소용돌이나 태풍이 일어났다. 용의 학교가 있을 수 있는 곳은 무한대로 많았다.

"부모님이 고향을 그리워하셨다고 했지? 한국에 도착해서 제일 먼저 간 곳이 어디야?"

"경복궁. 맙소사! 거기에 용이 있어! 왜 그 생각을 못 했지?"

재곤이 휘적휘적 앞서 걷다가 뛰기 시작했다. 호언도 뒤따라 뛰었다.

그들은 명동성당에서부터 쉬지 않고 달려서 20분 만에 경복궁 앞에 도착했다. 시간은 밤 열한 시가 훌쩍 넘었다. 경복궁 문은 굳게 닫혀 있었다.

호언은 사람이 오가지 않는 거리를 골라 몰래 경복궁 담을 타고 넘어 들어갔다. 재곤 역시 능력을 써서 가볍게 날아서 담을 넘었다. 재곤은 근정전으로 향하며 옛날부터 궁궐이나 절에 불이 나지 않도록 지켜 주는 동물을 지붕 위나 추녀 끝에 장식한다는 것부터 호언에게 이야기했다.

"근정전 천장에 황룡 두 마리가 있어. 물의 신인 용이 불을 단번에 끌 수 있게 만든 거지."

재곤은 위로 날아가서 근정전 천장에 새겨진 황룡에 손바닥을 대 보기도 하고, 계단 위에 조각된 십이지신 석상 중 용의 몸을 조심스레 손으로 감싸 보기도 했지만 어떤 일도 벌어지지 않았다. 밤이 깊어질수록 경복궁은 물에 잠긴 듯 더 적막해졌다.

"여긴 아닌가 봐. 음, 연못 쪽으로 가 보자."

그들은 경복궁 서북쪽 연못 위에 있는 경회루에 올랐다. 재곤이 손바닥에서 작은 불을 만들어 손전등처럼 활용해 경회루를 훑어보았다. 경복궁을 방문했을 때 안내원에게 들은 말이 있다며 재곤이 호언에게 들려주었다.

"북악산을 바라보는 경복궁은 풍수지리상으로 화에 해당하기 때문에 불을 다스린다는 뜻에서 연못을 만들고 그 안에 물을 관장하는 용을 넣어서 불을 제어할 수 있도록 했대. 그래서 나라에 가뭄이 들 때마다 여기서 기우제를 지냈고. 입국한 날 엄마는 여기 경회루에 걸터앉아서 경복궁 연못을 오래도록 바라봤어."

"용은 비를 내리게 하잖아. 경복궁 호수가 용의 학교 입구가 아닐까?"

다짜고짜 신발을 벗고 뛰어들려는 호언을 재곤이 말렸다.

"연못 안에 용의 학교 입구가 있다면 학교에서 밖으로 드나들 때마다 매번 온몸이 물에 쫄딱 젖을 텐데, 그건 좀 아니지 않아?"

"용은 물의 신이잖아. 다 방법이 있겠지."

"호랑이가 물을 좋아한다고 듣긴 했지만, 제발 정신 좀 차려. 지금 영하 8도야."

호언은 가장자리가 살짝 얼어 있는 연못과 벗어 놓은 신발을 번갈아 보았다. 신발을 주섬주섬 다시 신으며 재곤에게 물었다.

"너 꽝철이잖아. 불로 어떻게 좀 안 될까?"

"설마 나보고 저 물을 다 날려 버리라는 건 아니지?"

그때였다. 사람의 발소리가 들렸다. 곧바로 호언과 재곤은 자세를 낮춰 몸을 숨겼다.

"어이! 거기 누구 있어요?"

경복궁을 순찰하던 야간 경비원이 손전등을 이리저리

비추며 경회루 근처를 배회했다. 휘이잉 찬 바람만 불어올 뿐 어떤 소리도 없이 고요했다. 그는 무전기를 켜고 다른 경비원에게 말했다.

"경회루 쪽은 아무도 없는 것 같은데, 거참 이상하네. 거긴 어때?"

"눈 위에 찍힌 발자국을 보면 두 명이 들어온 것 같은데, 진짜 없어요?"

"흐음, 여기 발자국이 찍힌 지 얼마 안 됐어. 자네도 경회루 쪽으로 와 봐."

호언은 침묵 속에서 재곤을 밀어냈다. 너라도 빨리 도망치라고 눈짓했다. 하지만 재곤은 도망갈 수 없었다. 자신은 날아서 어떻게든 간다고 해도, 호언이 문제였다. 호언의 호랑이 발은 발이 아니라 손이었다. 빠르게 도망가는 건 불가능해 보였다. 순찰 경비원의 발소리가 점점 가까워졌다. 계단을 오르고 있었다.

'여기서 붙잡히면 용의 학교 입구를 찾는 건 다신 기회가 오지 않을 텐데.'

그때였다. 어둠 속에서 호언은 재곤을 보고 깜짝 놀랐다. 재곤의 눈이 붉게 타올랐다.

"너 눈이……. 어, 몸이……."

충격으로 호언이 중얼거리자, 경비원이 그들 쪽으로 몸을 틀었다. 재곤은 자신의 몸이 점점 반투명해지는 것을 느꼈다. 문득, 어릴 때 엄마와 아빠가 재곤의 눈을 유심히 들여다보며 이야기했던 게 떠올랐다. 붉은 눈이 발현되면 용은 투명하게 몸을 숨길 수 있었다.

점점 경비원의 발소리가 가까워져 왔다. 재곤은 앞뒤 재지 않고 호언을 꽉 껴안았다. 손전등이 그들이 있는 곳을 비추었다. 경비원이 가만히 그곳을 보다가 위로 옆으로 손전등을 옮겼다.

다른 경비원이 경회루로 뛰어오며 물었다.

"찾았어요?"

"여기도 없어. 귀신이 곡할 노릇이네. 발자국만 있고 사람이 없다니."

"형님, 이거 귀신 아니에요? 왠지 으스스한데요?"

"귀신이 아니라 도둑이겠지. 경회루에 숨겨진 용 조각상 찾겠다고 설치는 것들 있잖아."

"아유, 귀신 맞는 것 같은데. 몰라요, 전 초소로 다시 갈래요."

"아직 돌 곳이 남았잖아."

"초소 가서 뜨끈한 커피 마시고 다시 돌아요. 너무 추워서 몸 좀 녹여야겠어요."

젊은 순찰 경비원이 팔을 겨드랑이에 교차해서 끼고 총총 뛰어갔다. 나이 지긋한 순찰 경비원은 손전등을 이리저리 비추다가 그를 따라갔다.

그들이 멀어진 후에야 재곤이 호언을 안고 있던 팔을 뗐다. 붉은 눈이 원래의 눈 색으로 돌아왔다. 호언은 경외의 눈으로 재곤을 바라보았다. 반면 재곤은 쑥스러워서 차마 눈을 마주치지 못했다. 호언이 손 갈퀴로 재곤의 머리카락을 흐트러뜨리며 씩 웃었다.

"기특한 자식. 타이밍 한번 끝내주네. 붉은 눈 덕분에 살았다. 잘했어!"

"이제 시작인데, 뭐."

재곤은 휴대폰을 꺼내서 엄지를 바쁘게 움직였다. 아까 순찰 경비원이 말한 용 조각상이 뭔지 찾으려는 것이었다. 스크롤을 내리면서 재곤이 말했다.

"경회루를 지으면서 물을 관장하는 용의 신에게 빌려고 연못에 용 조각상 두 개를 넣었다는 기록이 있어. 하나는 청소를 위해 물을 빼다가 발견되었는데, 다른 하나는 아직 찾지 못했고."

"찾은 용 조각상은 지금 어디 있어?"

"고궁박물관."

"박물관 쪽은 물과 관련이 없으니 아닌 것 같은데. 혹시 그 조각상이 단서 아닐까. 근데 그걸 어디서 찾지?"

"다른 하나가 진짜 있긴 한 걸까. 이제껏 아무도 못 찾았다고 하잖아. 문화재청 직원들 전체가 경복궁을 샅샅이 찾았을 텐데."

"안 보이게 꼭꼭 숨겨 뒀나 보지."

"아! 혹시……."

재곤이 붉은 눈으로 변했다. 한번 능력이 발현되자 손쉽게 그 특성을 다시 활용할 수 있었다. 그가 붉게 변한 눈으로 주위를 샅샅이 훑었다.

"찾았다! 저기 끝에 용 조각상이 있어."

재곤의 손끝을 따라 시선을 돌렸지만, 호언에게는 아무것도 보이지 않았다. 투명한 용 조각상은 붉은 눈이 발현된 용들에게만 보였다. 재곤은 호언을 데리고 경회루 아래 연못 가장자리로 갔다. 손을 길게 뻗어 용 조각상 머리를 만지자 얼음이 쪼개지면서 양쪽으로 갈라지며 숨겨져 있던 길이 드러났다.

"내려갈 수 있는 계단이 만들어지고 있어."

"가자."

재곤이 호언의 손을 잡자, 호언에게도 그 길이 보였다. 그들은 손을 잡고 계단을 따라 내려갔다. 그들이 아래로 내려갈수록 뒤쪽에서부터 물길이 조금씩 닫혔다. 호언이 뒤와 위를 보자 어느새 그들은 물 안에 갇혀 있었다.

호언은 침을 꿀꺽 삼키고 재곤의 손을 더 꽉 쥐었다. 한 걸음씩 천천히 계단을 따라 걸었다. 끝에 다다르자, 오래 된 나무문이 보였다. 문 가운데 사람 머리보다 큰 청동 문 고리가 달려 있었다.

둘은 문고리를 들었다가 놓으며 문을 두드렸다. 잠시 후 문 위쪽에서 사람 손바닥만 한 작은 문이 열렸다. 안쪽 의 붉은 눈이 문 바깥의 붉은 눈을 확인했다. 오래된 나무 문이 삐걱거리는 소리와 함께 천천히 열렸다. 문을 열어 준 사람은 백발이 성성한 노인이었다.

"네가 재곤이구나? 기다리고 있었다."

"누구세요?"

"나는 용의 학교 문지기이자 교장이자 용의 마을 시장 인 고요다."

재곤의 눈동자가 흔들렸다. 호언 역시 고요라는 이름이 익숙했다. 어디서 들었는지 고민을 시작하기도 전에 기억 이 떠올랐다. 천상제에 참가한 최연소 학생 대표, 50년 전

용의 학교 학생으로 붉은 눈의 첫 번째 특성이 입학 때 발현되고 마지막 졸업 학년 때 네 개의 특성이 더 발현되어, 용의 학교 출신 중 이제껏 가장 많은 특성이 발현된 인물, 고요.

고요는 눈을 돌려 재곤이 손을 꼭 잡은 노란 눈의 호언을 보았다.

"네가 용의 학교 모두를 속인 그 전설의 아이구나?"

고요가 한 걸음 크게 다가와 재곤이 잡지 않은 호언의 다른 손을 덥석 잡았다. 잡은 손에 힘이 들어갔다.

"아야!"

그 순간 스스로를 보호하기 위해 본능적으로 호언은 손이 호랑이 발로 변했다. 고요가 한쪽 입꼬리를 위로 올리며 말했다.

"호랑이 발이라니, 힘만 센 무지렁이군."

19. 설마 여의주?

"호랑이가 여긴 왜 온 거지?"

고요는 손을 꽉 누르며 노려보았다. 호언은 핏빛처럼 검붉은 고요의 눈을 피하지 않았다.

"전쟁을 막으려고요."

"전쟁을 일으킨 원흉이 전쟁을 막겠다? 전쟁이 애들 소 꿉장난처럼 보이나?"

"아직 전쟁 전이에요. 그 전에 막아야죠."

"네깟 게 무슨 수로?"

고요의 한 마디 한 마디에서 호언에 대한 불신과 분노 가 짙게 느껴졌다. 고요는 이제껏 호언이 만난 용의 학교 사람들과 달랐다.

'어쩌면, 함께 천상제를 치르며 끈끈해졌다고 믿은 친구들도 고요처럼 날 경계하지 않을까. 그들을 속인 게 드러나 버렸으니까. 난 소리 나는 화살을 쏘았으니까.'

상황은 호언이 예상했던 것보다 훨씬 더 심각했다. 고요가 손목에 차고 있던 시계의 가운데 버튼을 누르자, 방패 357의 홀로그램이 띄워졌다. 방패 357이 호언이 소리 나는 화살을 쏘는 장면을 어깨 옆에 띄운 채 딱딱하게 말했다.

"정호언, 17세, 호랑이띠. 호랑이 눈과 호랑이 발 특성 발현. 반란군의 후예이면서 용띠로 위장 잠입해 천상제 3차전에서 소리 나는 화살을 쏘아 명계와의 전쟁을 일으킨 주범입니다. 이 학생을 보는 즉시 십이지 탑으로 연락해 주시기 바랍니다. 만일, 이 학생을 숨겨 주었다 발각될 시 누구든 간에 십이지 사회의 적으로 간주합니다."

호언은 숨이 쉬어지지 않았다. 재곤이 호언을 보호하듯 앞으로 나서려고 하자, 호언이 재곤의 팔을 잡고 막았다. 질문을 받은 자도, 답을 해야 하는 자도 자신이었다.

"화살을 쏜 건 제가 맞아요. 하지만 그건 방패들이 일부러 쏘게 만든 거예요. 안 그러면 숲에 함께 있던 학생들을 모두 죽이겠다고 협박했어요."

"그 말을 믿으라는 것이냐? 증거는?"

"……없어요. 그때 다른 애들은 가스에 취해 모두 쓰러져 있었으니까요. 하지만 정말이에요. 이건 방패가 꾸민 음모라고요! 그들은 제가 말을 듣지 않으면 반란군의 후예를 다시 찾아서 다른 방법으로 또 시도할 거라고 했어요!"

"중요한 건, 너는 네가 용띠가 아니라 호랑이띠라는 걸 밝힐 시간이 충분했다는 거다. 그런데도 계속 침묵했지. 거짓말로 용의 학교에 들어오려던 학생을 내가 왜 믿어야 하지?"

"천상제가 끝나고 학교에 오면 다 말씀드리려고 했어요."

"그건 변명이다."

"학교에 너무 오고 싶었어요."

"……."

"후회하고 있어요. 다시 시간을 되돌린다면, 절대 그러지 않을 거예요."

"……."

호언의 눈에 눈물이 고였다. 진심이었다. 하지만 이루

어질 수 없는 소망이란 걸 너무나 잘 알고 있었다. 이미 화살은 쏘아졌고 다시 그 전으로 되돌릴 수 없었다.

어떻게 알고 왔는지 조심스레 백 원로와 문 쌤, 소린이 몸을 드러냈다. 하지만 입을 열지는 않았다. 모두 고요의 선택을 기다렸다. 고요의 침묵에서는 단단한 벽이 느껴졌다. 어쩔 수 없는 걸까. 여기까지가 끝인 걸까. 호언은 한 걸음 뒤로 물러섰다.

"저희는 다른 누구의 도움도 없이 용의 학교를 찾았어요. 재곤이가 붉은 눈이 발현되어서 투명화된 몸으로 저를 숨겨 주고, 물가에 떠 있는 용의 조각상을 찾지 못했다면 이곳까지 오지 못했을 거예요. 전 아니더라도, 재곤은 용의 학교에 들어갈 자격이 있어요. 재곤이라도 들여보내 주세요. 부탁드려요."

뒤쪽에서 소린과 문 쌤이 고개를 돌려 서로를 보았다. 믿을 수 없다는 눈빛이었다. 재곤은 이러다간 자신만 용의 학교에 들어가게 될지도 모른다는 생각에 서둘러 입을 뗐다.

"끝내 소리 나는 화살을 막지 못해 전쟁이 터지면, 명계에서 학교의 신물을 차지하려고 공격할 거라고 들었어요. 그때 모든 학교는 각자의 자리에서 그들과 싸워야 해요.

저와 호언인 그 누구보다 도움이 될 거예요. 함께 싸우게 해 주세요."

재곤의 절절한 말에 고요가 낮은 신음을 뱉었다.

잠시 후 문을 활짝 열며 그가 옆으로 비켜섰다. 두 사람이 지나갈 만한 공간이었다. 재곤과 호언은 고개를 숙여 감사의 인사를 한 뒤 들어갔다. 문을 닫자 바깥에서 물이 다시 양쪽에서 합쳐지면서 물길이 흔적도 없이 사라졌다.

백 원로가 재곤의 등을 두드려 준 후 몸을 돌려 호언의 앞에 섰다.

"방패들이 널 감옥에 가뒀다고 하던데, 어떻게 나온 것이냐?"

"용의 학교 전담 방패인 초리가 저 대신 십이지 탑 감옥에 갇혀 있어요."

호언은 그들과 함께 안쪽으로 들어가며 방패 357과 악연이 시작된 고아 관리소 13에서의 일부터 이야기하기 시작했다. 재곤은 초리가 자신에게 찾아와 호언을 찾으러 가자고 이야기한 것부터 쪽지를 남기게 된 이유 등을 상세하게 이야기했다. 고요, 문 쌤, 백 원로, 소린의 표정이 어두웠다.

침묵을 먼저 깬 건 소린이었다.

"순찰 경비원 눈을 피하려고 몸을 투명하게 만들었다고 했지? 지금 보여 줄 수 있어?"

그 자리에서 재곤은 눈을 붉게 변화시켰다. 곧이어 몸이 투명해졌다. 완전히 투명해지기 전에 소린이 손을 뻗어 재곤의 손을 잡았다. 재곤처럼 소린 역시 투명해져 보이지 않게 되었다. 문 쌤이 소린이 있던 곳으로 팔을 뻗었다. 소린의 어깨 부분에서 손이 멈췄다.

"붉은 눈 4단계는 아직이구나. 그래도 대단하군. 신입생이 단번에 3단계까지 올리다니."

소린이 재곤의 손을 놓자, 재곤도 눈을 원래대로 바꾸었다. 호언이 무슨 말인지 모르겠다는 얼굴로 그들을 보자, 소린이 설명해 주었다.

"용의 특성 중 기본인 붉은 눈은 토끼에게서 비롯된 건 알 거야. 천상제 윷놀이에서도 봤듯이 토끼들에게는 붉은 눈이 흔한 특성이지. 용도 마찬가지고. 하지만 보통은 그저 눈 색깔이 바뀌는 1단계에서 끝이야. 어떤 능력도 없지. 2단계는 투명화 능력인데, 백 명 중 한 명이 있을까 말까 해. 그리고 3단계가 접촉한 다른 사람까지 함께 투명해지게 만드는 거야. 재곤이 넌, 한 번에 세 단계를 실현한 거야."

"마지막 4단계는 뭔데요?"

"4단계에 이르면 완전히 몸을 감출 수 있어. 적들은 손을 뻗어도 용이 그 자리에 있는지조차 알 수 없지. 유령처럼 만질 수조차 없거든. 현재 용의 사회에서 그게 가능한 건 교장 선생님뿐이야."

고요는 나이가 많았지만 용의 학교와 사회를 통틀어 가장 능력이 뛰어났고 그래서 여러 역할을 겸직하고 있었다. 십이지 사회는 철저하게 능력제였다. 발현된 특성의 개수와 단계에 따라 누릴 수 있는 호사가 달라졌다.

호언은 노란 눈, 호랑이 발, 검은 줄무늬까지 세 가지 특성이 발현되었지만 2단계로 접어든 노란 눈을 제외하고는 모두 1단계였다. 반면 재곤은 붉은 눈 특성 한 가지만 발현되었지만 3단계까지 단숨에 실현한 데다 꽝철이만의 특별한 불의 능력도 있으니, 둘은 능력이 엇비슷했다. 두 사람 모두 십이지 사회 역사상 기록에 남을 만큼 뛰어난 성장을 보이고 있었다.

백 원로가 고요를 향해 낮은 목소리로 말했다.

"용의 학교 전담 방패를 십이지 탑 감옥에 둘 순 없습니다. 구출하러 가야 합니다."

"방패들의 목적이 무엇인지 알지 못하는 상황에서 섣불

리 움직이기는 어렵습니다. 소리 나는 화살 역시 아직 방패들이 수거하지 못했고요."

"그들이 억지로 쏘게 만들었는데, 수거할 리가 있겠습니까. 수거한다는 것도 다 쇼겠지요."

문 쌤이 고개를 가로저으며 회의적으로 말했다. 호언이 팔 안쪽에 새겨진 화살 표식을 보여 주며 몇 시간 전에 본 환영을 말했다.

"용의 학교 전담 방패였던 고림 언니가 소리 나는 화살을 쫓는 걸 봤어요. 물론 직접 본 건 아니지만, 쫓는 척하는 건 아닌 것 같았는데⋯⋯."

"고림은 진정한 방패가 아닌가 보지."

"그럴 리가 있습니까. 진정하시지요. 고요 선생님도 계신데."

문 쌤이 진정하라며 백 원로를 말렸다. 호언과 재곤의 눈이 고요 쪽으로 돌아갔다. 고요와 고림.

"설마⋯⋯."

소린이 호언과 재곤을 향해 교장 선생님 막내딸이 고림이라고 속삭였다. 아버지와 같은 길을 걷지 않겠다며 뛰쳐나가 방패가 되었고, 부녀지간의 연이 끊어진 지 오래라는 것이다.

고요가 미간을 찌푸린 채 테이블 앞쪽으로 몸을 기울이며 말했다.

"나눠서 일을 진행하죠. 문 선생님은 용의 마을로 가서 시민들이 전쟁을 대비하도록 이끌어 주시고, 소린 학생은 각 학년 대표들과 함께 다른 학교 대표들에게 계속 연락을 취해 봐요. 혹시라도 연락되면 바로 알리고. 그리고 백 원로께서는 팀을 꾸려 십이지 탑에 갇힌 학교 전담 방패를 구출하러 가시죠. 그 후 용의 학교 전담 방패와 함께 소리 나는 화살을 찾도록 합시다. 명계에 닿기 전에 무조건 그 화살을 찾아 부러뜨려야 합니다. 그사이 전 학교 신물을 옮기겠습니다."

모두 테이블 의자에서 일어났다. 호언이 그들을 따라 벌떡 일어나며 말했다.

"저도 초리를 구하러 함께 가게 해 주세요."

"방패들이 점령한 십이지 탑으로 가는 건 너무 위험하다. 두 사람은 여기서 다른 학생들과 학교 방어에 힘쓰도록 해라."

"저도 돕고 싶어요."

재곤도 함께 가겠다고 나섰다. 초리만 그곳에 놓고 온 게 마음에 걸린 것이다.

소린의 말이 이어졌다.

"제 생각에 재곤이는 꼭 데려가셔야 할 것 같아요. 십이지 탑의 감시망을 피하려면 재곤의 투명화 능력이 필요하실 거예요."

백 원로가 재곤을 향해 고개를 끄덕이자, 호언이 자신도 무조건 필요할 거라며 더 적극적으로 나섰다.

"저는 소리 나는 화살이 어디로 가는지 느낄 수 있어요. 초리를 구출한 후 소리 나는 화살을 쫓으러 가실 때 제가 도움이 될 거예요!"

고요가 백 원로를 향해 고개를 끄덕였다. 어쩔 수 없다는 듯 백 원로 역시 호언을 추격 팀에 받아들였다. 백 원로가 기존에 꾸린 팀원들에게 구출 작업도 추가됐다는 것을 알리며 더 준비해야 할 것들을 챙겼다.

고요가 호언과 재곤을 따로 교장실로 불렀다.

"자, 너희들도 이것을 받아라."

고요가 꺼낸 것은 구슬이었다. 하나는 붉은빛이고, 다른 것은 무지갯빛이었다.

"설마 이거 여의주인가요?"

"맞기도 하고 아니기도 하지."

소리 나는 화살

아리송한 고요의 말에 호언이 고개를 갸웃했다. 고요는 다양한 크기의 구슬이 가득 담긴 가방을 메고서 보는 이마다 구슬을 꺼내 하나씩 나눠 주고 있었다.

"용의 학교 신물이 여의주였군요! 그래서 구슬을 나눠 주고 계신 건가요?"

"학교 공방에서 만드는 중이니 최대한 많은 이에게 구슬을 줄 거다. 염라의 사신들이 용의 학교에 온대도 모두가 구슬을 갖고 있으니 어떤 게 진짜인지 알 수 없을 게다."

진짜 여의주는 어떤 색깔인지, 크기는 어떠한지 후세들은 전혀 알 수 없었다. 오래전 십이지신 용이 진짜 여의주를 삼키고 사라져 버렸다는 전설도 있었지만, 그것조차 확인이 불가했다. 여의주에 관한 기록이 단 한 개도 남지 않았기 때문이다.

재곤이 걱정스러운 얼굴로 물었다.

"죄다 가짜면 여의주는 없는 건가요?"

"많이 알수록 더 위험하다. 어떤 지식은 평생 잠을 빼앗아 갈 수도 있지."

그 말을 하는 고요의 눈은 해골 뒤에서 불을 켠 것처럼 기묘한 광채를 띠며 빛이 났다. 재곤과 호언은 침을 꿀꺽 삼킨 후 아무 말도 하지 못했다.

교장실 밖으로 나오니, 주이가 문 앞에서 그들을 기다리고 있었다. 주이는 호언을 다시 만나자마자 불쑥 허리를 껴안았다.

"다행이다, 언니가 무사해서. 재곤 오빠가 갑자기 숙소에서 쪽지만 남기고 사라졌을 때부터 언니한테 갈 줄 알았어. 호언 언니를 다시 만나서 너무 좋아!"

"주이야……."

호언은 이제껏 긴장했던 마음이 스르르 풀렸다. 주이가 포옹을 풀고는 밝게 말했다.

"학교 소개는 내가 하겠다고 자원했어! 따라와."

주이는 계속해서 용의 마을에서 살았고 학교 교직원인 부모님을 따라 자주 학교에 드나들어서 학교에 대해 잘 알았다. 재곤과 호언은 주이를 따라 복도를 걸었다. 그들이 가는 길에는 사람이 아무도 없었다.

일부러 다른 사람들과는 마주치지 않게 하려는 건가 싶어 재곤이 주이에게 돌려서 물었다.

"사람이 아무도 안 보이네. 다들 바쁜가 봐?"

"응, 엄청 바빠. 쌤들이랑 학생들 다 여의주 만드는 공방에 있어. 미술 쌤이 손이 모자란다고 신입생들도 다 호출했는데, 나만 쏙 빠졌지! 크크."

"뭐야, 우리가 반가웠던 이유가 그거였어? 일하기 싫어서?"

"에? 난 재곤 오빠 반가워한 적 없는데, 호언 언니만 좋아하는데?"

"야아, 너무한 거 아니야? 왜 난 별로고, 호언이만 좋아하는 건데?"

"난 호언 언니 팬클럽 회장이니까. 몰랐어? 호언 언니 면접시험 때 이후로 팬클럽도 만들었는데?"

"패, 팬클럽?"

"면접시험 때 매머드를 호랑이 발로 빡 때려 주는 걸 보고 나랑 수용이랑 결성했지. 원래 우리 둘밖에 없었어. 근데, 천상제 친선 경기 때 언니가 호랑이 신입생이 떨어지지 않게 올려 주는 걸 보고, 세 명 더 늘었지."

"아, 다섯 명."

"실망하긴 일러. 그러다 윷놀이에서 언니가 범호 오빠랑 대결하면서도 절대 포기하지 않는 걸 보고……."

"……보고?"

"엄청나게 늘었어. 3차전 전까지는 팬클럽이 500명이 넘었는데……."

주이는 뒷말을 얼버무렸다. 재곤이 팔짱을 낀 채 주이

에게 집요하게 물었다.

"그래서 지금은 몇 명인데?"

주이는 휴대폰을 보고 호언의 팬클럽 멤버를 몰래 확인
하고는 다시 바지 주머니로 쏙 넣었다. 팬클럽 멤버 수를
꽁꽁 숨기려는 주이의 행동에 재곤이 픗 웃었다.

"너밖에 안 남았지? 그래서 네가 온 거지?"

"아니거든? 두, 둘이야. 나랑 수용이. 에잇, 다시 시작하
면 돼! 원래도 우리 둘밖에 없었거든?"

호언은 자신을 앞에 두고 팬클럽이니 뭐니 하는 게 너무
쑥스러워서 내내 아무 말도 하지 못했다. 한편 재곤은 얼
굴이 발그레해진 호언을 힐끔 보더니 주이에게 속삭였다.

"한 명 더 추가."

재곤이 슬쩍 말을 던지고는 먼저 휘적휘적 앞서 걸었
다. 주이는 헤헷 웃으며 휴대폰을 꺼내 팬클럽 카페 주소
를 재곤에게 문자로 보냈다.

재곤이 인터넷 카페에 가입하는 동안, 주이는 호언 옆
에 딱 붙어서 본격적으로 학교 소개를 시작했다. 명예의
전당 벽에는 역대 교장들의 얼굴과 학교를 빛낸 학생들,
단체 사진 등이 걸려 있었다. 그리고 그 끝에 멋지게 수묵
화로 그린 용의 그림이 있었다. 그림은 한쪽 벽을 가득 채

우고 있을 만큼 거대했다.

"학교마다 그들을 상징하는 동물이 저렇게 그림으로 그려져 있는 거야?"

"다른 학교는 안 가 봐서 모르겠어. 근데 조각상이 세워져 있는 곳도 있다고 들었어."

주이가 설명했다. 벽화로 시작해서 그림으로 넘어가서 사진으로 발전했다가 맨 끝에 다시 벽화라니. 거대하게 그려진 원 안에 함께하는 기분이었다.

잠시 후 소린이 주이에게 전화를 걸어 교장실로 오라고 호출했다. 교장실에는 재곤과 호언만 들어갔다. 미술 쌤이 손이 모자라니 얼른 여의주를 만들러 공방으로 내려오라고 주이도 호출했기 때문이다. 고요와 백 원로, 문 쌤, 소린, 재곤, 호언은 교장실에서 다시 모였다. 소린이 어떤 학교와도 연락이 되지 않는다고 백 원로에게 알렸다.

열두 학교는 각자의 위치를 다른 이들로부터 완벽하게 숨겼고, 모든 연락은 각 학교 전담 방패가 맡고 있었다. 피의 서약보다 한 단계 위인 뼈의 서약을 한 그들만이 다른 학교와 연락할 수 있게 시스템을 만들어 놓았기 때문이다.

재곤이 운동화 끈을 팽팽하게 매고 일어섰다.

"용의 학교 전담 방패인 초리를 데려오면 다른 학교와 연락이 될 거예요."

백 원로는 숨을 길게 내쉰 뒤 소린에게 말했다.

"초리를 구출하기 전까지 우리도 손 놓고 있을 수만은 없다. 소린이 넌 지금부터 집중적으로 호랑이의 학교와 뱀의 학교로 연락해 봐라. 그들도 그 숲에 있었으니, 우리와 연락할 방법을 찾고 있을 거다. 특히 호랑이의 학교 역시 우리와 비슷한 어려움을 겪고 있을 거야. 호언이 호랑이띠이니."

소린은 고개를 끄덕이고 복도 끝으로 뛰어갔다. 다들 자리에서 일어났다. 백 원로가 고요에게서 받은 구슬을 챙겨 들고 용의 학교 입구로 향하며 호언과 재곤을 향해 말했다.

"출발하자. 아침 해가 뜨기 전에 가야 한다."

20. 칼촉과 방패의 대결

강남역 10번 출구 앞. 십이지 탑까지 조금 거리가 있었지만, 백 원로의 요청으로 재곤은 붉은 눈을 발현했다. 선생님들은 학생의 능력을 증폭시켜 줄 수 있었다. 백 원로는 교장 선생님 바로 다음으로 능력이 강했기 때문에 다른 선생님들보다 그 증폭 능력이 배로 컸다. 백 원로는 투명화 능력이 발휘된 재곤의 두 손을 잡았다가 팀원으로 함께 나온 고학년 학생들 손을 한 번씩 잡았다. 곧이어 일곱 명 모두가 투명화 능력을 얻었다.

"증폭 시간은 길지 않다. 지금부터 10분 안에 십이지 탑 지하에서 그를 구출해야 한다. 잊지 마라. 투명화 3단계이기 때문에 모습만 사라졌을 뿐이다. 4단계가 아니니 완벽하게 감추지 못한다. 십이지 탑 가까이 가서는 발소리에 조심, 또 조심해야 한다."

모두 고개를 끄덕였다.

투명화된 팀원들끼리는 서로가 서로에게 보였다. 백 원로가 앞서 뛰었고, 그 뒤를 십이지 탑 지하에 가 본 호언과 재곤이 바짝 따랐다. 뒤쪽에서는 고학년들이 호위하듯 따랐다.

백 원로가 멈춰 선 곳은 십이지 탑 1층 편의점이었다. 편의점 문에 급하게 매직으로 글을 적은 종이가 붙어 있었다.

'긴급 내부 공사로 당분간 휴업합니다.'

24시간 365일 연중무휴 편의점이 문을 닫은 건 처음이었다. 상황이 급박하게 돌아가고 있다는 것을 뜻했다. 원래 각 학교 원로와 선생님은 편의점과 인형 뽑기 가게를 돌아가면서 맡았다. 십이지 탑 가까이에서 관리자들을 감시하기 위해 만들어진 제도였다.

백 원로가 몰래 만들어 둔 열쇠로 문을 열고 편의점으로 들어갔다. 그리고 창고에 숨겨진 계단을 통해 지하로 직행했다. 어두운 가운데 차가운 형광등 불빛이 깜빡였다. 재곤과 호언의 눈이 마주쳤다. 분명 어젯밤에 이곳을 나올 때까지만 해도 이렇지 않았는데.

철벅. 모두 시선이 바닥으로 향했다. 백 원로가 멈추었다. 깜빡이는 형광등 불빛 아래 바닥에 물이 흥건했다. 백 원로의 표정이 굳었다. 호언 역시 심장이 빠르게 뛰었다.

"누수 문제일 수도 있지만, 안심할 순 없다. 모두 조심해라."

백 원로가 천천히 내려가는데, 호언이 그 자리에 딱 멈춰 섰다. 바닥에 흥건한 물 가운데 핏빛 무늬가 퍼져 나가고 있었다.

"안 돼, 초리야!"

호언이 정신없이 뛰었다. 감옥 문이 열려 있었고 철창 안에 초리는 없었다.

"괜찮을 거야. 설마 아닐⋯⋯. 아⋯⋯."

재곤이 호언을 위로했지만, 말을 끝맺을 수가 없었다. 자세히 보니 철창 문은 무언가에 공격을 받은 것처럼 심하게 뒤틀려 있었다. 충격으로 재곤의 눈이 다시 원래의 색으로 돌아왔다. 투명화 능력도 함께 사라졌다. 호언은 심장이 세게 두방망이질 쳤다. 어떻게 된 거지? 다른 방패들과 싸워서 무사히 탈출한 건가? 아니면 끌려갔나? 호언은 초리가 걱정되었다.

고학년이 십이지 탑 관련 정보망들을 확인했지만, 호언이나 초리에 대해 도는 소식은 아무것도 없었다.

"일부러 감춘 게 아닐까요? 이게 알려지면 방패들의 일 처리 능력이 의심받을 테니."

백 원로는 지하를 둘러본 뒤 빠르게 판단을 내렸다.

"용의 학교 전담 방패는 이곳에 없으니 처음 계획대로 소리 나는 화살을 쫓으러 이동한다."

"초리부터 찾아야 해요. 방패들이 초리를 데리고 가서 어떻게 했을지 몰라요."

"이제부터는 소리 나는 화살에 집중해야 해. 팔을 걷어라. 화살이 어디로 이동 중이냐?"

그때였다. 가까운 곳에서부터 사람들의 소리가 들려왔다. 곳곳에서 "잡아!", "쫓아!" 하는 소리가 어지럽게 섞여 있었다. 모두 그쪽으로 뛰었다. 단숨에 계단을 뛰어올라 거리로 나가 보니, 검은 정장을 입은 방패들 여러 명이 소리 나는 화살을 끌어오려고 거대한 빛의 그물을 만들고 있었다. 소리 나는 화살의 힘이 원체 세서 그물이 찢어지려고 했다.

"모두 옆에 붙어서 그물을 같이 끌어당겨라!"

백 원로의 명령에 고학년들이 각각 방패들 옆에 붙어서 힘을 보탰다. 재곤 역시 방패 옆으로 뛰었다. 움직이지 않는 건 오직 호언뿐이었다. 모두 정신이 없어서 호언이 멍하니 그 모습을 바라보고 있다는 것을 눈치채지 못했다.

호언이 기를 쓰고 그물을 벗어나려는 소리 나는 화살을 보며 혼잣말처럼 중얼거렸다.

"팔이 아프지 않아. 아무 느낌도 없어. 저건 가짜야."

백 원로가 힘을 써서 소리 나는 화살을 확 당겼다. 소리 나는 화살을 잡으려는 순간 화살이 물에 녹은 솜사탕처럼 사라졌다. 힘을 쓰던 방패들 역시 놀란 표정이었다.

방패 중 하나가 숨을 헐떡거리며 백 원로에게 걸어가서 물었다. 백 원로와 아는 사이인 눈치였다.

"이게 어떻게 된 일일까요?"

"언제부터 소리 나는 화살을 쫓은 거냐?"

"잠시만요. 알파팀에게서 연락이 왔어요. 화살이 종각에 나타났다는데요?"

"그렇게 빨리 이동했다고?"

서로 연락을 주고받는지 방패들이 이야기를 나누었다. 호언이 그들 사이로 뚜벅뚜벅 걸어가 단도직입적으로 물었다.

"가짜죠? 방패 아니죠?"

놀란 눈으로 청년이 호언을 돌아보았다. 검은 정장을 갖춰 입었지만, 소리 나는 화살이 사라지고 난 후에도 그들은 호언을 잡을 생각조차 하지 않았다. 방패라면 절대 그럴 리가 없었다.

청년이 백 원로 쪽을 보았다. 백 원로가 자신이 말하겠다며 나섰다.

"이들은 모두 칼촉이다. 네가 화살을 쏜 직후부터 계속 소리 나는 화살을 쫓고 있었다. 방패 복장을 한 건 진짜 방패들의 눈을 피하기 위해서고."

"그럼, 진짜 방패들도 화살을 쫓고 있어요?"

"진심으로 쫓고 있는지는 알 수 없다. 곳곳에서 나타나는 화살들을 쫓을 때 진짜 방패들은 보지 못했으니까."

"하지만 전 고림 언니가 진짜 소리 나는 화살을 쫓고 있는 환영을 봤어요."

"고림 역시 우리와 같은 칼촉이다."

재곤과 호언은 아무 말도 하지 못했다. 하지만 고학년 학생들은 놀라지 않은 얼굴이었다. 소리 나는 화살을 쫓으러 가는 팀원들은 백 원로가 능력으로 선발한 게 아니었다. 모두 칼촉이었다. 칼촉은 십이지 사회 곳곳에 퍼져 있었다. 학교에도, 학생들 사이에도. 재곤이 호언의 손을 잡고 뒷걸음질 쳤다. 여차하면 둘이 이곳에서 도망갈 생각이었다.

"너희에게 우리가 칼촉이라는 걸 밝히지 못한 이유가 있다. 십이지 사회 시민들은 칼촉에 대해 오해하고 있어. 칼촉은 테러를 일으키지도 사람들을 위협하지도 않았다. 알려진 바와 다르게, 우리는 십이지 사회에서 감추고 있는 진실을 밝히려는 자들이야. 관리자들이 권력의 날개 아래 썩었고 방패들이 뭔가 수를 쓰고 있다는 건 알았지만, 신입생들을 위협하고 이렇게 소리 나는 화살까지 쏘게 만들 줄은 몰랐다."

청년이 든 무전기에서 고림의 목소리가 들려왔다.

"저희가 방금 쫓던 소리 나는 화살도 가짜였어요. 가짜 화살이 너무 많아요!"

"전쟁을 원하는 자가 있다. 그가 가짜 화살들을 날린 게 분명해."

백 원로가 몸을 돌렸다. 가짜 화살들이 전국 곳곳에 날뛰는 지금, 진짜를 구별해 낼 수 있는 건 화살을 날린 호언뿐이었다. 백 원로가 호언의 양팔을 잡고 말했다.

"화살을 찾아야 한다. 화살이 명계의 문을 찾기 전에,

우리가 먼저 찾아서 부러뜨려야 해."

십수 명의 칼촉에 둘러싸인 채 호언은 갈등했다. 이들을 믿을 수 있을까. 좋은 사람들이 맞을까.

곧이어 엄청나게 빨리 달리는 능력을 지닌 고림이 바람을 가르며 강남역에 도착했다. 믿고 싶지만, 아까부터 마음에 걸리는 게 있었다. 호언은 고림을 똑바로 바라보며 물었다.

"어떻게 피의 서약과 뼈의 서약을 넘어선 거죠?"

"피의 서약과 뼈의 서약을 넘어설 방법은 없어, 죽음밖에는. 난 이 일에 목숨을 바쳤어."

시간문제일 뿐, 결국 언젠가 불시에 그 대가를 받게 될 터였다. 고림이 말을 이었다.

"우리도 너처럼 진짜 역사를 알고 싶어서 싸우는 자들이야. 천상제에서 신입생들에게 말해 주는 역사는 모두 가짜야. 반란군이 십이지신을 죽이려 했다는 것도, 방패들이 우리를 보호한다는 것도. 그들은 아주 오래전부터 음모를 꾸미고 있어. 그래서 네가 거기에 이용되었을 뿐이라는 것도 우리가 금방 안 거야."

호언은 팔이 욱신거리기 시작했다. 윽 소리를 삼키며

팔을 감쌌다. 귀를 찌르는 듯한 이명과 함께 팔 안쪽에 새겨진 화살이 부르르 떨리고 있었다. 호언은 눈을 감았다. 화살이 이동하는 게 보였다. 주위에 온통 차들밖에 없었다. 고속도로였다. 땅끝까지 갔던 화살이 고속도로를 타고 북쪽으로 올라오고 있었다.

"소리 나는 화살이 경기도를 지났어요. 지금 서울 쪽으로 오고 있어요."

청년이 무전기로 지금 서울에 나타난 소리 나는 화살들은 모두 가짜이니 손을 떼라고 전했다.

"호언아, 더 집중해라. 소리 나는 화살이 중구난방으로 움직이는 것 같아도 목적지가 있을 거다. 스스로 전국을 훑으며 명계의 문이라고 의심되는 곳을 찾아다니고 있는 거야."

"왜 화살이 바로 명계로 향하지 못하는 거죠?"

"아주 오래전 소리 나는 화살이 쏘아진 적이 있다. 방패들이 조사한 바에 의하면 명계 역시 그들을 보호하는 결계로 덮여 있기 때문에 화살이 명계의 문을 곧장 찾지 못하는 것이라고 발표했었다."

"방패들이 발표한 거라면, 화살이 쏘아진 적이 있다는 것도, 화살이 바로 명계로 향하지 못하는 이유도 모두 거짓일 수 있잖아요?"

"물론 아닐 수도 있지. 하지만 지금은 그것이 중요한 게 아니다. 호언아, 집중해라. 어디냐, 그 소리 나는 화살이 가려는 곳이?"

"모르겠어요, 그것까지는……."

"할 수 있어. 네 안의 힘을 믿어라. 화살촉의 눈이 되어라. 너는 볼 수 있어!"

백 원로는 호언의 양팔을 잡고 기운을 불어넣어 주었다. 백 원로의 믿음과 증폭 능력이 합쳐져 호언의 시선이 바뀌었다. 이제까지는 옆에서 소리 나는 화살을 보았다면, 지금은 소리 나는 화살에 자신이 직접 올라탄 것처럼 화살촉이 향하는 방향이 보였다.

"소리 나는 화살은 각 지역 명소들을 훑고 있어요. 그중 하나가 명계의 문이라고 생각하는 것 같아요. 이제부터 서울의 명소들을 훑을 거예요."

백 원로가 무전기를 통해 각 지역에 퍼져 있는 칼촉에게 서울로 집결하라고 전했다.

그때 불쑥, 방패들이 십이지 탑에서 나오기 시작했다. 고림과 청년들이 재곤과 호언 앞쪽으로 가서 팔을 벌려 그들을 가렸다. 상급 방패인 789가 무리 앞으로 걸어 나왔다. 그는 검은 정장을 입고 방패인 척하는 그들을 보고 그들이 칼촉이라는 것을 바로 눈치챘다.

"아침부터 소란을 일으킨 게 너희들이었나? 간도 크군. 칼촉이 감히 십이지 탑까지 오다니."

백 원로가 뒷짐을 지고 옆으로 천천히 걸으며 그들의 시선을 분산시켰다.

"가짜 화살들을 왜 날린 거지? 진정 명계와 전쟁을 원하는 것인가?"

"방패들은 전쟁을 두려워하지 않는다."

"명계와 전쟁이 벌어지면, 수많은 사람이 죽을 것이다!"

"사람들이 왜 전쟁을 끊지 못하는 줄 아나? 전쟁은 새롭게 판을 시작할 수 있게 그 전의 것들을 정리해 주기 때문이지. 쓸모없는 것들을 쓸어버릴 절호의 기회가 바로 전쟁이야."

방패 789의 세계관은 비틀려 있었다. 백 원로가 주먹을 꽉 쥐었다. 그사이 고림이 속삭였다.

"칼촉들에게 정신이 팔려 너희가 여기 있는 걸 모르는 것 같아. 우리가 저들과 싸우는 사이, 재곤이 넌 호언의 손을 잡고 달려. 우리도 곧 뒤따를게."

재곤은 붉은 눈으로 바꾼 후 호언의 손을 잡았다. 호언이 고림의 귀에 대고 속삭이자 고림이 고개를 끄덕였다. 백 원로가 먼저 공격을 시작했다. 일부러 입간판 여러 개를 하늘로 날려서 요란한 굉음을 일으켰다.

그것을 신호로 재곤이 호언의 손을 잡고 달리기 시작했다. 한참을 달려 그들이 도착한 곳은 광화문이었다. 그곳에 소리 나는 화살이 있었다.

21. 부러뜨리거나 훔치거나

호언이 이순신 장군 동상 앞의 북을 차고 올라 날았다. 팔을 길게 뻗었으나 눈앞에서 소리 나는 화살을 간발의 차로 놓쳤다. 아래로 떨어진 호언이 "윽." 하는 소리와 함께 바닥을 굴렀다. 화살은 광화문을 계속 맴돌았다. 이 주변에 명계의 문이 있는지 샅샅이 살피는 것이다.

호언은 빠르게 날아다니는 소리 나는 화살을 어떻게든 잡으려고 뛰었지만, 화살은 호언보다 훨씬 더 빨랐다. 허공을 가르는 화살을 본 사람들이 112에 신고하고 곳곳에서 비명을 질렀다. 출근 시간 광화문은 아수라장이 되었다.

'경찰이 출동하면 사태가 걷잡을 수 없어질 텐데.'

호언은 마음이 조급해졌다. 재곤 역시 허둥대기는 마찬가지였다. 소리 나는 화살을 잡는 데에 재곤의 붉은 눈은 소용이 없었다. 재곤 역시 이리저리 뛰어다녔지만, 화살을 잡으려다가 호언과 부딪히면서 둘은 동시에 뒤로 나자빠졌다.

"이렇게 꽁무니만 쫓아서는 화살을 잡을 수 없어."

재곤이 숨을 헐떡거리며 호언을 향해 말했다. 소리 나는 화살은 멀리 가지 않은 채 세종대왕과 이순신 장군 사이를 맴돌며 움직였다.

"칼촉들이 오기 전까지 붙잡아 둬야 하는데."

"촉, 화살, 불. 아! 호언아! 내가 화살을 유인해 볼게."

재곤이 몸을 작게 웅크렸다가 다리를 쫙 펴며 개구리처럼 위로 크게 뛰었다. 꽝철이의 능력을 십분 발휘해서 순식간에 뜨겁게 달아올랐다. 몸에 불이 붙자 동상 쪽을 샅샅이 훑던 소리 나는 화살이 방향을 돌렸다. 마치 뒤돌아 노려보듯 화살촉이 재곤을 향해 있었다.

호언이 놀란 눈으로 그 모습을 보며 외쳤다.

"화살촉이 불에 반응하고 있어! 불화살이 되고 싶은 건가."

"저 화살은 명계 입구를 찾는 거잖아. 혹시 지옥 불을 찾는 거 아닐까."

"재곤아, 저쪽으로 뛰어. 소리 나는 화살을 따라오게 만들어. 내가 네 뒤를 쫓을게."

"다들 비켜요!"

재곤이 몸을 돌려 세종로를 따라 달렸다. 몸이 불에 활활 타오르는 것처럼 온몸을 불로 휘감은 재곤이 달려가자 모두 옆으로 비켰다. 그 뒤를 소리 나는 화살이 바짝 뒤쫓았다. 호언 역시 화살을 맹렬히 쫓고 있었다. 조금만 더 뛰면 소리 나는 화살을 잡을 수 있을 것 같았다.

그때였다. 용감한 시민이 근처 건물에서 소화기를 가지고 뛰어나와 재곤을 향해 뿌렸다. 재곤의 몸 위로 하얀 소화 분말이 퍼졌다. 시민은 재곤을 구하기 위해 나선 것이었지만, 호언과 재곤은 탄식했다. 눈앞에서 별안간 불이 사라지자 소리 나는 화살이 방향을 바꿔 하늘 위로 솟구쳤다.

재곤은 소화기 가루에 힘들어했지만, 호언은 재곤을 살필 여유가 없었다. 호언이 몸을 돌려 다시 화살을 쫓으려는데, 그들 앞에 방패 수십 명이 나타났다. 멀리서부터 경찰차와 소방차가 출동하는 소리가 들렸다.

"하, 난장판이군. 다들 흩어져서 결계부터 쳐!"

방패 357의 명령에 방패들이 일제히 흩어졌다. 방패 중반이 환상 결계를 쳐서 행인들을 혼란스럽게 만들었고, 나머지는 경찰과 소방차 쪽으로 향했다.

방패 357은 천방지방 날뛰는 맹수를 대하듯 소리 나는 화살을 향해 말했다.

"네가 생각하는 명계 입구는 여기 없어. 이쪽은 샅샅이 찾아봤으니, 우릴 믿으라고."

소리 나는 화살은 촉의 방향을 방패 357 쪽으로 돌린 후 허공에 멈춰 있었다.

"우리 방패들은 칼촉들이 널 잡도록 놔두지 않을 거다. 여긴 너무 번잡하니 널 다른 곳으로 옮겨 주마."

소리 나는 화살은 방패를 신뢰하지 않았다. 어떤 반응도 특별한 움직임도 없었지만, 호언은 본능적으로 느껴졌다.

한편 방패 357은 황금으로 만들어진 거대한 방패를 만들어 소리 나는 화살 쪽으로 날렸다. 순식간에 여섯 개로 복제된 방패들이 정육면체를 만들었고, 화살이 방패 감옥에 갇혔다. 소리 나는 화살이 벗어나기 위해 이리저리 부딪치는지 소리가 탕탕 울렸다. 방패 357이 방패 감옥을 제 쪽으로 끌어오느라 온 근육에 힘을 주며 씨름했다. 방패 357의 온몸에서 강력한 기운이 뿜어져 나왔다. 그녀가 내뿜는 기운에 근처에 있던 사람들이 반경 10미터 밖으로 내쳐졌다.

호언은 이를 악물고 한 발 한 발 그녀에게 가까이 다가가며 물었다.

"초리는 어디 있죠? 어디로 데려간 거예요?"

"초리는 방패야. 피의 서약을 우습게 보지 마라."

방패 357은 호언을 비웃었다.

곧이어 그녀는 몸을 뒤로 젖혀 방패 감옥에 갇힌 소리 나는 화살을 제 쪽으로 훅 당겨서 몇 미터를 끌어왔다. 행인들에게 환술을 걸어 제 갈 길을 가게 만든 방패 몇이 손을 털며 호언을 잡으려고 걸어왔다.

호언은 생각이 빠르게 정리했다. 피의 서약, 뼈의 서약, 칼촉, 목숨, 방패, 감옥 탈출, 피, 열린 문, 뒤늦게 나타난 방패. 천상제에서도 그랬다. 십이지 탑 관리자와 짜고 방패들은 신입생들이 소리 나는 화살을 찾게 했다. 만약 이것도 그런 것이라면? 모두 화살에 집중하는 사이 다른 짓을 하려는 건 아닐까.

"이건 다 함정이야."

호언은 방패 357에게 달려가 그의 어깨를 발로 딛고 올라가 호랑이 발로 방패 감옥을 내리쳤다. 팽팽하게 맞물려 있던 힘의 균형이 깨지면서 황금 방패들이 흩어졌고, 갇혀 있던 소리 나는 화살이 감옥을 탈출했다. 방패 357은 엄청난 힘의 반동으로 뒤로 멀리 밀려났다.

곧이어 소리 나는 화살이 결계를 뚫기 위해 남쪽으로 날아가기 시작했다.

"소리 나는 화살을 잡아야 한다!"

칼촉들과 함께 도착한 고림이 소리쳤다.

칼촉들이 빛의 그물을 쏘기 위해 달려가는 동안 백 원로와 고림은 화살을 뒤쫓지 않았다. 칼촉이 방패와 싸워야 할 시간이었다. 백 원로가 손에서 칼을 만들었고, 고림이 뾰족한 삼각형 모양의 촉을 만들었다. 그것을 방패들을 향해 쏘았다. 칼촉과 방패의 싸움이 아침 출근 시간 서울 중심가에서 벌어졌다.

호언은 소리 나는 화살을 쫓지 않고 북쪽으로 달리며 외쳤다.

"재곤아!"

바람이 휘몰아치면서 다다다 소리가 들렸다. 보이진 않지만, 방패들은 무언가 잘못되었다는 것을 느끼고 호언을 잡기 위해 빠르게 달리기 시작했다. 하지만 재곤이 더 빨랐다. 몸을 투명하게 만든 재곤이 달려와 호언의 손을 잡았다. 그 즉시 그들의 모습이 사람들의 시야에서 사라졌다. 그들은 결계를 뚫고 그곳에서 도망쳤다.

"학교로 돌아가야 해. 이건 다 함정이야."

호언이 달리면서 말했다. 재곤은 왜인지 묻지 않았다. 호언이 함정이라면 함정이 맞았다. 그들은 끈끈한 믿음이 있었다. 재곤이 호언의 손을 잡은 채 곧장 광화문 벽을 통과해 경회루로 뛰었다. 재곤은 어느새 붉은 눈 4단계가 발현된 것이다.

용의 조각상을 만지자 그들 앞으로 물길이 열렸다. 경복궁 개장 전이라 사람들은 없었다. 물길이 열리자마자 호언과 재곤은 연못 안으로 뛰어 내려갔다.

"소리 나는 화살로 사람들 시선을 다른 곳으로 돌린 거야. 모두가 화살을 잡기 위해 나선 사이 학교 신물을 빼앗으려는 게 분명해."

"하지만 용의 학교 신물인 진짜 여의주는 교장 선생님이 지키고 있잖아."

나무 문을 두드렸지만 기다려도 아무도 나오지 않았다.

"아무도 진짜 여의주를 본 적이 없다며. 분명 안에서 무슨 일이 생긴 거야."

호언은 오른팔이 타들어 가는 것 같았지만 이를 악물고

호랑이 발로 문을 때렸다. 재곤이 붉은 눈 4단계로 각성한 몸으로 문을 통과해 보려고 했지만, 용의 학교 입구만은 되지 않았다. 호랑이 발로도 부술 수 없고, 문을 두드려도 누구도 나오지 않고, 통과할 수도 없었다.

"안에 아무도 없어요? 제발! 문 좀 열어 주세요!"

한참 후 문이 끼이익 열렸다. 문을 연 사람은 피를 뒤집어쓴 소린이었다.

"당했어⋯⋯. 학생들과 마을 사람들 모두 방패들에게 인질로 잡혔어. 배신자가⋯⋯. 윽."

소린은 피를 너무 많이 흘려 그 자리에서 풀썩 쓰러져 기절했다.

"소린 누나!"

"젠장, 그래서 광화문에 화살을 막으러 온 방패들이 적었던 거야! 방패들은 학교를 노리고 있어!"

안쪽에서 우당탕탕 소리가 들렸다. 호언은 재곤에게 소린을 부탁한 뒤, 복도를 따라 학교 안쪽으로 달려 들어갔다. 이를 악물었다. 용의 사람들을 공격한 적을 가만두지 않겠다고 다짐하며 바람을 가르며 달려갔다.

그런데 그곳에 초리가 서 있었다. 초리는 용이 그려진 벽화를 공격하고 있었다. 벽이 부서지면서 바닥에 떨어지는 소리가 울렸다.

"초리야……."

익숙한 목소리에, 초리가 고개를 돌려 호언을 보았다. 호언이 여기 올 거라고는 생각지 못한 듯한 표정이었다. 잠깐 놀란 듯했던 초리의 눈은 놀라우리만치 고요하게 바뀌었다. 호언이 와도 소용없다는 듯이.

"이러려고 날 구해 주는 척한 거야? 처음부터 다 거짓이었어?"

"가, 여기 네가 있을 자리는 없어."

"말해. 그날, 그 고아 관리소에 다시 찾아온 날, 네가 폭탄을 설치한 거야? 칼촉들이 의심받게 하려고? 날 죽일 셈이었어?"

"죽이려고 하지 않았어. 네가 날 따라 나오는 걸 확인하고 터뜨린 거야."

"그걸 말이라고 해? 다치지 않았으니 괜찮다는 거야? 대체 왜 이런 짓을 벌여! 넌 용의 학교 전담 방패잖아. 왜 이들을 배신해!"

"말했잖아, 어떻게든 방패 안에서 살아남을 거라고."

가슴에 품은 야망 앞에서 우정은 아무 힘도 없었다. 호언은 초리를 노려보았다.

"용의 학교 신물을 가져가려고 온 거야?"

"⋯⋯."

호언의 말에 초리는 입을 다물었다.

모두들 용의 학교 신물은 여의주라고 생각했다. 전설에 따르면 용은 신이한 능력이 있었다. 입에서 기를 내뿜어 불꽃을 일으키고, 신통력을 써서 하늘 꼭대기나 지하 깊은 곳까지 순식간에 가고, 몸의 크기와 형태를 마음대로 바꾸는 능력도 있었다.

그 모든 능력은 여의주에서 나온다고 알려져 있었다. 여의주는 뭐든 뜻대로 하는 구슬이라고 여겨졌다. 그 뛰어난 신통력 때문에 용은 하늘을 다스리는 상제의 뜻을 전하는 동물로 여겨졌고, 땅에서 가장 높은 권위를 상징하는 동물로 받들어진 것이다.

하지만 아무도 실제로 여의주를 본 적이 없었다. 그래서 호언은 제삼자의 시각으로 생각했다. 만약 여의주가 용의 학교 신물이 아니라면? 이제껏 아무도 여의주를 못 본 이유는 철저하게 보호해서가 아니라, 애초에 없기 때문이라면?

용의 학교 신물에 관한 이야기는 많았다. 전설에 따르면, 삼국을 통일한 신라의 문무왕이 남긴 만파식적이 용의 신물일지도 모른다는 말이 있었다. 문무왕은 죽어서도 용이 되어 나라를 지킬 것이니 자신의 시신을 동해에 묻으라고 했었다. 죽어서 용이 된 그는 아들 신문왕에게 나타나 만파식적이라는 피리를 주었는데, 이 피리를 불면 적군이 물러가고 질병이 사라지며, 가뭄에는 비가 내리고, 홍수 때는 비가 그쳤다는 전설이 있었다. 그래서 달려오면서 호언은 여의주가 아니라 만파식적이 용의 학교 신물일지도 모른다고 생각했다.

"그 벽화 뒤에 만파식적이 숨겨져 있는 거야?"

"만파식적? 넌 눈앞에 두고도 진실을 보지 못하는구나. 노란 눈도 별거 없네."

초리는 잘 보라면서 방패가 되면서 새롭게 얻은 능력을 써서 벽을 파괴했다. 먼지가 무섭게 피어올랐다. 잠시 후 먼지가 가라앉은 자리를 보고 호언은 입을 다물지 못했다. 초리가 작은 방패로 공격한 것은 벽 전체가 아니었다. 벽 조각조각이 떨어져 나간 자리에 먹으로 용을 그린 선만이 남아 있었다.

"학교 신물에 손을 댈 수 있는 건 오직 세 사람이야. 교장, 학교 전담 방패, 학생 대표. 그래서 내가 이곳으로 온 거야."

초리는 담담하게 설명한 후, 한 발 뒤로 물러섰다. 그리고 품에서 두루마리를 꺼내 펼쳤다. 천상제에서 본 그림이었다. 상제, 선관, 선녀가 그려진 천상도였다.

"십이지신의 몸이 그려진 저 용의 그림이 내가 가져가야 할 신물이야."

22. 움직이는 그림

초리의 말이 끝나기 무섭게 먹선을 따라 용의 그림이 꿈틀했다. 천상도 가장자리를 따라 액자처럼 두른 황금빛이 밧줄처럼 길게 빠져나왔다. 그 줄 끝을 채찍처럼 잡고 용의 먹선 위로 던지자, 황금빛이 용 그림의 먹선 위를 빠르게 돌았다. 그러자 오래전 먹으로 그린 거대한 용이 벽 앞으로 튀어나왔다. 용의 신물은 마치 살아 있는 생물처럼 고개를 움직여 아래를 보았다.

"누가 나를 깨웠는가?"

호언은 비어 있는 용의 눈동자를 올려다보았다. 오금이 저려 한 발자국도 움직이지 못했다.

초리가 옆으로 발을 움직여 용의 시선을 호언에게서 자신에게로 끌어오며 말했다.

"가장 충실한 십이지신이여 들어라. 상제께서 너를 부르신다."

오랫동안 연습한 말이었다. 초리는 틀리지 않기 위해 배에 힘을 주었다. 하지만 용의 눈은 초리가 아닌 그 뒤에 선 호언을 향해 있었다. 호언의 노란 눈에서 시선을 떼지 못했다. 용의 학교에 침묵이 가득했다.

무거운 침묵을 뒤흔들듯 멀리 떨어진 곳에서부터 사람들이 싸우는 소리가 들려왔다. 하지만 그곳으로부터 여기까지는 너무도 멀게 느껴졌다. 방패들에게 인질로 잡혔던 용의 마을 사람들은 신물을 지키기 위해 학교로 들어오려고 목숨 바쳐 싸우고 있었다.

"가장 충실한 십이지신이여 들어라. 상제께서 너를 부르신다!"

초리가 힘주어 더 크게 소리쳤다. 황금빛과 먹선이 용의 표면에서 교차했다. 용이 초리에게로 시선을 돌렸다.

"나를 깨울 수 있는 것은 오직 십이지신 용뿐이다. 너는 누구냐?"

"세상에 환란이 닥쳤을 때 십이지신의 봉인된 힘이 신

물에서 깨어난다.' 신물을 만들 때 십이지신이 한 이 약조를 기억하십니까?"

"환란이 닥쳤는가. 감히 상제가 다시 깨어났는가!"

천지가 진동하듯 용의 분노가 느껴졌다. 용의 위엄에 숨도 제대로 쉬지 못하던 호언은 눈이 커졌다.

'상제가 다시 깨어나는 게 환란이라고? 방패가 명계와 전쟁을 일으킬 수 있는 소리 나는 화살을 쏘게 해서 모두의 시선을 화살로 돌리고, 신물을 노렸던 이유가 이거라고? 상제를 깨우기 위해서?'

생각이 어지럽게 교차하는 사이, 초리가 용을 향해 대답했다.

"소리 나는 화살이 쏘아졌습니다. 곧 명계와 전쟁이 일어날 겁니다. 그러니 십이지신은 상제의 부름에 답하십시오."

"누가 그 화살을 쏘았는가?"

"……."

초리는 차마 대답하지 못했다. 이런 질문에는 어떻게 답해야 하는지 방패들이 알려 주지 않았기 때문이다. 용이 비어 있는 눈동자로 초리를 노려보며 진노한 목소리로 재차 물었다.

"누가, 소리 나는 화살을 쏘았는가?"

"그건⋯⋯."

초리가 대답을 망설이자, 용은 그대로 팔을 뻗어 초리의 몸을 공중으로 들어 올렸다. 한쪽 팔로 초리의 몸을 우그러뜨릴 듯이 힘을 주며 용이 차분하게 다시 물었다.

"누구인지 답하라."

"윽, 으⋯⋯."

초리가 온몸이 터질 것 같은 고통에 이를 악물었다. 호언은 제 소매를 걷어 표식을 보여주며 소리쳤다.

"저예요. 제가 소리 나는 화살을 쐈어요! 그러니 초리를 풀어주세요!"

용은 필요 없다는 듯 초리를 툭 내던졌다. 어찌나 힘이 센지 초리는 저 끝으로 날아가 벽에 세게 부딪혔다. 용이 천천히 움직여 호언에게 바짝 다가왔다. 비어 있는 눈동자가 움직여 호언의 팔로 향했다. 호언은 숨도 쉬지 못했다. 너무 긴장해서 꽉 쥔 주먹이 호랑이 발로 변한 줄도 몰랐다. 먹으로 그린 선에 불과했지만, 용은 이제껏 본 그 누구보다 강한 힘을 가지고 있었다. 호언은 용이 자신에게 가까이 올수록 그것이 오롯이 느껴졌다.

용이 호언의 눈을 똑바로 바라보며 말했다.

"나를 용에게 데려가 다오. 나는 그가 필요하다."

호언은 너무 놀라 입을 벌린 채 대답하지 못했다. 잠시 후 정신을 차리고 물었다.

"당신은 십이지신 용이 아니…십니까?"

"나는 용의 신물이다. 용의 힘만 담고 있을 뿐이지. 어서 나를 용에게 데려가 다오. 그가 나를 기다리고 있다."

"전 진짜 십이지신 용이 어디 있는지……."

"제가 데려다드리겠습니다."

뒤쪽에서 날아온 목소리의 주인은 뜻밖의 인물이었다. 상처 하나 없이 고요가 서 있었다. 고요는 방패들 쪽에서 천상도를 들려서 보낸 초리가 일을 잘 처리할 줄 알았으나, 복병으로 호언이 나타나 일이 틀어지게 될 것 같자 하는 수 없이 정체를 드러낸 것이다.

"너는 누구인가?"

"저는 십이지신 용께서 직접 세우신 용의 학교를 이어가는 교장 고요입니다. 제가 직접 그분께 안내하겠습니다."

고요는 그 즉시 용의 특성인 붉은 눈을 비롯해 다섯 가지 특성의 증거를 보였다. 용은 그가 용의 후예임을 알아보고는 고개를 끄덕였다.

"앞장서라."

고요는 정중하게 몸을 숙였다. 그때였다. 호언은 그가 예를 갖추는 척 허리를 숙이면서 바닥에 떨어진 천상도를 집어 드는 것을 보았다. 속임수였다. 호언은 주먹에 힘이 들어갔다.

"위험해요! 피해요!"

호언이 용의 신물을 향해 소리쳤지만, 늦었다. 고요가 재빨리 천상도를 펼친 채 소리쳤다.

"가장 충실한 십이지신이여 들어라! 상제께서 너를 부르신다!"

고요의 목소리가 쩌렁쩌렁 울렸다. 천상도에서 온 세상을 태워 버릴 것처럼 어마어마한 빛이 쏟아져 나왔다. 빛의 힘은 용의 신물을 끌어당겼다. 용의 신물이 천상도로 들어가지 않기 위해 벽을 발톱으로 그러쥐고 버텼지만, 용의 후예가 부르는 힘이 너무 강력했다. 엄청난 힘이 퍼져 나오면서 호언 역시 뒤로 몸이 조금씩 밀렸다.

"네가 나를…… 속였구나. 어찌 용의 후예가……. 상제는 세상을 멸망시킬 것이다……."

"용의 학교는 하늘의 사자이니 천상계 가장 가까이에서 돌봐 주시겠다고 상제께서 약속하셨다. 그러니 용의 신물은 상제를 받들어라!"

"상제가 너를 속인 것이다. 상제는 안 된다. 나를 용에게……."

"용의 신물은 상제를 받들라!"

뼈의 서약으로 용의 학교 전담 방패가 되었지만 그래 봤자 초리는 신입 방패였고 능력이 부족했다. 그와 달리 고요는 용의 학교 역사상 가장 능력이 강한 용의 후예였다. 그의 부름에 용의 신물은 천상도로 소환되었다.

세상의 모든 소리가 지워진 듯 창문 하나 없는 지하에 적막한 기운이 감돌았다. 초리는 기절한 채 쓰러졌고, 눈앞에서 용의 신물이 사라졌다. 고요가 눈에 기이한 광채를 띠며 펼친 천상도를 바라보았다.

바닥에 쓰러졌던 호언이 몸을 일으키며 물었다.

"왜 용의 학교를 배신한 거죠?"

"아, 네가 있었군. 귀한 순간을 함께했구나. 그 대가로 넌 죽게 되겠지만, 너도 애썼다. 소리 나는 화살을 반란군의 후예가 쏘지 않았다면, 계획이 실패할 수도 있었으니까."

죽일 거라는 말을 이토록 담담하게 하는 침착함에 호언은 소름이 돋았다. 저 멀리서부터 방패들과 용의 마을 사람들의 싸움은 계속 이어지고 있었다. 가짜 여의주를 만들어 모든 사람에게 하나씩 주었던 계책이 진짜 신물을 얻기 위한 거짓이었다니.

"그 천상도는 뭐죠? 천상제에서 들은 역사는 다 거짓이었나요? 왜 이런 짓을 하는 거예요!"

"상제가 천상도에 있는 것은 맞다. 하지만 그것은 알려진 것과 다르지. 상제를 보호하기 위해서가 아니라, 그를 천상도 그림에 가둔 것이다. 상제의 가장 충실한 종이었던 십이지신이 힘을 합쳐서."

지금으로부터 천 년 전, 인간들이 일으킨 전쟁이 끝도 없이 이어지면서 많은 사람이 죽었다. 그로 인해 수많은 영혼이 명계로 옮겨졌고 결국 명계는 포화 상태가 되었다.

명계가 아비규환의 지옥이 되자, 염라가 직접 지상으로 나왔다. 전쟁을 멈추고 목숨을 귀히 여기라고 그들을 설득하기 위해서였다. 만약 말이 통하지 않는다면, 제 땅을 넓히기 위해 끊임없이 사람들의 목숨을 장기판의 말처럼 쓰고 버리는 인간의 왕들을 제 손으로 처단할 생각이었다.

이에 상제가 지하의 염라가 주제도 모르고 지상으로 올라온 것을 묵과할 수 없다면서 천상계의 십이지신을 지상으로 내려보냈다. 십이지신은 인간들을 보호하기 위해 명계에서 보낸 저승사자들을 상대로 인간들의 세상에서 치열하게 싸웠다.

상하 전쟁에서 패배한 염라는 명계로 돌아갔고, 다시는 인간 세상으로 나올 수 없게 그 문을 천상계의 힘으로 봉인했다. 모든 문제가 해결된 것처럼 보였다. 하지만 진짜 문제는 지하가 아니라 상계에 있었다.

상제는 명계와의 전쟁에서 부상을 크게 입었고 그로 인해 목숨이 위태로워졌다. 아무리 힘이 강하다 하더라도 상제 역시 힘이 다하면 죽는 게 순리였다. 하지만 상제는 죽음을 받아들일 수 없었다. 그래서 불로불사의 방법을 찾기 시작했다. 그것이 모든 비극의 시작이었다.

"상제가 그 방법을 찾았나요?"

"끝내 찾았지. 가장 충실한 십이지신의 목숨을 통해서."

모든 것은 순리를 벗어난 탐욕으로부터 시작되었다. 상제는 십이지신의 목숨을 거두어 흡수하면 불로불사를 할 수 있다는 것을 알게 되었다. 그래서 십이지신을 처단할 계획을 세웠다. 선관, 선녀 그리고 방패들과 함께. 방패들은 십이지신을 수호하기 위해 만들어졌다고 알려져 있지만, 사실은 천상계를 보호하기 위해 조직된 단체였다.

십이지신은 자신을 창조한 상제가 명령하면 죽음을 피할 수 없다는 것을 알고 있었다. 그래서 인간들의 왕을 설득해 후에 또 있을지 모를 명계와의 전쟁을 이유로 열두 학교를 각 지역에 만들 수 있도록 협약을 맺었다. 학교를 통해 상제를 견제할 세력을 이어 가기 위해서였다.

그때 나타난 게 반란군이었다. 그들은 십이지신을 설득했다. 이렇게 죽을 수는 없다고. 아무리 십이지신을 창조한 게 상제라고 하더라도, 학교를 만들어 훗날을 도모할 게 아니라 지금 싸워야 한다고. 죽으라는 명을 받아들이는 것은 충이 아니라 헛된 죽음일 뿐이라고.

십이지신이 만든 학교의 학생들 일부가 반란군이 되어 상제와 그 부하들에게 맞섰다. 치열한 전투 끝에 상제, 선관, 선녀를 천상도에 가두는 데 성공했지만, 방패가 반란군과 십이지신을 공격했다. 십이지신과 반란군이 패배하자 역사는 승자에 의해 다시 쓰였다. 반란군이 십이지신을 공격하여, 그들이 모두 힘을 잃고 신물로 변하게 됐다고.

"천상계와 십이지 탑을 손에 넣기 위해 소리 나는 화살을 나한테 쏘게 만든 거군요. 그래 놓고, 명계의 이들이 신물을 노리니, 어서 옮기라고 사람들을 선동하고."

"명계의 문은 절대 열러서는 안 된다. 아직 상제가 힘을 다 찾지 못했으니."

그래서 조금 전 광화문에서 방패들이 소리 나는 화살을 황금 방패로 잡으려고 한 것이었다. 고요가 뒷짐을 진 채 말을 이었다.

"상제가 왜 다른 곳보다 용의 학교를 먼저 타깃으로 삼았는지 아느냐. 용의 신물이 제일 중요하기 때문이지. 열두 개의 신물을 모두 모아 이 용의 신물에 담을 것이다. 상제가 부활해 불로불사 능력을 얻게 되면, 염라든 누구든 적수가 되지 않지."

세상을 호령할 용의 모습에는 십이지신이 담겨 있었다. 토끼 눈, 호랑이 발, 뱀 몸, 돼지 코, 소 귀, 쥐 수염, 양 뿔, 닭 벼슬, 말 갈기, 원숭이 꼬리, 개 피. 보이는 세상에 알려진 용을 이루는 아홉 동물에 대한 이야기와는 차이가 컸다. 그중 고요는 평생 토끼 눈, 소 귀, 뱀 몸, 돼지 코, 닭 벼슬 다섯 가지 특성이 발현되었다. 문제는 토끼 눈을 제외하고는 모두 1단계 특성까지밖에 발현되지 않았기 때문에, 특별한 능력 없이 외형만 각 동물의 특성대로 바꿀 수 있다는 것이었다.

어릴 때부터 모두의 기대 속에서 자랐지만, 학교를 졸

업한 뒤 더는 특성이 발현되지 않아 다섯 개가 끝이었다. 용의 마을 사람들은 누구도 그렇게 생각하지 않았지만, 고요는 사람들이 실패한 자신을 원망한다고 여겼다.

자신이 전설의 아이가 아닌 것을 사람들이 속으로 비웃고 있다는 생각에 사로잡히자, 그때부터 모든 것이 뒤틀려 보였고, 모든 말이 욕처럼 들렸다. 고요는 말을 지어내고 표정을 꾸며 내는 데 워낙 능숙한 자라서 다른 사람들은 그의 속내를 눈치채지 못했다.

오랜 세월, 열두 개 특성 개화에 실패했다는 것에 대한 열등감의 그물을 스스로 뒤집어쓰고 살아온 고요는 각 학교에서 보관 중인 열두 개의 신물을 모두 모아서 갖고 싶다는 열망에 사로잡혔다. 그래서 방패들과 손을 잡은 것이다.

호언의 눈이 고요의 손에 들린 천상도로 향했다. 본능적으로 느낌이 왔다. 저것을 없애야 한다. 파괴해야만 한다. 아니면 최소한 빼앗기라도 하든지. 결심이 서자마자 지체하지 않고 바로 행동에 옮겼다. 호언은 주먹을 쥐고 고요를 향해 달렸다. 하지만 고요는 용의 학교 문지기이자 교장이었고, 용의 마을 시장이었다. 고요가 두 팔을 벌렸다. 천상도를 든 오른손에서 나온 기이한 광채가 온몸을 타고 돌아 비어 있는 왼손으로 옮겨졌다. 그의 왼쪽 손바닥이 지글지글 끓었다.

"상제께서 널 직접 처단하고 싶어 하신다."

23. 소리 나는 화살

"이제 그만 명계로 가거라."

고요는 왼손에 모인 힘으로 호언을 공격했다. 호언은
재빠르게 옆으로 피했다. 공격에 부딪힌 물건이 팡 터지
면서 그 파편 조각에 눈 아래가 베였다. 피가 사선으로 길
게 고였다가 흘렀다.

"피하지 마라. 넌 죽어야만 네 쓸모를 다하는 것이니."

고요는 손에 힘을 모아 호언을 다시 공격했다. 호언은
옆으로 구르며 공격을 피했다. 천상도에서 나오는 힘이 모
이는 데에는 시간이 걸렸고, 호언이 피할 수 있을 정도였
다. 고요는 조금 짜증이 나는 듯 미간을 찌푸렸다.

고요가 천상도를 향해 나지막이 말했다.

"상제시여, 제가 직접 처리하도록 해 주십시오. 단번에 저 녀석을 죽일 수 있습니다. 용의 신물을 흡수하셨으나 상제께서 회복하시려면……. 네, 알겠습니다."

고요는 오른손에 상제의 힘이 모이기를 기다렸다. 아까보다 더 시간이 오래 걸렸다. 그 틈을 타 호언은 주머니에 있던 가짜 여의주를 꺼내 고요의 얼굴 쪽으로 던졌다. 고요는 가볍게 호언의 공격을 피했다.

"살려고 애쓰지 마라. 시간문제일 뿐 어차피 너는 죽어야만 한다. 너에게도 진실을 말해 주지. 네가 죽어야만 전쟁이 일어나지 않는다. 소리 나는 화살이 왜 명계의 문을 찾지 못하는 줄 아느냐? 왜 방패들이 널 보자마자 죽이지 않았는지 눈치채지 못한 것이냐?"

호언은 눈이 커졌다. 소리 나는 화살을 쏘자마자 바로 죽이지 않고, 십이지 탑 지하 감옥에 가둔 이유가 뭐였을까. 방패들은 전쟁을 원하는데. 이미 소리 나는 화살은 쏘아졌는데.

'소리 나는 화살이 쫓길 때 나에게만 보인 이유가 설마…….'

호언이 치열하게 그 이유를 고민하는 사이, 고요가 평

온한 표정으로 말을 이었다.

"표정을 보니, 이제야 깨달았나 보군. 소리 나는 화살은 너와 함께해야 명계의 입구를 찾을 수 있다. 화살도 명계의 문을 찾기 위해선 네가 필요하다는 걸 슬슬 깨닫게 되겠지. 그러니 정말로 전쟁을 막고 싶다면 그 전에 너 역시 죽어야 한다."

"거짓말. 당신들은 한패잖아. 그런데 방패는 전쟁을 원하고, 당신은 나보고 죽어서 전쟁을 막으라고? 안 속아!"

"오래전부터 방패들은 전쟁을 원했다. 평화로운 시대를 그들은 지루해했지. 천상제에서 학생들이 서로의 능력을 겨루는 것들 역시 소꿉장난으로 보였을 테고. 그들은 당장이라도 피바람이 불어 그들의 능력을 뽐내길 원하지만, 상제의 생각은 다르시다. 상제가 완전히 부활하지 못한 상태에서 명계와의 전쟁이 일어나게 되면, 자칫 방패들에게 권력을 빼앗길 테니."

권력의 단맛을 보게 되면 방패들이 그림자처럼 수호하는 것으로 만족하지 않을 것이라고, 상제는 생각했다. 상제는 방패들을 경계했다.

"자, 그러니 더는 공격을 피하지 말고 모두를 위해 죽음을 받아들여라."

고요가 그새 모은 힘으로 다시 호언을 공격했다. 혼란스러운 와중에도 호언은 몸을 피했다. 이번에는 옆에 있던 물건에 금이 가는 정도로 그쳤다.

'힘이 점점 약해지는 건가. 지금 반격하면 기회가 있지 않을까?'

몸을 일으키려는 순간 호언의 눈에 힘이 들어갔다. 조금 전 고요의 공격은 눈속임이었다. 모은 힘의 10분의 1만 써서 일부러 호언을 방심하게 만든 것이다. 거대한 공격이 호언을 향해 날아왔다. 지금 움직여도 이미 늦었다. 이렇게 죽는 걸까. 호언은 눈을 질끈 감았다.

"호언아! 피해!"

뒤쪽에서 달려온 고림이 뾰족한 삼각형 모양의 촉을 고요 쪽으로 날렸다. 삼각촉이 고요의 어깨에 박히면서 호언을 향한 공격의 방향이 틀어졌다. 호언은 즉시 머리를 숙였다. 호언의 귀 옆으로 공격이 아슬아슬하게 빗나갔다.

"어떻게 온 거예요?"

"재곤이 문을 열어 줬어. 모두 이쪽으로 오는 중이야. 화살이 경복궁 안으로 들어왔거든."

호언의 시선이 고요 쪽으로 돌아갔다. 고요가 한쪽 입꼬리를 비틀어 올렸다.

"내가 말하지 않았느냐. 소리 나는 화살은 널 찾고 있대도."

호언은 오른팔이 타들어 가는 것 같았다. 그의 말대로 소리 나는 화살이 자신을 찾고 있는 게 강하게 느껴졌다.

고림이 호언 앞으로 나서며 고요에게 소리쳤다.

"용을 가둔 천상도를 가져간다 해도 다른 신물들은 털 끝 하나 건드릴 수 없을 거예요!"

고요의 입술이 비틀렸다. 다른 학교들에서 방패들이 신물 탈취를 실패했다는 말이었기 때문이다.

"멍청한 것들."

고요가 짓씹어 뱉었다. 그때였다. 쾅 하는 소리와 함께 문이 부서지는 소리가 났다.

"물이 밀려와요! 모두 피해요!"

재곤이 소리쳤다. 소리 나는 화살이 문을 파괴해서 연못의 물이 학교 안으로 밀려들었다. 연못의 물은 파도처럼 엄청난 힘으로 주위를 파괴하며 밀려왔다. 순식간에 학교가 물에 잠겼다.

호언은 충격으로 허우적거렸다. 하지만 이내 평정을 되찾았다. 호랑이 발이 튀어나왔는데, 손가락 사이의 물갈퀴 같은 살이 느껴졌다. 호랑이는 천부적으로 타고난 수

영꾼이었다. 한편 고요는 눈을 감은 채 팔다리를 늘어뜨리고 있었다.

호언은 고림을 보며 초리를 가리켰다. 고림은 고개를 끄덕인 후 수영을 해서 초리 쪽으로 갔다. 그녀는 기절한 초리를 구해 물 위쪽으로 올라갔다. 그사이 호언은 고요를 향해 빠르게 헤엄쳐 갔다. 천상도를 빼앗기 위해서였다. 팔을 뻗으면 닿을 만한 거리였다.

그러나 기절한 것처럼 보였던 고요가 눈을 떴다. 물속에서 호언을 두 다리로 팍 쳐 냈다. 기습에 뭘 해 보지 못하고 호언이 뒤로 밀려났다. 호언은 숨이 찼다. 호랑이가 아무리 수영 실력을 타고났다고 해도 중간중간 숨을 쉬지 않을 수는 없었다. 호언이 가슴을 쥐고 수면을 향해 올라갔다.

하지만 끝까지 올라갈 수가 없었다. 밑에서 고요가 호언의 다리를 잡은 것이다. 용은 물의 신이었다. 고요는 편안하게 숨을 쉬며 호언의 다리를 잡은 반면, 호언은 점점 숨이 막혀 벗어나려고 발버둥 쳤다.

그때, 옆쪽에서부터 엄청나게 빠른 속도로 물의 파동이 밀려왔다. 고요의 눈이 커졌다. 호언 역시 뒤를 돌아보았다. 팡 하는 충격과 함께 고요가 뒤로 밀려났다. 누군가가 호언의 손을 턱 잡았다. 호언의 눈에 재곤이 보였다.

재곤이 붉은 눈 3단계를 발휘해 호언을 구하러 달려온 것이다. 하지만 문제는 다 해결된 것이 아니었다. 경회루 연못 지하에 만들어진 학교가 완전히 잠기면서 숨 쉴 구멍이 없어졌다. 용 출신이 아닌 초리와 호언 그리고 그들을 쫓던 방패들이 죽을 위기에 처했다.

용의 학교 사람들이 숨을 쉬지 못해 기절한 방패들을 구하기 위해 달려갔다. 한 명씩 수영해서 연못 밖으로 빼내기에는 시간이 오래 걸릴 것 같았다. 용의 학교를 보호하고 있던 연못의 물은 바다처럼 계속 학교로 밀려들고 있었다.

호언 역시 숨을 쉬지 못하자 점점 눈이 감겼다. 재곤이 안 된다고 입 모양으로 소리쳤지만 호언에게는 그 모든 것이 아스라이 멀어졌다. 그때였다. 재곤의 몸이 뜨거워졌다. 재곤은 꽝철이가 되어 온몸을 뜨겁게 태웠다. 곧이어 재곤을 중심으로 물이 빠르게 마르기 시작했다.

한편 용의 학교 입구에서는 부서진 문을 막기 위해 백 원로를 비롯해 선생님들이 사력을 다해 결계를 치고 있었다. 선생님들이 들어오는 물을 막고, 꽝철이 재곤이 물을 말려 버리면서 위쪽에 숨 쉴 공간이 생겼다. 용들이 방패들을 데리고 일제히 수면 위로 올라갔다. 재곤 역시 호언을 한 팔로 잡고 위로 올라갔다.

"파아! 컥컥."

호언이 코로 숨을 들이켜고 입으로 물을 뱉어 냈다.

용의 학교 학생들이 가짜 여의주에 자신의 힘을 실어 던져서 마을로 이어지는 학교의 문을 뚫어 버렸다. 학교에 가득 찼던 물이 빠르게 마을로 빠져나갔다. 그리고 물에 휩쓸려 용의 마을까지 사람들이 떠밀려 갔다.

하지만 호언은 호랑이 발로 먹선이 사라진 벽을 잡고 버텼다. 물이 빠져나가고 난 뒤에도 재곤, 고림, 백 원로를 비롯한 몇몇 칼촉 역시 복도에 남았다. 그들이 버틴 이유는 하나였다. 고요를 잡기 위해서였다. 하지만 고요는 보이지 않았다. 모두가 물과 사투하는 사이 천상도를 가지고 도망쳐 버린 것이다.

"멀리 가진 못했을 거예요."

고림이 물에 흠뻑 젖은 몸을 일으켰다. 호언도 같이 따라가겠다며 나서려는데, 소리 나는 화살이 순식간에 코앞까지 왔다. 소리 나는 화살은 호언을 노려보듯 허공에 떠 있었다. 화살촉이 호언의 미간을 노리고 있었다.

"호언아, 가만있어. 우리가 소리 나는 화살을 잡을게."

"안 돼요, 소용없을 거예요."

호언은 화살을 보며 칼촉들을 향해 말했다. 고요의 말이 맞았다. 기어이 소리 나는 화살이 호언에게 왔다. 소리 나는 화살은 혼자 힘으로 명계 입구를 찾으려고 했지만 찾을 수 없었다. 그래서 결국 화살을 쏜 자를 찾아온 것이다. 화살의 욕망이 느껴졌다.

호언이 물었다.

"누가 널 부러뜨릴 수 있어? 나야?"

소리 나는 화살은 미동 없이 호언을 보고 있었다.

"누구도 널 파괴할 수 없구나? 한번 쏘아진 화살은, 되돌릴 수 없는 거야. 그렇지?"

호언의 질문에서는 절망이 느껴졌다.

'소리 나는 화살은 명계를 찾기 위해 나를 필요로 해. 설마 나를 죽여서 명계로 데려가려는 건 아니겠지? 명계는 죽은 자들의 공간이잖아. 하지만 난 죽기 싫어. 죽을 수 없어. 살 거야. 전쟁도 막으면서 모두를 살릴 방법은 없을까.'

오른팔에 새겨진 표식에서 고통이 느껴졌다. 호언은 제 팔로 눈을 돌렸다. 화살을 쏜 이후부터 표식이 새겨졌다. 왜 이런 게 새겨진 걸까. 자세히 보니, 호언의 팔에 그려진 화살은 실제 소리 나는 화살보다 아주 조금 더 컸다. 꼭 검을 차고 다닐 때 쓰는 검집처럼.

호언은 깨달았다. 호언이 눈을 위로 뜨고 소리 나는 화살을 바라보며 침착하게 말했다.

"나에게로 와. 함께, 명계의 입구를 찾자."

24. 꿈은 이루어진다

소리 나는 화살이 움직였다. 이제껏 호언의 허락을 기다린 것이다. 소리 나는 화살이 명계를 찾기 위해서는 그 것을 쏜 주인과 마음까지 완벽하게 통해야 했다. 화살이 노리는 것은 호언의 머리였다. 화살이 휘이잉 바람을 가르는 소리를 내며 곧장 호언의 미간을 향해 날아왔다. 명 계를 찾기 위해서는 화살을 쏜 자의 오감이 모두 필요했기 때문에, 호언의 머릿속으로 들어와 호언을 완벽하게 지배하려는 것이었다.

의지를 잃고 소리 나는 화살이 원하는 대로 행동하게 된다면, 살아도 산 것이 아닐 거란 생각에 호언은 입을 앙

다물었다. 노란 눈이 발동했다. 화살의 움직임이 느리게 보였다. 호언은 기다렸다. 미간을 꿰뚫리기 직전 왼쪽 호랑이 발로 소리 나는 화살을 잡았다. 화살이 떨렸다. 벗어나려는 것이다. 호언이 자신을 속인 것을 그제야 깨달은 것이다. 호언은 소리 나는 화살과 함께 명계의 입구를 찾을 생각이 없었다.

호언은 오른팔을 들어 올리면서 왼쪽 호랑이 발로 잡은 화살을 아래로 내렸다. 표식에 가까워질수록 화살이 심하게 요동쳤다. 호언은 이를 악물고 화살을 오른팔로 끌어당겼다. 오랜 사투 끝에 화살이 팔에 새겨진 표식으로 스며들었다.

호언은 제 안에 뜨거운 힘이 일렁거리는 게 느껴졌다. 오른팔에 소리 나는 화살 표식의 색이 채워졌다. 그 순간 깨달았다. 먹선으로 그려진 용의 그림. 그 안에 비어 있던 색들. 상제가 부활해 다른 학교 신물을 모아서 용에게 색을 다 입히기 전에 그를 막아야 한다는 것을.

"어떻게 된 거야?"

"소리 나는 화살을 내 안에 가뒀어. 이제 괜찮아. 전쟁은 없을 거야."

호언이 재곤을 바라보며 말했다.

이후, 다른 학교에서는 신물을 안전하게 보관 했다고 속속 알려 왔다. 백 원로가 칼촉들과 함께 주변을 샅샅이 수색했지만, 끝내 고요는 찾지 못했다. 상제를 부활시키려고 했던 방패들은 피의 서약 때문에 명령에 불복하면 죽음을 맞이하기에 어쩔 수 없었다며 선처를 요구했지만, 십이지 탑의 관리자들은 그들을 탑 지하에 가두었다. 초리역시 관리자들의 감시하에 다시 감옥에 갇혔다.

모든 일이 정리된 후, 호언은 십이지 탑 감옥에 갇힌 초리를 찾아갔다. 감옥은 십수 명의 칼촉들이 지키고 서 있었다. 방패들이 하던 모든 역할은 임시로 칼촉이 맡아서 하기로 한 것이다.

초리는 철창 끝에서 등을 돌린 채 앉아 있었다. 호언이 초리를 향해 나직이 말했다.

"어떻게든 너를 더 붙잡았어야 했어. 방패에 들어가지 못하게 막아야 했는데. 매일 그때 꿈을 꿔."

초리는 콧소리를 내며 비웃었다. 등을 돌리지 않은 채 혼잣말처럼 말했다.

"넌 네가 이긴 것 같지? 네가 영웅이고 나는 악당 같아? 웃기지 마."

초리는 자리에서 일어나 몸을 돌려 창살 가까이 걸어오며 호언을 향해 말했다.

"당장은 그래 보이겠지. 그런데 고요는 붙잡히지 않았어. 용의 신물은 빼앗겼고. 끝나지 않았어. 우쭐대지 마."

호언은 말없이 초리를 보았다. 초리의 눈은 기이한 광채로 빛나고 있었다. 고요를 처음 봤을 때 같았다. 돌아서려는데, 뒤에서 초리가 낮게 지껄였다.

"그날 이후 말이야, 귀에서 '소리'가 계속 들리지 않아?"

"……."

호언은 놀란 눈으로 뒤를 돌아보았다. 아무에게도 하지 않은 말이었다. 소리 나는 화살을 팔에 붙잡아 둔 후부터 종종 귓가에 아주 작은 목소리로 속삭이는 듯한 소리가 들렸다. 말이 뭉개지고 겹쳐져서 무슨 말을 하는지는 정확히 알 수 없었지만, 그 소리 때문에 밤새 한숨도 자지 못한 날도 있었다.

'초리가 어떻게 아는 거지? 이 소리는 오직 나에게만 들리는데!'

화살이 호언의 미간을 노리던 마지막 순간, 호언은 소리 나는 화살의 욕망을 오롯이 느꼈다. 화살은 호언의 오감을 지배하고 싶어 했다. 팔에 그려진 표식에 확실하게

가둔 줄 알았는데, 혹여 시각, 청각, 후각, 촉각, 미각의 오
감 중 화살이 청각을 차지한 건 아닐까 하는 불안감에 그
간 아무에게도 말하지 못했다.

"표정 보니 맞네. 후훗, 그들이 그 소리로 널 찾아낼 거
야."

"그들이라니? 누가 날 찾아온다는 거야?"

"……."

계속 물었지만 초리는 기분 나쁘게 입꼬리를 올려 미
소 지을 뿐 다시 입을 열지 않았다. 호언은 변한 초리의 모
습에 가슴이 찢어지는 것처럼 아팠다. 눈앞에서 보는데도
믿어지지가 않았다.

"너 왜 이렇게 변했어? 고아 관리소에 폭탄을 설치한
거, 날 다치게 하려던 게 아니었다고 했잖아. 설마 그것도
거짓말이었던 거야?"

"그땐 네가 다치지 않길 바랐다고 하면 뭐가 달라져? 어
차피 넌 학교를 택했고, 난 방패를 택했는데. 폭탄을 설치
할 때만 해도 난 네가 방패로 들어와서 나와 함께할 거라
고 생각했어. 내가 그렇게 여러 번 기회를 줬는데도, 결국
넌 내가 아니라 학교를 택했어!"

초리는 호언이 자신을 배신했다고 여기고 있었다. 초리

는 핏발 선 눈으로 호언을 노려보며 짓씹어 뱉었다.

"방패 입단식에서 상제를 다시 깨워서 세상을 바꿀 그 날까지 친구도 그 무엇도 모두 버리기로 피의 맹세를 했어. 내가 옳은 선택을 했다는 걸 증명할 거야. 난 틀리지 않았어."

초리의 표정은 흔들림이 없었다. 서로를 자매라고 생각할 만큼 친밀했던 그들의 우정은 서로에게 깊은 상처를 남기고 끝이 났다. 호언은 초리가 이미 손 닿을 수 없는 먼 곳에 있음을 확인하고 씁쓸하게 십이지 탑을 나왔다.

고요가 다시 나타날지도 모른다는 생각에 모든 학교는 경계 태세를 갖추었다. 하지만 고요는 천상도와 함께 사라진 후 흔적조차 찾을 수 없었다. 고림은 정예 칼촉들과 함께 끝까지 고요를 추적하겠다며 길을 떠났다.

며칠 후 긴급회의가 십이지 탑에서 열렸다. 각 학교 교장의 요구로 열린 회의였다. 그날의 상황을 설명하기 위해 호언이 참석했다. 모든 설명이 끝난 후, 교장들은 원탁

테이블에서 무거운 목소리로 앞으로의 일을 의논했다.

호랑이의 학교 교장이 회의를 중간에 끊고 입을 뗐다.

"중요한 일을 먼저 처리하시죠. 봄부터 새 학기가 시작될 텐데, 그 전에 정호언 학생 거취를 정해야죠. 앞으로 정호언 학생은 호랑이의 학교에서 함께하겠습니다."

"무슨 소리십니까. 정호언은 용의 학교 학생입니다."

교장의 부재로 대신 참석한 용의 학교 백 원로가 지그시 주먹을 쥐고 말했다. 하지만 호랑이의 학교 교장은 물러서지 않았다.

"십이지 탑 상급 관리자의 농간으로 호랑이가 용의 학교에 입학하게 되었습니다. 그러니 지금이라도 바로잡아야지요."

"정호언 학생은 호랑이의 학교에 아홉 번이나 지원했습니다. 서류 심사부터 죄다 떨어뜨려 놓고는 이제 와서 데려가겠다고요? 뛰어난 자질을 보이자 능력을 탐내는 거 아닙니까?"

"이제라도 바로잡겠다는 거 아닙니까? 용의 학교에 호랑이가 왜 있습니까?"

호랑이의 학교 교장과 용의 학교 백 원로의 목소리가 점점 높아졌다. 뱀의 학교 교장이 나직이 끼어들었다.

소리 나는 화살

"저는 정호언 학생이 뱀의 학교에 와야 한다고 생각합니다."

그건 또 무슨 뚱딴지같은 소리냐며 다른 학교 교장들이 항의했다. 뱀의 학교 교장이 얼굴색 하나 바꾸지 않고 말했다.

"다들 좀 솔직해집시다. 모두 정호언 학생이 자신의 학교로 오길 원하지 않습니까? 소리 나는 화살이 저 학생의 팔에 있습니다. 화살이 몸에 들어가면서 당장 전쟁이 나지는 않게 되었지만 화살이 화살집에서 다시 나오는 순간, 명계 입구로 저 학생의 멱살을 잡고 날아갈 겁니다."

모두가 조용해졌다. 교장들 몇이 헛기침을 하긴 했지만, 부인하지는 않았다. 호언에게 배신당했다고 느낀 소리 나는 화살이 만약 화살집에서 나오게 된다면 그땐 어떤 돌발 행동을 할지 알 수 없기에 다들 그 부분에 대해 깊은 우려를 드러냈다.

호언은 뱀의 학교 교장을 보았다. 용의 학교 백 원로와 선생님들을 통해 들어서 호언도 그들이 걱정하는 바를 알고 있었다. 어떻게 소리 나는 화살이 호언의 팔에 만들어진 표식으로 들어갈 수 있었는지는 계속 연구 중이었다.

뱀의 학교 교장이 혼잣말하듯 말을 이었다.

"정호언 학생이 자제력을 잃는 순간, 또는 그 힘에 압도 당하는 순간 언제고 전쟁 카운트다운은 다시 이어질 겁니 다. 그 순간을 대비해 모두 자신의 학교에 저 학생을 데리 고 있고 싶은 거 아닙니까. 전쟁이 나면 그 누구보다 빠르 게 대응할 수 있을 테니까요."

거침없는 뱀의 학교 교장의 말에 다른 학교 교장 몇이 비웃었다. 이제껏 침묵을 지키던 돼지의 학교 교장이 입 을 열었다.

"우리가 정호언 학생을 인질로 잡고 싶어 한다는 겁니 까?"

"인질이란 표현 좋네요. 저는 볼모라는 말을 쓰려고 했 는데, 그게 훨씬 더 직관적이에요. 어쨌든 정호언 학생, 뱀 의 학교에 오면 우리는 정호언 학생의 능력을 크게 키울 겁니다. 다른 학교처럼 보험이나 인질로 잡으려는 게 아 니에요."

"누가 보험이고, 누가 인질이라는 겁니까!"

다른 학교 교장들이 발끈했다. 개의 학교에서 나섰다.

"뱀의 학교 측에서 너무 노골적으로 말하긴 했지만, 핵 심은 잘 짚었다고 생각합니다. 정호언 학생은 능력을 더 키워야 합니다. 지금이야 소리 나는 화살이 몸에 갇혀 있지만, 과연 얼마나 버틸 수 있을까요.”

교장들 뒤를 둘러싸고 있던 관리자들 역시 미간이 눈에 띄게 좁아졌다. 쉬쉬했지만, 다들 그것 때문에 내부에서도 논란이 많았다.

개의 학교 교장이 차분하게 말을 이었다.

“정호언 학생은 열일곱 살입니다. 한창 자랄 나이죠. 몸도 마음도 자랄 테고, 소리 나는 화살 역시 호언 학생의 모든 것을 빨아들이면서 그 안에서 점점 커질 겁니다. 나오고 싶어 하겠죠. 그때를 대비해야 합니다.”

사건들이 벌어지고 난 뒤 며칠 전 새로 바뀐 상급 관리자가 무겁게 입을 뗐다.

“십이지 탑 감옥에 가두자는 말씀이십니까?”

생각지도 못한 말에 당황했지만, 호언은 이내 목소리에 힘을 실어 모두를 향해 말했다.

“제가 어디에 가장 어울리는지 1년씩 다녀 보는 건 어떨까요? 제 능력이 어디에서 가장 잘 발휘되는지 지켜봐 주세요. 저는 더 자랄 거고, 제 능력은 더 커질 거니까요.”

간절한 호소에도 십이지 탑 상급 관리자가 그늘이 드리워진 얼굴로 말했다.

“정호언 학생은 고작 열일곱 살이고, 이제 1학년으로 입학을 한 신입생입니다. 자칫 명계와의 전쟁을 일으킬 수도 있는 소리 나는 화살을 풋내기 학생의 손에 맡겨 둘 순 없습니다. 더 늦기 전에 십이지 탑에서 직접 '관리'를 해야 합니다. 그래야 십이지 사회가 안전해질 겁니다."

상급 관리자가 말하는 관리란, 십이지 탑 감옥에 호언을 가두는 것이었다. 호언은 아랫입술이 떨렸다.

'그래서 나를 부른 것이었나. 그날의 상황에 관해 설명을 듣고 싶다더니 실은 날 가두려고, 그래서 십이지 탑으로 부른 거였어?'

호언은 제 안의 감정이 서서히 커지는 것을 느꼈다. 감정을 지그시 누르며 호언은 열두 학교 교장들을 차례로 보며 말했다.

"제가 잘 자라게 해 주세요. 모든 학교에서 도와주세요. 열심히 배워서 매일매일 성장할게요."

목소리 끝이 떨렸다. 결정권은 자신에게 없었다. 모든 교장을 상대로 싸울 수는 없었다. 능력이 되는지 안 되는지의 문제가 아니었다. 호언은 그 말을 하는 순간에도 제 안에서 소리 나는 화살이 밖으로 튀쳐나오고 싶어서 요동치는 게 느껴졌다. 감정을 통제하지 못하는 순간 끝이었다. 교장들을 보던 호언의 시선이 용의 학교 백 원로에게서 멈추었다. 편의점 아저씨로 처음 만났을 때가 떠올랐다. 그때도 그는 엄격한 표정을 짓고 있었다.

잠시 후 용의 학교 백 원로가 호언을 보며 입을 열었다.

"용의 학교에서 여러 교장 선생님들께 제안합니다. 열두 학교에서 모두가 정호언 학생을 가르쳐 주시기 바랍니다."

영원 같은 침묵이 이어졌다. 곧이어 뱀의 학교에 이어 호랑이의 학교 교장이 손을 들어 찬성했다. 양, 원숭이, 말, 돼지, 쥐, 소, 토끼, 닭 마지막으로 개의 학교까지 모두가 손을 들어 찬성했다. 호언은 눈을 감았다. 고여 있던 눈물이 감은 눈 아래로 또르르 떨어졌다. 다시 눈을 뜬 호언이 안도의 숨과 함께 웃었다.

상급 관리자는 반대했지만, 기존의 상급 관리자가 방패들과 짜고 소리 나는 화살을 방출한 만큼 그들의 권력은 전과 비할 수 없이 약해져 있었다. 어느 학교에서 먼저 호언을 가르칠 것인지 그 순서를 정하는 문제로 교장들이 첨예하게 대립했다. 논의가 길어지자 다음에 각자 계획안을 짠 후 다시 만나기로 날짜를 잡았다.

회의실에서 나오자 용의 학교 백 원로가 옆으로 다가와

호언에게 말했다.

"학기는 봄부터 시작될 거다. 방패들이 고아 관리소를 엉망으로 만들었으니 그곳으로 다시 갈 순 없을 거고, 겨울 방학 동안 따로 지낼 곳은 있니?"

"없어요, 근데 가고 싶은 곳은 있어요."

모든 교장이 호언의 말에 귀를 기울이고 있었다. 호랑이의 학교 교장은 역시 피는 속이지 못하는 것 같다고 말하며 한 발짝 가까이 호언에게로 걸어왔다. 호언은 용의 학교 백 원로를 올려다보았다.

"용의 마을에 가고 싶어요."

"하지만 용의 마을은 학교도 그렇고 죄다 파괴돼서 복구 중이라 지내기 불편할 텐데."

"저도 돕고 싶어요. 한 명이라도 손이 늘면 좋잖아요."

호랑이의 학교 교장이 등 뒤에서 미소 지은 후 용의 학교 백 원로에게 다가갔다.

"협정 때문에 저희가 직접 갈 수는 없지만, 호랑이의 학교에서 조만간 용의 학교 전담인 고림에게 구호 물품들을 보내겠습니다."

용의 학교 백 원로가 고맙다며 그의 손을 잡았다. 다른 학교들에서도 속속 원조를 약속했다.

용의 학교 백 원로는 호언과 함께 경복궁 쪽으로 걸어 갔다. 광화문에 도착한 호언은 너무 놀라 입이 벌어졌다. 광화문 한복판에서 방패와 칼을 든 사람들이 싸우고 있었 다. 그 모습을 여러 대의 카메라가 찍고 있었고, 모인 스태 프만 수십 명이었다.

"어떻게 된 거예요?"

"영화 촬영하는 거다. 방패들이 결계를 쳤지만, 이미 사 람들이 너무 많이 휴대폰으로 찍어서 수습이 돼야 말이 지. 그때 재곤이가 그러더구나. 영화 촬영한 걸로 하면 어 떻겠냐고."

"재곤이가요?"

"그 녀석 꿈이 원래 영화감독이었다더구나. 어쨌든, 그 래서 급하게 그날의 일을 영화 홍보로 꾸미는 중이다. 갑 자기 준비하느라 십이지 탑 관리자들도 혼이 나가 있지."

호언은 고개를 돌려 다시 광화문을 보았다. 소리 나는 화살 대역으로 나무토막이 연결된 봉을 들고 움직이는 스 태프의 눈에 다크서클이 짙었다. 사흘은 밤을 새운 듯한 얼굴이었다.

경복궁 안으로 들어서며 호언이 씩 미소 짓자, 용의 학 교 백 원로가 물었다.

"왜 웃는 거냐?"

"앞으로 열두 학교를 하나씩 다닐 생각을 하니까 신나서요."

"열심히 배우라고 논의하는 거다. 놀러 가는 게 아니야."

"그래도요. 이제껏 모든 학교를 다 다녀 본 학생은 없잖아요."

고요에게서 천상도를 되찾는 일 등 해결해야 할 일들이 아직 많았지만 그래도, 이번 겨울은 유난히 설렜다. 호언은 빨리 봄이 되기를 기도했다.

〈마침〉

스쿨피아: 쇼리 나는 화살

2024년 2월 2일 초판 1쇄 발행

지은이 김영리
펴낸이 박시형, 최세현

책임편집 김명래 **디자인** 정은예 **교정교열** 이민영
마케팅 양근모, 권금숙, 양봉호 **온라인홍보팀** 신하은, 현나래, 최혜빈
디지털콘텐츠 김명래, 최은정, 김혜정 **해외기획** 우정민, 배혜림
경영지원 홍성택, 강신우 **제작** 이진영
펴낸곳 팩토리나인 **출판신고** 2006년 9월 25일 제406-2006-000210호
주소 서울시 마포구 월드컵북로 396 누리꿈스퀘어 비즈니스타워 18층
전화 02-6712-9800 **팩스** 02-6712-9810 **이메일** info@smpk.kr

© 김영리(저작권자와 맺은 특약에 따라 검인을 생략합니다)
ISBN 979-11-6534-883-0 (43810)

· 이 책은 저작권법에 따라 보호받는 저작물이므로 무단전재와 무단복제를 금지하며, 이 책 내용의 전부 또는
  일부를 이용하려면 반드시 저작권자와 (주)쌤앤파커스의 서면동의를 받아야 합니다.
· 잘못된 책은 구입하신 서점에서 바꿔드립니다.
· 책값은 뒤표지에 있습니다.
· 팩토리나인은 (주)쌤앤파커스의 브랜드입니다.

쌤앤파커스(Sam&Parkers)는 독자 여러분의 책에 관한 아이디어와 원고 투고를 설레는 마음으로 기다리
고 있습니다. 책으로 엮기를 원하는 아이디어가 있으신 분은 이메일 book@smpk.kr로 간단한 개요와 취
지, 연락처 등을 보내주세요. 머뭇거리지 말고 문을 두드리세요. 길이 열립니다.